KB253340

劍香刀殺

검향도살

Fantastic Oriental Heroes

검향도살 6

태사검 新무협 판타지 소설

초판 1쇄 찍은 날 § 2006년 8월 31일
초판 1쇄 펴낸 날 § 2006년 9월 7일

지은이 § 태사검
펴낸이 § 서경석

편집장 § 문혜영
편집 § 최하나 · 문정흠

펴낸곳 § 도서출판 청어람
등록번호 § 제1081-1-89호
등록일자 § 1999. 5. 31
어람번호 § 제2-0994호

주소 § 경기도 부천시 원미구 심곡1동 350-1 남성B/D 3F (우) 420-011
전화 § 032-656-4452 팩스 § 032-656-4453
http://www.chungeoram.com
E-mail § eoram99@chollian.net

ⓒ 태사검, 2006

ISBN 89-251-0291-9 04810
ISBN 89-251-0022-3 (세트)

劍香刀殺

검향도살

Fantastic Oriental Heroes

6

절대쾌검 무거묵파 천황

태사검 新무협 판타지 소설

도서출판 청어람

목차

第51章
이 어찌 통곡하지 않으리!

　동마사로 변장한 일검향은 추가영을 대동해 귀명전 계단을 올랐다. 일검향은 얼굴에 바르는 역용약을 칠한 데다 환체변용술로 체격과 얼굴 형태까지 모방했기에 죽은 동마사와 거의 흡사했다.

　추가영은 조금 더 신비롭게 보이기 위해 얼굴을 면사로 가리고 있었다.

　귀명전 입구를 지키고 있던 은마령 중 한 명이 일검향을 막아섰다.

　"감히 어디를 들어오려는 것이냐?"

　일검향이 정중히 예를 올렸다.

　"판관님께 진상드릴 계집을 데리고 왔습니다."

　"계집?"

　은마령은 힐끗 추가영을 쓸어보고는 뒤편에 서 있는 동료들을 돌아보았다.

"어때, 판관께서 수용할 것 같아?"

입구 경비를 담당하고 있는 세 명의 은마령이 욕정 어린 눈빛을 반짝이며 응수했다.

"아무렴 어때?"

"판관께서 내치면 우리가 차지할 수 있는데?"

"크흐, 난 치마 두른 계집이면 아무래도 좋아."

일검향을 막아섰던 은마령이 옆으로 비켜섰다.

"들어가 봐라."

"감사합니다."

일검향은 정중히 예를 올리고는 귀명전 안으로 들어섰다. 은마령들은 지나가는 추가영의 몸을 더듬으며 키득거렸다.

입구를 돌아본 일검향의 눈빛이 서늘해졌다. 당장이라도 은마령들의 더러운 팔을 베고 싶은 심정이었다. 그는 공연히 미인계를 펼쳐 추가영을 욕되게 했다는 생각에 스스로 후회했다.

추가영은 그의 심정을 간파하고는 얼른 눈웃음을 쳤다.

"검랑, 소녀가 그래도 밉상은 아닌가 보군요?"

일검향은 그녀의 재치있는 농담에 분노를 해소했다.

죽음에 세계로 뛰어든 이상 어느 정도의 수모는 감수해야 한다. 그것을 참아 넘겨준 추가영이 정말 고마웠다. 또한 유명계에 들어선 이후 줄곧 긴장에 젖어 있던 그녀가 농담을 즐길 만큼 안정을 찾았다는 생각에 그 자신도 여유를 가질 수 있었다.

두 남녀는 복도 모퉁이를 돌아 귀명판관의 침소 앞에 이르렀다.

두 명의 은마령이 침소의 입구를 지켜서고 있었다. 그들은 두 남녀를 예리하게 쏘아보고는 허리춤의 병기를 움켜쥐었다.

"무슨 일이냐?"

일검향이 두려운 표정으로 허리를 굽실거렸다.

"판관님께 진상할 계집을 데리고 왔습니다."

"그런 통보는 받은 적이 없는데?"

"속하가 충정으로 진상하는 계집입니다."

"그래?"

두 은마령은 추가영을 주의 깊게 살피고는 몸수색을 했다. 그들 역시 귀명판관의 측근 호위로서 당연한 취해야 할 몸수색이지만, 앞서 귀명전 입구를 지키던 은마령들과 마찬가지로 손버릇이 고약했다. 그들은 추가영의 다리 사이를 깊숙이 헤집고 젖가슴을 더듬었다.

추가영은 고개를 숙인 채 잠자코 희롱을 참았다. 다행히 그녀의 병기는 손목에 채워진 환검이기에 은마령들은 전혀 짐작하지 못했다.

"네년을 수용할지 말지는 판관께서 결정하실 것이다."

은마령은 추가영만 입실을 허락하고 일검향에게 턱짓을 보냈다.

"동마사 따위가 얼쩡거릴 곳이 아니니 어서 꺼져라."

일검향은 짐짓 호기를 부렸다.

"최상품의 계집입니다. 판관님의 인정을 받을 수 있게 입실을 허락해 주십시오."

"이놈아, 널 위한 조치야. 만일 판단께서 계집을 수용하지 않으시면 네놈은 즉시 참살에 처해진다. 그러니 돌아가 있어라. 판관께서 흡족해하시면 당연히 상이 주어질 것이다."

"반드시 수용하실 것입니다. 알현을 허락해 주십시오."

일검향이 고집스럽게 요청하며 가까이 다가서자 은마령 중 한 명이 손을 갈고리처럼 세워 내려쳤다.

"이 새끼, 감히 항명이냐?"

순간 일검향이 벼락같이 손을 뻗어 은마령의 천돌혈을 쥐었다.

범천탄지를 운기한 상태였기에 은마령은 그대로 숨통이 끊어졌다. 다른 은마령 역시 뇌호혈이 뚫리며 목숨을 잃었다. 동료와 일검향의 시비를 지켜보고 있다가 등 뒤에 서 있던 추가영의 청옥강지에 당한 것이다.

일검향은 두 은마령이 쓰러지지 않도록 근육이 경직되는 혈도를 찍은 후 문 좌우에 기대 세워놓았다. 언뜻 보기에는 경비를 서던 중 기대 자고 있는 모습이었다.

일검향은 육중한 철문에 손을 얹었다.

"가영, 혈마공의 신분이라면 천하구절과 버금갈 무공의 소유자야. 가영의 무공으로 기습도 쉽지 않아. 일단 접근해서 놈의 주의를 돌리는 데만 주력해. 내가 신호를 보낼 때까지 절대 독단으로 나서면 안 돼."

"알았어요."

추가영은 가슴을 누르며 심기를 안정시켰다.

일검향 역시 다소 긴장한 상태였다. 발각이나 추적을 우려해서가 아니었다. 이번 작전의 성공 여부에 따라 다훼와 창비를 구출할 수 있기 때문이다.

'살아만 있어다오, 다훼, 창비. 살아 있기만 한다면 내가 반드시 구해줄 것이다!'

2

귀명판관의 처소는 거대한 서고를 방불케 했다. 바닥서부터 높은 천장까지 설치된 서가는 각종 자료와 장부, 목록으로 빼곡하게 채워져 있었다.

귀명판관의 집무 책상은 아주 컸고 의자도 컸다.

얼굴의 현란한 분장을 지운 그는 의외로 청수한 면모의 노인이었다. 무인이라기보다는 학자에 가까운 면모. 그래도 동공에서 간헐적으로 번득이는 핏빛 광채는 혈음마공이 높은 경지에 이르렀음을 대변해 준다.

그는 서탁에 각종 자료와 목록을 잔뜩 쌓아놓고 열심히 기록을 하는 중이었다.

"무슨 일이냐?"

누군가 자신의 처소로 들어왔음을 알면서도 그는 고개조차 돌리지 않았다.

일검향이 부복을 하며 아뢰었다.

"속하는 호송부 소속의 동마사입니다, 판관님."

귀명판관은 붓에 먹물을 묻히며 짜증스런 표정을 지었다.

"문을 지키는 은마령 놈들은 모두 어디를 간 것이냐? 동마사 따위를 감히 노부의 처소에 들이다니?"

"송구합니다. 하오나 판관님께 올릴 진상품을 보고는 모두가 입실을 허락해 주었습니다."

"진상품?"

귀명판관은 그제야 비로소 고개를 돌려 두 사람을 바라보았다.

그와 눈길이 마주치자 추가영은 정중히 배례를 올렸다.

"판관 노야(老爺)를 뵈옵니다."

귀명판관은 관심 어린 눈빛으로 그녀를 응시하다가 붓을 내려놓았다.

"면사를 벗어보아라."

"예, 노야."

추가영은 천천히 면사를 벗었다.

천하절색은 아니었지만 뭇 사내를 사로잡을 매력이 깃든 용모였다. 화려함보다는 귀염성이 돋보였기에 나이 든 노인에게 특히 효과적일 수 있었다.

귀명판관은 붓을 내려놓고는 자리에서 일어섰다.

"동마사는 나가도 좋다."

한결 누그러진 음성이다.

일검향은 감동한 표정으로 고개를 조아렸다.

"진상품을 받아주셔서 감사합니다."

이때 추가영이 한 서린 어조로 외쳤다.

"노야, 저자는 소녀의 가족을 몰살한 원수입니다! 노야께서 복수를 해주신다면 소녀는 노야의 발바닥이라도 핥을 것입니다."

귀명판관은 아주 흥미롭다는 표정을 지었다.

"허헛, 아주 맹랑한 계집이구나? 네 미색을 이용해 복수를 하겠다고?"

추가영은 무릎걸음으로 다가서며 간절하게 청했다.

"노야, 제발 소녀의 원한을 풀어주시옵소서, 흑흑."

귀명판관은 뒷짐을 진 채 일검향을 향해 다가섰다.

"동마사, 그동안 너는 노부의 판결을 지켜보기만 했는데 이제 네가 판결을 받을 상황이로구나?"

일검향은 고개를 조아린 채 세차게 몸을 떨었다.

"파… 판관님, 제발 자비를."

귀명판관은 추가영와 일검향을 번갈아 보았다.

"허헛, 충성스런 수하와 향기로운 계집이라… 솔직히 판결을 내리기가 쉽지 않구나."

그는 일검향을 손으로 가리켰다.

"동마사, 네게 한빙옥 삼 년형을 내리겠다."

그러자 추가영이 벌떡 일어서며 강하게 반박했다.

"참형에 처하소서! 죽여야 합니다!"

귀명판관은 어깨를 쭉 펴며 오만하게 응수했다.

"이곳은 유명계다. 유명십팔옥은 있어도 참살옥은 없다. 형벌을 받다가 죽으면 어쩔 수 없지만 참형의 판결은 없다."

한데 이때였다. 추가영의 두 손에 천상검과 지환검이 동시에 쥐어졌다.

귀명판관은 절정급 고수답게 대번에 그녀의 신병을 알아보았다.

"허억, 천지성후의 천지쌍검?"

그러나 정작 그를 향한 위협은 천지쌍검이 아니었다.

번—쩍—!

눈부신 섬광과 함께 일검향의 손에서 쾌검식이 발출되었다.

귀명판관은 기겁하고 말았다. 난데없는 천지쌍검의 출현에 현혹돼 일검향의 존재를 순간적으로 잊은 것이다. 호신강기를 발출해 막아내기에도 너무 늦은 상황이었다.

그렇다 해도 그는 혈마공이라 높은 직위를 지닌 초절정급 고수였다. 그는 좌수를 휘둘러 일검향의 쾌검을 후려쳤다. 팔 하나를 희생해 목숨을 건지겠다는 독한 의지였다.

일검향의 쾌검은 그의 왼팔을 베고는 몸통까지 길게 그었다.

본래 일검향은 쾌검을 펼쳐 귀명판관을 제압할 의도였는데 그가 강하게 반발하는 바람에 계획이 어긋나고 말았다.

가까스로 기습에서 벗어난 귀명판관은 팽이처럼 회전하며 뒤로 미끄러졌다. 한데 부상의 충격에서 채 벗어나기도 전에 추가영의 천지무환검법이 내리꽂혔다.

쐐애액―!

쌍검에 의해 펼쳐지는 검법은 지극히 화려했다. 흩뿌려지는 검화는 바람에 날리는 배꽃과 같았고, 현란한 검형은 거울에 비쳐진 무수한 불꽃과 같았다.

귀명판관은 정신이 아득해졌다.

"으윽, 이년이?"

그는 그런 와중에도 혈음마공을 운기해 양패구상의 반격을 펼쳤다.

이 순간 측면으로 날아든 쾌검이 그의 겨드랑이서부터 가슴까지 꿰뚫었다. 연속된 부상에 그는 울컥 피를 뿜으며 주저앉았다.

"크윽!"

모든 기력을 상실해 버린 것이다.

일검향은 그의 왼팔을 지혈하고는 천을 찢어 칭칭 동여매 주었다. 중요한 정보원이기에 목숨을 붙여두어야 했다. 추가영도 준비해 온 요상단을 먹여 그의 회복을 도왔다.

커다란 집무 의자에 앉혀진 귀명판관은 침통한 모습으로 가쁜 숨을 몰아쉬었다.

"헉… 헉……!"

아주 짧은 시간 동안 그는 초라한 늙은이로 변모해 버렸다. 마치 십 년의 세월이 흐른 듯싶었다. 그는 더 이상 죄수들의 형벌을 결정하는 지고한 판관의 신분이 아니라, 삶과 죽음의 기로에서 초조하게 판결을 기다려야 하는 인질의 신분이었다.

일검향이 찻잔에 차를 따라주자 귀명판관은 별다른 저항 없이 차를 마시며 입을 헹구었다. 그것은 체념과 복종의 의사표시였다.

일검향은 기분이 유쾌해졌다.

유명계 최고 수뇌급 중 한 명을 비교적 손쉽게 제압한 것은 상당한 행운이었다. 그 역할을 추가영이 해주었기에 일검향은 그녀와의 동행이 떳떳할 수 있었다.

'가영이 예상보다 잘해주고 있어.'

일검향은 갑영과 을화와 동행하지 않은 인간적인 죄책감에서 어느 정도 자유로울 수 있었다.

그는 탁자에 걸터앉으며 귀명판관에게 물었다.

"네가 유명십팔옥의 책임자냐?"

귀명판관은 물끄러미 그를 주시하다가 되물었다.

"혹시… 천예사원의 자객이냐?"

"그렇다."

"허어, 역시 그랬었군. 유명계에 이렇듯 깊이 침투할 수 있는 자가 또 누가 있겠는가?"

귀명판관은 자신의 팔을 베고 중상까지 입힌 두 침입자에 대해 별반 반감을 드러내지 않았다.

"자객명이 무엇이냐?"

"일검향이다."

"일검향? 그렇다면 네가 바로 당대 최고의 자객이라는 무향검살이란 말이냐?"

"당대 최고라는 표현은 옳지 않다. 하지만 별호는 틀리지 않았다."

"일검향, 너의 침투는 확실히 놀랍고도 충격적이다. 수많은 자들이 마국에 침투했지만 유명계에 이른 자는 없었다. 하지만 너의 침투는 어느 정도 예상을 하고 있었다."

추가영이 다소 놀란 눈빛으로 물었다.

"예상을 했다고? 그래서 네가 이렇게 담담할 수 있었던 것이냐?"

귀명판관은 베어진 팔이 고통스러운지 인상을 찌푸리며 부상 부위를 매만졌다.

"너희가 척살단을 괴멸시키지 않았더냐? 다음 목표가 본국에 대한 침투임을 태상전에서 이미 예견하고 있었다. 특히 귀상께서는 너희가 유명계로 침투할 것임을 확신하며 철저한 경계를 지시하셨다."

"귀상? 그자가 유명계의 책임자냐?"

"본국 태상전에는 모두 일곱 분의 마상이 계신다. 이름하여 칠대마상이지. 그중 세 분이 삼계를 관장한다. 은마계를 관장하는 마상이 총상(總相), 수라계를 관장하는 마상이 혈상, 그리고 유명계를 관장하는 마상이 바로 귀상이시다."

일검향으로서는 처음 접하는 귀중한 정보였다.

'칠대마상, 삼계를 관장하는 마상들… 그자들이 바로 내가 죽여야 할 표적들이다!'

귀명판관은 묻지도 않은 얘기를 술술 털어놓았다.

"유명십팔옥의 옥주(獄主)들은 금마장들로 구성돼 있다. 그들은 각기 하나의 옥을 총괄하며 독립적으로 관리한다. 난 판결을 내릴 뿐 각옥에 배속된 죄수들에 대해서는 권한이 없다. 외부의 침입을 당해도 각각의 옥은 자신의 구역만 방어할 뿐 침입자 추적에 나서지 않는다.”

“그럼 누가 침입자를 상대하느냐?”

“염라전(閻羅殿)이다.”

“염라전?”

“염라전의 전주는 나와 같은 혈마공 직위에 있지만 무공은 훨씬 높다. 칠대마상 중 누군가 자리를 비우게 되면 곧바로 마상에 오를 만큼 뛰어난 자가 바로 염라전주다. 염라전에는 금마장, 은마령과 동마사들이 속해 있는데, 그들이 유명계에서 가장 강력한 부대인 염라혈위대(閻羅血衛隊)이다.”

유명계의 내부 상황과 조직 편제를 기억에 새겨둔 일검향은 그의 빈 잔에 다시 차를 따라주었다.

“두세 달 전 천예사원 자객 두 명이 압송돼 왔을 것이다. 나의 절친한 동문들로, 자객명은 창비와 다훼다.”

“이름까지는 기억하지 못한다. 하지만 분명 두 명이 압송돼 왔다.”

“어느 지옥에 있느냐?”

“한 명은 풍마옥이다. 다른 한 명은 귀상의 지시에 따라 수라계로 보내졌다.”

일검향은 내심 크게 안도했다.

‘살아 있었구나, 다훼, 창비! 너희 모두가 살아 있었어! 잠시만 기다려다오. 내가 구해주겠다.’

그가 잠시 감격에 젖자 추가영이 물었다.

“이봐, 요지선자도 마국으로 압송됐다고 들었다. 어느 지옥으로 보내졌지?”

　귀명판관은 그녀를 바라보다가 손목에 채워진 팔찌로 시선을 고정시켰다.

　"그렇군. 넌 천예사원의 자객이 아니로구나. 그 병기는 분명 천지쌍검이다. 넌 요지선궁의 제자냐?"

　"맞아. 내가 바로 요지선궁의 제5대 궁주다. 내 사부님은 어디에 계시냐?"

　"요지선자는 유명계로 내려오지 않았다. 그녀의 신분이라면 수라계나 은마계로 보내졌을 것이다."

　추가영은 그의 멱살을 쥐며 예리하게 쏘아보았다.

　"늙은이, 거짓말은 아니겠지?"

　"이제 와서 내가 거짓을 말할 이유가 무엇이겠느냐?"

　"좋아, 믿겠다."

　추가영은 그의 멱살을 풀어주고는 뒤로 물러섰다.

　"검랑, 이제 죽여요."

　일검향은 팔짱을 낀 채 천천히 걸음을 옮겼다.

　"좀 오래된 일이기는 한데… 한 사람의 행방을 알 수 있겠냐?"

　"누구를 말하는 것이냐?"

　"의천맹주 사도진성이다."

　귀명판관은 골똘히 생각에 젖다가 고개를 흔들었다.

　"내가 귀명판관에 임명된 지는 이 년 정도다. 내 임기 중 그에 대한 판결을 내린 기억이 없다. 의천맹주라면 본국의 구품분류법으로 제1급에 해당된다. 아마도 태상전 원탁 회의에서 판결이 내려졌을 것이다. 그의 생사와 소재에 대해서는 마상들만이 알고 있을 것이다."

"알겠다. 이제 마지막으로 묻겠다. 은천마국의 국주가 대체 누구냐?"

"……."

"대면한 적은 있느냐?"

"없다. 내가 알기로 칠대마상들만 국주를 알현할 수 있다고 들었다. 참, 한 명은 예외다."

"예외?"

귀명판관은 의미심장한 웃음을 지었다.

"너의 옛 동문인 척살단주 일도살이 있지."

"닥쳐. 놈은 첩자일 뿐이지 천예사원의 제자가 아니다."

일축을 하면서도 일검향은 일도살의 생사가 몹시 궁금했다.

"놈은 살아 있느냐?"

"모른다. 난 대부분의 시간을 유명계에 머물러 있기에 정보를 접할 기회가 많지 않다."

"알겠다."

일검향이 팔짱 낀 팔을 풀자 귀명판관의 얼굴이 두려움으로 물들었다. 그는 두려움을 발하며 비굴하게 애원했다.

"일검향, 네가 원하는 모든 정보를 제공해 주었다. 이미 폐인이 된 날 죽일 필요는 없지 않겠나?"

"……."

"날 죽이면 순찰을 도는 은마령들에 의해 한 시진 이내에 발각된다. 유명계가 닫히면 넌 절대 빠져나갈 수 없다."

"협상을 하자는 것이냐?"

"그렇다. 날 죽이지 않겠다고 약속하면 네 동료를 구할 수 있도록 힘써보겠다. 비상경보도 너희가 유명계를 빠져나간 후 발동되도록 최대한 늦출 수 있다.”

일검향에게는 더없이 유리한 조건이었다.

한 시진 남짓한 시간으로는 창비를 구출해 유명계를 빠져나가기가 쉽지 않다. 도중에 귀명판관의 죽음이 발각돼 비상경보가 울리면 풍마옥에 이르지도 못할 것이다.

추가영은 초라한 늙은이에 불과한 귀명판관을 쓸어보고는 한마디 거들었다.

“그러는 편이 낫겠어요. 이미 폐인이 됐는데 죽일 필요가 뭐 있겠어요? 딴 짓 못하게 그냥 혈도나 찍은 후 나가요.”

일검향은 고민스러운 듯 이마를 짚었다.

그도 인간이기에 공포와 두려움에서 완전히 자유로울 수 없었다. 다만 의지와 정신력으로 억제할 뿐이다. 이번 침투에서 자신 또한 죽고 싶지 않았고, 안전하게 창비를 구하고 싶은 게 솔직한 심정이었다.

그러나 그는 자신의 의지가 무너지기 전에 자청검을 휘둘렀다.

번—쩍!

섬광과 함께 귀명판관의 목이 날아갔다.

귀명판관은 잔뜩 기대하는 모습 그대로 베어졌다. 워낙 빠른 쾌검이기에 고통을 느낄 새도 없었다. 그의 순순한 협조의 보답으로 일검향이 해줄 수 있는 최선의 배려였다.

추가영은 눈을 동그랗게 떴다.

“검랑……?”

그녀는 일검향도 귀명판관의 제안을 받아들일 것이라 예상하고 있었던 터라 충격이 상당했다. 더불어 모두에게 이익이 되는 협상을 마다한 그의 잔인성에 크게 실망했다. 그가 마치 피에 굶주린 살인귀처럼 느껴졌다.

일검향은 그녀에게 가까이 다가섰다.

"가영이 실망했다는 거 알아. 나도 잔인한 자객에 불과하다고 생각하겠지."

"그건 아니지만… 꼭 죽여야 했나요?"

"자객은 타협을 하면 안 돼."

"왜 안 된다는 거죠?"

"한 번 타협을 하게 되면 자신에 대한 신뢰와 정신력이 무너지게 돼. 결국은 정면 돌파보다는 타협에 기대려는 생각이 앞서게 되고 위기 앞에 무기력한 존재가 되고 말지. 자객에게 있어 타협은 달콤한 독이야."

추가영은 한순간이나마 그를 오해한 자신이 몹시 수치스러웠다. 그녀는 그의 가슴에 얼굴을 묻었다.

"미안해요. 잠시 당신에게 실망했던 제가 너무 부끄러워요."

일검향은 그의 어깨를 감싸며 다정하게 다독여 주었다.

"가영, 어떨 때는 내 자신조차도 내가 저지른 척살에 대해 이해하지 못할 때가 있어. 아무리 자객이라도 무공 한 초식 모르는 여인을 죽여야 한다는 것은 너무도 고통스런 선택이지. 하지만 자객은 주저해서도 안 되고 후회해서도 안 돼. 죽여야 하는 것이 내 운명이라면, 죽는 자는 그것이 숙명이야."

"당신을 충분히 이해했다고 자신했는데… 아직도 모르는 부분이 더 많은 것 같아요."

일검향은 씁쓸한 웃음을 지었다.

"그럴 거야. 나도 아직 내 자신을 다 몰라."

귀명판관의 처소를 나간 추가영은 다시 은마령 복장을 걸쳐 입었다.

옷이 다소 컸지만 최대한 졸라매 몸에 맞췄다.

"두 놈은 내게 맡겨요."

그들은 빠른 속도로 복도를 달려갔다. 그들이 귀명전을 나서는 순간 네 명의 은마령은 비명 한 번 지르지 못하고 분시되어 버렸다.

추가영은 자신의 몸을 마구 주물러 대던 그들에 대해 앙심을 품고 있었기에 아주 독랄한 초식을 구사했다. 그녀의 쌍검에 죽은 두 은마령의 주검은 아주 참혹했다.

"새끼들, 그러기에 함부로 손을 놀리면 못 쓰는 법이야."

귀명전은 높은 석대 위에 위치해 있기에 광장 아래에서 어떤 상황이 전개되는지 전혀 볼 수가 없다.

귀명판관을 비롯해 무려 여섯 명의 은마령이 참살당했지만 그것을 확인할 수 있는 자들은 은마령 휘하의 호위들뿐이다. 그들이 언제 귀명전에 당도할지 모르기에 남은 시간은 별로 없었다.

은마령과 동마사로 변장한 두 사람은 신속하게 귀명전 돌계단을 내려섰다.

추가영은 휑하니 빈 넓은 광장을 둘러보며 나직이 물었다.

"일단 풍마옥부터 찾아가야겠죠?"

일검향은 상급자를 모시듯 정중히 예를 올렸다.

"제가 모시겠습니다, 은마령님."

3

귀명판관의 말은 거짓이 아니었다.

유명십팔옥은 각기 독립된 조직이었다. 그들은 귀명전에 적절한 죄수의 숫자를 요구해 새로운 죄수를 할당받는다. 그들에게 있어 죄수는 형벌의 대상이지 교화의 대상이 아니었다.

죄수들에게 직접 형벌을 가하는 자들은 귀졸들이고, 동마사들이 옥 내를 순찰하며 제대로 형벌이 이루어지고 있는지 감시한다. 옥주인 금마장은 호위들인 은마령을 대동해 가끔 옥 내를 둘러볼 뿐 거의 모습을 보이지 않는다.

하나의 지옥은 규모가 엄청나 최하 이백 명 이상의 죄수들이 감금돼 있다.

죄수들은 하루에 몇 차례씩 형벌을 겪고는 작업장으로 끌려갔다가 토굴 속에서 버러지처럼 토막 잠을 잔다. 그들의 작업은 지옥의 확장이었다. 하기에 유명십팔옥은 매일같이 규모가 넓어지고 복잡해진다.

일검향과 추가영은 동마사와 은마령으로 변장했기에 지하 통로 곳곳을 자유롭게 다닐 수 있었지만 옥 내로 들어설 수는 없었다.

하나의 지옥마다 소속된 마인들이 정해져 있기에 다른 지옥 소속의 마인은 절대 출입할 수 없다. 이를 어기는 자는 적으로 간주되며, 설사 죽인다 해도 전혀 문책을 받지 않는다.

멀리 풍마옥의 커다란 철창문이 보였다.

굳건히 닫혀 있는 철창문 안쪽으로 동마사와 귀졸들이 빽빽하게 도열해 있었다. 숫자는 십여 명 정도였다.

추가영은 초조한 심정에 입술이 바싹바싹 탔다.

"어떻게 하죠? 시간이 별로 없는데……."

그녀의 우려대로 시간이 별로 없다는 것이 가장 큰 애로 사항이었다.

귀명판관을 비롯해 여섯 명의 은마령이 죽었으니 유명계는 물론이고 은천마국 전체가 진동할 대사건이었다. 언제 비상경보가 터질지 모르는 상황이기에 촌각도 지체할 수 없었다.

일검향은 돌기둥에 몸을 붙인 채 풍마옥 입구를 유심히 주시했다.

하지만 철창문 안쪽을 막아선 자들이 십여 명이나 되기에 그로서도 마땅한 해결책이 없었다. 철창을 사이에 두고 있는 그들 모두를 삽시간에 처치하기란 불가능한 일이었다.

어떻게 입구를 돌파한다 해도 풍마옥의 귀졸을 비롯한 소속 마인들이 모두 뛰쳐나올 것이기에 창비에 대한 구출은 포기해야 한다.

이때 통로 한쪽에서 요란한 쇠사슬 소리가 들려왔다. 죄수들의 발에 채워진 족쇄가 끌리는 쇳소리였다.

“……!”

빠르게 생각을 굴린 일검향은 추가영을 이끌고 통로가 교차하는 지점에 세워진 돌기둥 뒤로 몸을 숨겼다. 돌기둥의 폭은 두 뼘에 불과해 두 사람이 은신하기에는 미흡했지만 일검향은 최대한 은신술을 발휘해 몸을 숨겼다.

곧이어 몇 명의 귀졸들이 스무 명 남짓한 죄수들을 인솔해 풍마옥으로 향하고 있었다. 제각기 연장을 어깨에 메고 있는 죄수들은 작업장에서 돌아오는 중이었다.

일검향은 죄수들 뒤편을 감시하고 있는 귀졸들을 가리켰다.

죄수들을 호송하는 귀졸들은 모두 여섯 명으로 앞에 둘, 좌우로 둘, 그리고 뒤편으로 두 명이었다. 귀졸들은 죄수들과 바싹 붙어 있어 기습을 펼치기가 까다로웠지만 그것을 고민할 상황이 아니었다.

죄수들의 행렬 끄트머리가 눈앞으로 지나가자 일검향과 추가영은 지체없이 튀어나갔다. 지극히 무모한 기습이었다. 그것을 알면서도 강행할 수밖에 없을 만큼 상황은 다급했던 것이다.

채찍을 손에 쥔 채 건들거리며 죄수들 뒤를 따르던 두 귀졸은 목이 한 바퀴 틀어지면서 즉사했다.

두 귀졸을 죽이는 기습은 식은 죽 먹기였다. 귀졸들이 죄수들과 인접해 있었지만 족쇄가 끌리는 쇳소리에 미세한 기척은 묻혀질 수 있었다. 문제는 죄수들이 모두 통로를 빠져나가기 전에 귀졸로 변장하는 데 있었다.

두 남녀는 귀졸들의 옷을 벗기고 돌기둥 뒤에 대충 처박아두었다. 누군가에게 발견돼도 어쩔 수 없는 일이었다. 일단은 풍마옥으로 잠입하는 것이 우선 과제였다.

일검향과 추가영은 걸쳤던 장포를 벗어 던지고는 귀졸의 옷을 걸치면서 죄수들의 뒤를 따랐다. 그들이 대충 역용약을 바르고 가까스로 옷매무새를 바로잡았을 때 죄수들 모두가 풍마옥 앞에 이르렀다.

철그렁!

요란한 쇳소리와 함께 풍마옥의 철창문이 열렸다.

일검향과 추가영은 철창문을 지켜선 보초들이 낯선 자신들을 의심할까 우려했지만 그것은 기우였다. 그들의 신경은 온통 죄수들에게 쏠려 있었다.

"6638호, 4732호, 5897호……."

보초들은 장부에 기재된 수인 번호와 죄수들이 목에 차고 있는 나무 표찰을 비교하는 데 모두가 매달렸다. 또한 죄수들이 행여 타 지옥의 죄수와 바뀌지는 않았는지 복장과 연장을 세밀하게 살폈다.

유명마차에 끌려온 죄수들이 판결을 받기 전까지는 다소 관리가 허술했지만, 판결을 받는 순간부터 죄수들에 대한 관리는 엄격해진다.

그것이 바로 유명십팔옥의 엄격한 율법이었다.

죄수들에게 아무런 문제가 없다 싶자 동마사가 통행을 허락했다.

일검향과 추가영은 마침내 풍마옥 내로 들어설 수 있었다. 그들은 창비에 대한 수색이 급해 죄수들을 호송하는 행렬에서 무단으로 빠져 나왔다.

풍마옥 중앙 광장에 들어선 두 사람은 충격적인 광경에 잠시 몸이 굳어졌다.

넓은 광장에는 서른 개에 달하는 커다란 맷돌이 적당한 간격을 두고 배치돼 있었다. 황소가 끌어도 잘 갈리지 않을 커다란 맷돌이기에 보기에도 엄청났다.

대형 맷돌을 회전시키는 사람은 두 죄수였다.

그들은 커다란 맷돌과 연결된 막대에 묶인 채 안간힘을 쓰며 맷돌을 돌리고 있었다. 그것도 두 발이 아니라 짐승처럼 엎드린 채 네 발로 기어야 했다. 조금만 지체하면 귀졸들의 가시 채찍이 날아들어 그들의 몸을 사정없이 후려쳤다.

단순히 맷돌을 돌리는 정도라면 가혹한 형벌이 아니다. 그러나 풍마옥 죄수들의 삼 할은 눈 먼 장님이었다.

풍마옥 죄수들은 다람쥐 쳇바퀴 돌리듯 단조로운 맷돌 돌리기에 상당수가 정신적 혼란을 겪는다. 광증이 심해진 자는 발작을 일으키는데, 그로 인한 이차 형벌은 실로 무섭다. 달군 쇠로 동공이 지져지면서 장님이 되는 것이다.

앞을 볼 수 없는 죄수들은 자신이 맷돌을 돌리고 있는지, 어디로 향하고 있는지 모르기에 광증이 치유된다. 하지만 영원히 앞을 볼 수 없는 불구자로 살아야 하니 실로 잔인한 치료법이 아닐 수 없다.

민간에서는 노새의 눈을 가려 맷돌을 돌리는데 풍마옥에서는 인간에게 그런 수법을 사용한 것이다.

한데 풍마옥의 형벌은 죄수들을 장님으로 만드는 데 그치지 않는다.

장님이 되어서도 반항을 하거나 맷돌을 돌리는 형벌을 거부하는 자는 고막이 뚫리는 독형까지 받는다. 결국 듣지도 보지도 못한 상태에서 짐승처럼 살아야 하는 것이다.

일검향은 맷돌을 돌리는 죄수들부터 하나씩 살폈다.

장님이 되거나 귀머거리가 된 죄수들을 볼 때마다 그의 가슴이 덜컥덜컥 내려앉았다. 창비에게 어떤 독형이 가해졌을지 생각만 해도 살이 떨려왔다.

추가영은 창비의 모습을 모르기에 주변의 귀졸들과 동마사들의 반응을 살피는 데 주력했다. 누구라도 그들을 유심히 지켜보면 얼른 일검향을 밀어내어 주의를 주었다.

모든 맷돌을 살펴보았지만 창비는 보이지 않았다.

일검향은 지그시 이를 깨물었다.

"여기에는 없어. 토굴을 수색해 봐야겠어."

그들은 중앙 광장에서 이어진 통로로 들어섰다.

어두운 통로 좌우로 창살이 질러진 토굴이 어지럽게 흩어져 있었다. 하나의 토굴마다 다섯 명에서 열 명의 죄수가 누워 있거나 웅크린 채 멍하니 앉아 있었다. 혹독한 형벌과 과중한 작업으로 대부분의 죄수는 의지와 정신력이 상실돼 실혼인처럼 보였다.

일검향은 토굴 안으로 횃불을 비추며 죄수를 하나씩 살폈다.

허름한 옷에 긴 수염, 장발을 한 죄수들의 모습은 대개가 비슷하게 보였다. 하지만 어떤 모습으로 변해 있든 일검향은 한눈에 창비를 알아볼 수 있었다.

벌써 십여 개의 토굴을 지나쳤다.

추가영은 이미 창비가 죽은 것은 아닐까 예상이 되었지만 일검향의 표정이 너무도 심각해 감히 입술을 뗄 수가 없었다.

이때 토굴 안쪽으로 횃불을 들이댄 일검향의 입에서 감격에 찬 신음 소리가 흘러나왔다.

"아, 창비다!"

그는 대번에 창살문의 자물쇠를 부수고 토굴 안으로 들어갔다. 토굴 안의 죄수들은 의아한 눈빛으로 그를 바라볼 뿐 별다른 반응을 보이지 않았다.

추가영은 창살 앞을 지켜선 채 통로 상황을 살폈다.

"창비!"

일검향은 구석에 모로 누워 있는 죄수를 덥석 끌어안았다.

지저분한 장발과 덥수룩한 수염, 깡마른 몸은 흡사 말라죽은 시체를 방불케 했다. 죄수는 바로 일검향이 그토록 찾으려 했던 천예사원의 동문 창비였다.

그에게 있어 창비는 동문이라기보다 친혈육과 다름없었다. 칠 년여의 고된 수련 과정을 그들은 서로 의지하며 무사히 수료할 수 있었기에 형제와도 같았다.

"창비… 나다. 나, 검향이 왔어. 이 녀석아, 제발 정신을 차려."

일검향은 창비의 명문혈에 진기를 주입시켜 주었다.

뜨거운 진기가 주입되자 창비는 부르르 진저리를 치며 혼절 상태에서 깨어났다.

"어… 어어……!"

그는 혀 짧은 소리를 내며 본능적으로 손톱을 휘둘렀다.

일검향은 급히 그의 입을 벌리고 살펴보았다. 끔찍했다. 치아는 모두 뽑힌 상태이고 혀는 절반 넘게 잘려 있었다. 뿐만 아니었다. 두 눈은 달군 쇠에 찔려 뭉개진 상태였다.

"으음!"

일검향의 입에서 절로 분노의 침음성이 흘러나왔다.

이때 맞은편에 기대앉아 있던 죄수가 조심스럽게 물었다.

"그 청년과… 아는 사람이오?"

희끗희끗한 반백의 머리카락과 짙은 주름으로 미루어 노인으로 보였다.

일검향은 솔직하게 시인했다.

"그렇소. 이 녀석의 이름은 창비요. 내 아우와 다름없소. 그리고 난 귀졸 옥리가 아니라 내 아우를 구출하기 위해 잠입한 사람이오."

노인은 믿을 수 없는 듯 멍하니 일검향을 바라보았다. 그는 창비와 일검향을 번갈아 보고는 고개를 흔들었다.

"맙소사! 어… 어떻게 유명계에 잠입할 수 있었단 말이오?"

"내 아우가 왜 이 모양이 된 것이오?"

"4270호는 아주 독종이었소… 혹독한 채찍을 맞고도 맷돌을 돌리는 형벌에 응하지 않았소. 그는 스스로 혀를 깨물어 자결하려 했지만 귀졸들에게 발각돼 이가 모두 뽑히는 형벌을 당했소."

일검향은 주체할 수 없는 격분과 비통함으로 목이 메었다. 입술에 박힌 앞니 사이로 피가 비집고 나왔다.

노인 죄수는 관찰자의 입장에서 있는 그대로 털어놓았다.

"4270호는 그래도 굴복하지 않았소. 모든 형벌과 작업을 거부한 채 죽기를 원했소… 그러자 귀졸들은 그의 눈과 귀까지 멀게 하였소."

“…….”

“그러나 4270호는 보지도 듣지도 말하지도 못하는 와중에도 강인한 의지와 정신력을 지닌 사람이었소. 내 평생… 그처럼 지독한 사람은 처음이었소. 귀졸들은 도저히 통제할 수 없자 아예 신지마저 말살시켜 버렸소. 아직 숨은 쉬고 있지만 이미 인간이 아니오. 짐승보다 못한 실혼인일 뿐이오.”

일검향의 두 눈에서 절로 눈물이 흘러내렸다. 핏물처럼 붉은 눈물이었다.

노인 죄수는 길게 탄식을 지었다.

“당신이 어떻게 유명계까지 잠입했는지 몰라도… 구출은 불가능하오. 당신마저 붙잡히게 될 것이오. 그를 위한 마지막 선물은… 고통없이 죽여주는 것이오.”

일검향은 창비를 부둥켜안은 채 비통한 오열을 토해냈다.

“크으, 창비… 창비야!”

그의 울음소리에 놀란 추가영은 토굴 안으로 고개를 들이밀었다.

“검랑?”

그녀는 대략의 상황을 짐작하면서도 일검향의 통곡에 더 놀라고 말았다. 어떤 상황에서도 흔들리지 않는 냉정함을 지닌 그가 이렇듯 무너지는 모습을 보이리라고는 생각지 못한 것이다.

‘검향이 운다… 검향이 통곡을 하고 있어.’

그녀의 눈에서 절로 눈물이 흘러나왔다.

일검향은 창비의 얼굴을 어루만지고 뺨을 비볐다.

“정신 차려, 창비야. 듣지도 보지도 못해도 내 냄새는 맡을 수 있잖아? 검향이 왔어. 어서 정신을 차려, 이 녀석아!”

천예사원 자객들은 오감에 대해 초인적 경지에 이르는 수련을 받았다. 시각과 청각을 상실해도 후각 하나로 상대의 정체와 위치까지 알 수 있을 정도다.

만일 창비가 신지를 잃지 않았다면 냄새만으로 일검향의 존재를 간파했을 것이고, 그들의 상봉은 더욱 극적이었을 것이다.

그러나 삼중불구에다 신지까지 상실한 창비는 더 이상 인간일 수 없었다. 그저 숨을 쉬고 있는 생물체에 불과했다. 게다가 워낙 혹독한 형벌을 당해 그 생명마저 위태로운 상황이었다.

일검향은 창비를 눕히며 두 손을 쥐었다. 펑펑 쏟아지는 눈물이 창비의 얼굴을 흠뻑 적셨다.

"창비야… 널 구하러 왔는데… 구할 수 있었는데……."

이때 추가영의 다급한 전음이 그의 귀로 파고들었다.

"검랑, 귀졸들이 오고 있어요!"

일검향은 폭발적인 감정과 끓는 피를 억제하지 못하고 벌떡 일어섰다. 그는 싸늘한 표정으로 토굴을 나섰다.

두 명의 귀졸이 통로를 따라 다가서고 있었다.

"이봐, 너희들은 누군데 감히 우리 구역을 마음대로 순시하는 거냐?"

일검향은 아무런 대꾸 없이 두 귀졸의 목을 움켜쥐었다. 뼈가 으스러지는 음향과 함께 숨통이 막힌 귀졸은 캑캑거렸다.

일검향은 통로 벽에 그들의 머리를 메다꽂았다. 두 귀졸은 머리가 터지며 허연 뇌수를 흘려냈다. 일검향은 그러고도 부족해 자청검을 뽑아 들고 그들의 육신을 마구 난도질했다.

너무도 통탄할 심정이기에 평소의 냉철한 이성마저 마비되었다. 그의 피는 복수심으로 들끓었고 심장은 격분의 함성으로 외쳐 댔다.

모두를 죽이고 싶었다. 세상을 난도하고 싶었다. 보이는 모든 것을 파괴하고 싶었다. 그래서 피로 몸을 씻고 처절한 비명으로 자신의 비통한 마음을 달래고 싶었다.

"검랑!"

추가영이 그의 등을 감싸 안으며 부드럽게 위로했다.

"당신은 일검향입니다. 제발 정신을 차리세요. 당신마저 무너지면… 저는 어떻게 합니까?"

일검향은 비로소 정신적 혼란 속에서 깨어났다. 눈에 씌워진 한 겹 막이 사라진 듯 붉게 보이던 세상이 다시 본래의 모습으로 돌아왔다.

몇 번 심호흡을 한 그는 추가영의 손을 어루만졌다.

"미안해… 미안해, 가영."

천천히 돌아선 그는 추가영의 볼을 토닥여 주고는 다시 토굴 안으로 들어섰다.

일검향의 진기를 받아 잠시 깨어난 창비는 진기가 소멸되자 게거품을 흘리며 덜덜 떨었다. 너무도 참담한 모습에 일검향은 또 한 번 눈시울이 뜨거워졌다.

그러나 마냥 비통함에 젖어 있을 상황이 아니었다. 발각까지는 시간 문제이기에 결단을 내리고 탈출을 모색해야 할 급박한 상황이었다.

그는 창비를 부둥켜안고는 마지막으로 보듬어주었다. 문득 수련생 시절의 아련한 기억이 떠올랐다.

고된 수련을 마치고 잠자리에 들었을 때 어린 창비는 그의 가슴으로 파고들며 괴로움을 호소하곤 했었다. 힘들기는 일검향도 마찬가지였지만 창비 때문에 그는 보다 어른스럽게 행동하며 위로해 주었었다.

"창비… 이제 편히 쉬어라. 다음 생에는… 따뜻한 가족이 있는 집에서 태어나기를 바란다."

그는 창비의 수혈과 혼혈에 이어 사혈을 짚어 영원한 잠을 선사했다. 자신의 손으로 동생과 다름없는 창비를 죽여야 했지만 그는 애써 스스로를 위로했다.

창비는 천예사원의 자객으로 최후까지 명예를 지킨 투사였다.

형벌에 굴복하지 않았고 죽음의 공포와 두려움마저 이겨내며 당당히 죽기를 원했다. 그의 죽음은 비통하지만 천예사원의 명예를 지킨 그였기에 일검향은 가슴이 뿌듯했다.

그는 노인 죄수에게 감사의 목례를 보내고는 토굴을 나섰다.

第52章

유명계와 또 다른 침입자

추가영은 심하게 상처 입은 일검향을 포옹하며 고통과 충격을 위로해 주었다.

"이것이 운명이라면 수용할 수밖에 없어요. 그리고 이제 복수를 해야죠."

"그래, 죽여야 할 놈들에 대해 일말의 사정도 둘 필요 없겠지."

일검향은 그녀와 나란히 통로를 걸어 중앙 광장으로 향했다.

마음 같아서는 풍마옥의 모든 귀졸과 마인들을 죽이고 싶었다. 아니, 그의 몸이 부서질 때까지 유명계를 때려부수고 싶었다. 적어도 유명십팔옥 중 절반은 박살 낼 자신이 있었다.

그러나 그것은 복수가 아니라 미친 짓이었다.

인간적인 의지와 냉철함을 강조한 천사명왕의 가르침에 대한 배신이며, 앞서 죽어간 동문들의 명예로운 죽음에 대한 모욕이다. 최후까지 천예사원의 자객으로서 부끄럽지 않은 행동을 취해야 하는 것이 그의 철학이며 의지였다.

"이제 유명계에 머물 이유가 없군. 경보가 울리기 전에 빠져나가자."

일검향은 추가영에게 고맙다는 눈짓을 보냈다. 추가영은 다정한 미소를 지었다.

"당신의 눈물… 처음 보았어요."

"부끄럽군."

"아니에요. 당신처럼 뜨거운 심장을 지닌 분이 그토록 냉정할 수 있다는 사실에 새삼 감탄하게 되었어요."

"난 그렇게 냉정한 사람이 못 돼. 갑영 형님도 항상 그것을 문제 삼으셨지. 사부님의 배려가 없었다면 난 아마 자객이 되기 전에 탈락했을지도 몰라."

추가영은 명랑한 음성으로 그의 슬픔을 씻어주었다.

"어머나, 당신이 냉정하지 않다면 대체 자객은 얼마나 더 차가운 심장을 지녀야 하는 거죠?"

한데 이때였다.

때—때때땡—!

요란한 경종 소리가 중앙 광장에 울려 퍼졌다. 난데없는 경보에 귀졸들과 동마사들은 당황한 모습으로 서로를 돌아보았다.

"아니, 이게 어찌 된 일이야?"

"유명계에 경종이 울리다니?"

"설마 침입자가 있단 말인가?"

일검향과 추가영은 그들이 벌인 귀명판단의 참살이 은마령들에 의

해 발각되었다고 판단했다. 유명계를 미처 탈출하기 전에 발각된 것이
아쉬웠다.

이때 중앙 광장으로 은마령 호위들을 대동한 금마장 풍마옥주(風磨
獄主)가 내려섰다. 금색 봉황이 수놓아진 장포를 걸친 자였다.

풍마옥주는 풍마옥 귀졸들을 향해 외쳤다.

"당황할 것 없다. 열탕옥(熱蕩獄)에서 침입자가 발견돼 염라혈위대
가 출동했다. 일단 죄수들을 모두 토굴에 가두고 경계에 만전을 기해
라. 우리는 풍마옥만 안전하게 지키면 된다. 당장 시행하라!"

"예, 옥주님!"

귀졸들은 서둘러 맷돌에 묶인 죄수들을 풀어 토굴로 들여보냈다. 동
마사들은 철창문 앞을 지켜 섰고, 은마령 호위들은 옥 내 시찰에 나섰
다.

풍마옥주는 잠시 상황을 지켜보다가 가파른 계단을 타고 상층부 처
소로 올라갔다.

유명십팔옥은 독립적으로 관리되기에 옥주들은 자신이 관장하는 지
옥을 안전하게 지키는 것이 관례였다. 워낙 광범한 구역이기에 다른
지옥을 지원하기 위해 나서는 것이 오히려 침입자 색출에 방해가 될
수 있기 때문이다.

침범을 당한 지옥은 일단 침입자의 탈출을 최대한 저지하면서 염라
혈위대의 출동을 기다리는 것이 순서였다. 염라혈위대가 당도하기 전
에 침입자를 놓친다면, 그 죄는 엄중하게 다스려진다.

일검향은 난데없는 소란에 조금 혼란스러워졌다.

"우리의 행적이 발각된 것이 아니었군. 열탕옥의 침입자 때문에 경
종이 울린 거였어."

"그렇다면 갑영 오라버니와 을화 언니겠군요. 그분들 외에 누가 유명계까지 침투할 수 있겠어요?"

"정황으로 판단하면 그럴 가능성이 높지만 이렇듯 쉽게 발각될 분들이 아니야. 형님과 누님은 정보를 얻더라도 절대 흔적을 남기지 않아. 더군다나 열탕옥에 침투했다가 발각됐다는 것이 이상해."

"창비가 열탕옥에 갇혀 있다는 잘못된 정보 때문일 수도 있어요."

"그럴 수도 있겠군."

일검향은 가볍게 고개를 끄덕이고는 가파른 계단 쪽으로 시선을 돌렸다. 구불구불 이어진 상층부에 옥주의 개인 처소가 높이 보였다.

"풍마옥에 있는 놈들을 모두 죽일 수는 없지만 풍마옥주만큼은 용서할 수 없어. 풍마옥을 나가기 전에 놈의 목을 베어 창비의 넋을 위로해 주어야겠다."

"알겠어요."

추가영은 고개를 끄덕여 쾌히 동조했다.

어차피 풍마옥을 탈출하기 위해서는 유일한 출구인 철창문을 통과해야 한다. 풍마옥 마인들과의 격돌은 필연이다. 사전에 풍마옥주 같은 수뇌를 제거하는 것도 수월한 탈출을 위한 방법일 수 있었다.

그들은 죄수들을 토굴로 몰아넣느라 소란스런 중앙 광장을 지나 가파른 계단 아래에 이르렀다.

풍마옥주의 처소는 은마령 직위에 이른 자들만 오를 수 있게 자격이 제한돼 있었다. 귀졸 신분은 감히 계단에 발을 얹을 수도 없었다. 하지만 그들은 과감하게 계단을 밟고 뛰어올랐다.

계단 중간에 이르자 세 명의 은마령이 진입로를 막아섰다.

"웬 놈들이냐?"

"이 새끼들이 뒈지고 싶어 환장을 했나? 감히 풍마원에 접근해?"

일검향의 답변은 쾌검이었다.

번—쩍!

은마령들은 병기를 쥐어보기도 전에 목이 베어지고 말았다.

천지쌍검을 손에 쥔 추가영이 입술을 비죽거렸다.

"치이, 제게도 기회를 줘야죠?"

"알았어. 다음 놈들은 가영이 처리해."

일검향이 양보하자 추가영이 앞서 계단을 차고 뛰어올랐다.

풍마원(風磨院)은 풍마옥주를 위한 개인 처소다. 절반은 벽돌을 쌓아 올렸고, 절반은 석벽을 파서 지은 건물이다. 풍마원 앞을 지켜선 두 은마령은 귀졸 둘이 접근하자 곧바로 병기를 뽑아 들었다.

"이게 어찌 된 일이냐?"

"은마삼령이 당했단 말인가?"

추가영은 다짜고짜 그들을 향해 몸을 날렸다.

"오냐, 이번에는 네놈들 차례다!"

천지무환검법이 전개되자 화려한 검화가 사위를 뒤덮었다.

천지성후의 절기는 천상검과 지환검에 의해 펼쳐지기에 검화와 검형을 동시에 발출할 수 있다. 화려한 검화가 뿌려지는 와중에 검형이 내리꽂히자 두 은마령은 제각기 칼을 휘둘러 방어했다.

은마령의 무공 수위는 뛰어난 일류급이었다. 그들은 단단히 작심을 하고 있었기에 추가영으로서도 단번에 그들을 해치울 수가 없었다.

차차창—!

오 초가 넘어가자 추가영의 얼굴이 붉어졌다.

그녀는 명색이 요지선궁의 제5대 궁주로, 신기한 대법에 의해 요지선자의 공력과 절기를 전수받으면서 절정고수에 오를 수 있었다. 그런 자신이 마국의 중간 급 마인 둘을 상대로 간단히 압도하지 못한다는 사실은 커다란 수치가 아닐 수 없었다.

"천지황홀!"

추가영은 허공을 딛은 채 빠르게 회전하며 천지쌍검을 휘둘렀다.

천지무환검법의 삼대절초 중 하나. 두 은마령은 수없이 피어오르는 검화에 정신이 아득해져 어떻게 대처할지를 몰라 손발을 떨었다.

퍼―펑!

두 가닥 폭음과 함께 두 은마령은 피투성이가 되어 나자빠졌다. 무수한 검화에 관통된 그들의 주검은 형체를 알아보기 힘들 정도였다.

일검향은 천지무환검법의 가공할 위력에 감탄을 금치 못했다.

"굉장하군. 은마령 따위를 상대로 펼치기에는 아까운 절기야."

천지쌍검을 거둔 추가영은 씁쓸한 표정을 지었다.

"천지무환검법의 위력이 이 정도인 줄은 몰랐어요. 갑작스럽게 고수가 되는 바람에 제 무공 수위를 파악치 못했어요."

"풍마옥주는 내가 상대하지."

일검향은 풍마원의 문을 양손으로 밀치고 안으로 들어섰다.

건물은 겉보기보다 훨씬 넓었다. 도열한 아름드리 기둥 저편으로 단상이 세워져 있었다. 단상 위 태사의에는 철창을 비껴 쥔 금포인이 당당히 앉아 있었다.

바로 금마장 직위에 있는 풍마옥주였다.

그는 한 지옥의 수뇌답게 침입자들을 직시하고도 별반 놀라워하지 않았다. 일검향이 천천히 단하로 다가서자 그는 비껴 쥐었던 철창을 옆으로 눕혔다.

"믿을 수가 없군. 침입자가 열탕옥뿐만 아니라 내가 관장하는 풍마옥에도 있었단 말인가?"

일검향이 팔짱을 낀 채 물었다.

"열탕옥에 침입한 사람들은 누구냐?"

"크흣, 심문을 받아야 할 사람은 내가 아니라 네놈이다. 대체 어떤 방법으로 이곳까지 침투할 수 있었단 말이냐?"

"유명마차를 타고 들어왔다. 귀명판관을 만났고, 내 동문 창비가 갇혀 있음을 알고 찾아온 것이다. 난 천예사원의 자객이다. 네가 원하는 답변을 모두 들었으니 이제 네가 대답할 차례다."

"……!"

풍마옥주는 상당한 충격을 받은 듯 망연한 눈빛으로 일검향을 직시했다. 그는 이것이 혹시 악몽은 아닌가 착각할 정도였다. 잠시 후 겨우 안정을 찾은 그는 침중한 어조로 말했다.

"천예사원의 자객… 과연 귀상의 예견이 틀리지 않았군. 네놈들의 자객술에 대해 익히 들었다만, 이렇게 직접 대면할 줄은 미처 몰랐다."

"쓸데없는 소리는 듣고 싶지 않다. 열탕옥에 누가 침입한 것이냐?"

"모른다. 네 명이 침투했다가 발각됐다는 보고만 잠시 전에 들었다. 그자들 역시 천예사원의 자객이냐?"

"아니다."

일검향은 한마디로 일축했다.

네 명이 침투했다면 갑영과 을화일 수 없었다. 그들 외에 또 다른 침입자가 있다는 것은 그로서도 전혀 예상치 못한 사건이었다. 어쨌거나 발각된 침입자가 갑영과 을화가 아니었기에 일단 마음을 놓을 수 있었다.

자리에서 일어선 풍마옥주가 철창을 어깨에 걸머메고 단하로 내려섰다.

"놈들은 자객이 아니라는 것이냐? 하여간 놈들은 상관없다. 염라혈위대의 도움없이 네놈을 제압하면 내가 분책받을 일은 없지."

"풍마옥주, 넌 참 불운하다."

"불운하다고?"

"쉽게 죽지 못해. 그게 네 불운이다."

풍마옥주는 철창을 붕붕 회전시켰다.

"자객이 두려운 것은 치졸한 암습 때문이다. 정면 승부라면 네놈은 절대 날 이기지 못해."

일검향은 팔짱 낀 손을 풀었다.

"그렇다면 맨손으로 널 상대해 주겠다."

문 옆에 서 있던 추가영이 눈을 동그랗게 떴다.

"검랑……?"

일검향은 한 손을 가볍게 쳐들었다.

"가영은 물러서 있어."

그가 가까이 다가서자 풍마옥주는 회심의 미소를 머금었다.

'흐흣, 맨손으로 나를 상대하겠다고? 네놈이 죽여달라고 통사정을 하는구나.'

풍마옥주는 창대를 길게 잡고는 냅다 창을 휘둘렀다.

"마횡소!"

위이잉─!

예리한 창날이 그대로 일검향의 목을 베어왔다. 일검향은 옆으로 이동하며 기둥을 타고 올라갔다.

"이놈!"

풍마옥주가 폭갈과 함께 기둥을 후려쳤다. 폭음과 함께 기둥이 통째로 베어졌다. 일검향이 거꾸로 선 채 대들보를 타고 유유히 이동하자 풍마옥주는 절정의 창술을 발휘했다.

"어디서 개수작이냐?"

무수한 창날이 꼬리를 물고 이어지며 일검향의 전신으로 파고들었다.

일검향은 그대로 창날 속으로 뛰어들며 범천강기를 운집해 일장을 내질렀다. 금마오절기 중 범황통천장이었다. 창비를 위한 복수심이 담긴 일장이기에 그 파괴력이 엄청났다.

콰아앙!

일진 폭음과 함께 풍마옥주가 뒤로 팅겨졌다.

"크으윽!"

울컥 피를 토해낸 그는 자신의 손을 내려다보았다. 자신의 애병인 철창은 박살났고 손아귀마저 찢겨 온통 피투성이였다.

천장에서 내려선 일검향은 범황운룡권을 구사했다. 그의 한주먹 한주먹은 정확히 풍마옥주의 급소를 가격했다. 풍마옥주는 연신 뼈가 으스러지며 비틀비틀 물러섰다.

일검향이 칠성 공력만 운집했어도 풍마옥주는 대번에 오장육부가 터져 즉사했을 것이다. 하지만 단지 삼성의 공력만 운집된 권법이기에 풍마옥주는 철퇴로 얻어맞은 고통에 시달려야 했다.

한쪽 눈알이 터지고 갈비뼈가 으스러진 그는 울컥 피를 토해냈다.

"크윽! 차… 차라리 죽여라!"

풍마옥주는 털썩 무릎을 꿇으며 체념하듯 외쳤다.

그는 비로소 일검향의 초절한 무공을 실감하게 되었다. 자객이 치졸한 암습에만 능하다는 그의 평가는 크게 잘못되었다. 상대가 비록 자객이라도 자신으로서는 감히 대적할 수 없는 절세고수임을 인정하지 않을 수 없었다.

일검향은 그의 명치를 걷어찼다.

계단까지 나가동그라진 풍마옥주는 기도가 막혀 전신을 부들부들 떨었다. 자신이 이렇듯 무기력하게 당할 줄은 꿈에도 생각지 못한 일이었다.

일검향은 자청검을 뽑아 그의 얼굴에 겨누었다.

"이제 네놈의 눈을 뽑고 귀를 멀게 하고 혀를 자를 것이다. 내 동생, 창비에 대한 보복이다."

풍마옥주의 얼굴이 공포로 물들었다.

잠시 전까지 높은 자리에 서서 죄수들에게 가혹한 형벌을 지시하고 그것을 즐겼던 그가 이제는 형벌을 받을 처지에 놓인 것이다. 자청검의 검극은 그의 턱을 타고 흐르다 심장 위에 멈춰 섰다.

일검향은 비통한 심정을 애써 냉정으로 다스렸다.

"그렇게 보복을 하고 싶은 게 솔직한 내 심정이다. 하지만… 넌 자객의 대부(代父)이신 천사명왕께 감사해야 한다. 내 사부님께서는 감정적 보복을 금하셨다. 그것이… 자객의 도리라 하셨다."

감정을 억제하느라 음성이 심하게 떨렸다.

자객의 도리!

그것은 그가 천예사원의 자객으로 존재하는 한 지켜야 할 필수적인 자객 수칙이었다.

그는 풍마옥주의 심장을 향해 검을 꽂았다. 검은 아주 천천히 풍마옥주의 심장으로 파고들어 갔다. 일검향은 풍마옥주를 잔인하게 죽일 수 없기에 대신 최대한 고통이 긴 죽음을 선사했다.

풍마옥주는 어서 죽기를 원했지만 그의 심장으로 파고드는 검의 속도가 너무 늦었다. 어느 검사도 이렇듯 서서히 검을 꽂을 수는 없을 것이다.

"크아악!"

그리고 영혼이 몸부림을 치며 육신을 떠났을 때 그의 얼굴은 참담하게 일그러져 있었다. 세상의 모든 고통을 겪으며 죽은 그런 모습이었다.

일검향이 자청검을 거두며 돌아서자 추가영은 서글픔이 어린 미소를 머금었다.

"이제 창비도… 조금은 원한을 씻었을 겁니다."

일검향은 희미하게 고개를 저었다.

"아니야. 정작 죽여야 할 놈들을 아직 한 놈도 죽이지 못했어."

풍마옥 돌파는 그리 어렵지 않았다.

옥주를 비롯해 은마령 호위가 다섯 명이나 죽은 상황이기에 동마사나 귀졸 정도로는 그들의 상대가 될 수 없었다. 만일 그들이 살육을 즐기는 자들이었다면 풍마옥의 귀졸들까지 몰살했을 것이다.

콰아앙!

철창문을 박살 낸 일검향과 추가영이 밖으로 나섰다. 그들의 침투가 벌써 염라전에 보고가 되었겠지만 아직 염라혈위대는 당도하지 않은 상황이었다.

일검향이 통로를 따라 달려가자 추가영이 물었다.

"어서 유명계를 벗어나야 하는 것 아니에요?"

"잠시 열탕옥으로 가보자."

"거기는 왜요?"

"대체 누가 유명계에 침투했는지 궁금해. 은천마국의 적이라면 우리에게는 동료야. 도와줘야 돼."

그러자 추가영의 표정과 음성이 차갑게 변했다.

"그게 아니겠지요."

"아니라니?"

"감소채! 혹시 그녀가 의천맹 고수들과 함께 잠입한 것이 아닌지 걱정이 되어서겠죠. 당신이 의천맹주의 행방을 일러주었기에 그녀가 구출을 위해 잠입했을 것이라 예상했을 겁니다. 아닌가요?"

"가영, 난……."

일검향이 말을 더듬자 추가영은 생긋 미소를 지었다.

"훗, 정말 감소채 언니에 관한 일이라면 꼼짝 못하는군요? 어서 가봐요. 나도 언니를 한번 만나고 싶어요."

일검향은 그녀의 배려가 고마웠다. 그녀의 추측대로 그는 또 다른 침입자가 감소채일 가능성에 무게를 두고 있었다.

당금 천하에서 마국에 침투할 자도 흔치 않으며, 유명계까지 잠입할 수 있는 사람은 손에 꼽을 정도다. 유명계에 이르려면 은천마국의 실상에 대해 아주 정통해야 하는데 그런 정보력을 지닌 단체는 역시 의천맹 외에는 생각할 수 없었다.

일검향은 절정의 신법을 발휘해 통로를 따라 달려갔다.

'소채, 제발 당신이 아니기를 간절히 원하오!'

2

퍼―퍼펑!

반구형 천장 아래 펼쳐진 지하 광장에서 전개되는 격돌은 실로 엄청났다.

광장을 빽빽하게 에워싸고 있는 마인들은 군병들처럼 갑주와 투구, 방패로 무장한 상태였다. 그 숫자는 수백 명에 달했고 통로를 통해 계속 보강되는 중이었다.

포위망 주변으로 은천마국을 상징하는 단풍잎 형태의 문장이 새겨진 기치가 세워져 있어 마치 군대를 방불케 한다.

동마사, 은마령, 금마장으로 구성된 부대가 바로 유명계 최강의 전투 조직인 염라혈위대였다. 이들은 매일같이 전투를 통해 단련된 자들이라 싸움에 관해서는 전문가들이었다.

동마대가 일제히 조여들자 채찍을 쥔 노인이 허공으로 훌쩍 떠오르며 현란한 채찍 그림자를 일으켰다.

"화락편조(花落鞭照)!"

편영은 어지럽게 흩어지며 동마대의 방패를 후려쳤다. 연이은 폭음과 함께 동마대가 뒤로 밀렸다. 다소 지친 모습이었지만 수십 명의 동마대를 밀어낸 노인의 채찍술은 여전히 위력적이었다.

염라혈위대에 의해 포위돼 있는 침입자들은 모두 넷이었다. 세 명의 노인과 한 명의 중년 여인.

그들은 다름 아닌 의천맹의 수뇌들이었다.

총호법인 도광패편과 전주 급인 구주철권, 중원신창, 표향비화.

은천마국으로 침투한 그들은 용케 유명계까지 이르렀지만 열탕옥을 수색하는 도중 발각되고 말았다.

천하구절 중 사절답게 그들은 열탕옥을 탈출했지만 통로가 속속 차단되면서 결국은 염라혈위대가 포진한 반구형 광장에서 포위망에 갇히게 되었다.

도광패편은 침통한 표정으로 동료들을 돌아보았다.

구주철권은 금마장들로 구성된 금마대의 합공에 목숨을 잃은 상태였고, 중원신창과 표향비화는 은마대의 방어벽을 돌파하다가 커다란 부상을 입고 말았다.

도광패편은 두 동료가 운공을 통해 기력을 회복할 수 있게 고군분투하고 있었지만 스스로도 부질없는 저항임을 인정하고 있었다.

'대체 은천마국의 한계는 어느 정도란 말인가? 의천맹의 전력으로도 이들 염라혈위대를 감당하기 어려울 정도다.'

당대의 열협답게 그는 죽음에 대한 두려움을 잊은 지 오래였다.

그가 두려워하는 것은 은천마국이 대대적으로 무림 침공을 전개하면 누구도 막을 수 없다는 데 있었다. 의와 협이 무너진 암흑세계 속에서 백도의 정기가 철저히 말살될 것이 두려웠다.

물론 영원한 밤이 없듯이 언젠가 은천마국이 괴멸되고 밝은 세상이 찾아오겠지만, 그때까지 지속될 사악한 피바람은 생각만 해도 공포였다. 과연 얼마나 많은 의협들이 고통 속에 죽어갈 것이며, 얼마나 많은 백도의 문파들이 멸문을 당할 것인가.

도광패편은 감소채의 간곡한 주의를 되새겼다.

'군사의 우려가 결코 지나친 것은 아니었다. 우리는 은천마국의 힘을 너무 우습게보았다. 맹주를 구할 욕심에 너무 서둘렀어. 보다 신중

했어야 했으며 유명계에 대해 더 깊이 연구했어야 했다.'

후회는 항상 나중에 찾아온다. 그리고 돌이키기에는 언제나 늦다.

도광패편은 채찍을 말아 쥔 채 전면을 응시했다.

이때 동마대가 좌우로 갈라지며 핏빛 장포를 걸친 거인이 성큼성큼 장내로 들어섰다.

키는 구 척에 달했고 등에 멘 장도는 도신의 폭이 무려 한 뼘이나 되었다. 얼굴의 절반은 번들거리는 금속제 가면으로 가려져 있어 모습이 분명치 않았다.

그는 도광패편과 열 걸음의 간격을 두고 멈춰 섰다. 워낙 장신인 데다 체격까지 늠름해 팔짱을 끼고 있는 모습이 실로 당당했다.

도광패편은 그를 직시하다가 미간을 깊이 찌푸렸다.

"네가 염라마공(閻羅魔公)이냐?"

"그렇다. 내가 바로 염라전을 관장하는 염라마공이다."

거인은 유명계의 경비와 순찰을 관장하는 염라전의 수뇌였다. 유명계 내에서 귀상에 이어 서열 이위에 해당되는 지고한 신분으로, 직위는 혈마공이지만 무공 수위는 태상전의 마상들과 버금갈 정도다.

도광패편은 가면으로 가려져 있지 않은 염라마공의 얼굴 반면을 유심히 살폈다.

"인정하고 싶지 않지만 내가 알고 한 사람과 유사하군. 나와는 오랜 숙적이었지. 생각해 보니 십수 년 전의 대결이 마지막이었던 것 같군."

염라마공은 가면으로 덮인 얼굴을 매만졌다.

"그래, 정확히 십이 년 전이었다, 패편(覇鞭)."

가면이 벗겨지면서 염라마공의 얼굴이 분명히 드러났다.

가면으로 가려졌던 반쪽의 얼굴은 심하게 훼손된 파면이었다. 눈두

덩이가 찢겨 눈알이 툭 불거졌고 살가죽이 심하게 벗겨져 허연 광대뼈가 드러날 정도였다.

도광패편의 입에서 무거운 침음성이 흘러나왔다.

"으음, 패도(覇刀)! 자, 자네였단 말인가?"

운공을 마치고 겨우 기력을 회복한 중원신창과 표향비화 역시 그를 알아보았다.

"설마 폭풍패도?"

"맙소사! 패도가 은천마국의 주구가 되었을 줄이야!"

놀랍게도 염라마공은 바로 천하구절 중 도절(刀絶)로 불린 폭풍패도였다.

선천적으로 괴력의 소유자인 그는 이백 근에 달하는 폭풍도로 천하를 질타하던 패웅이었다. 비록 사마(邪魔)의 무리는 아니었지만 워낙 호전적인 성격 때문에 무수한 피바람을 일으켰다.

그로 인한 분란을 우려한 도광패편은 여러 번 자중할 것을 충고했지만 폭풍패도의 답변은 간단했다.

무림의 법은 강자가 결정한다!

결국 두 사람은 대의를 건 한판 승부를 벌이게 되었고, 수백 초의 격돌 끝에 도광패편이 가까스로 이길 수 있었다. 얼굴 한쪽에 심한 부상을 입은 폭풍패도는 상처 입은 짐승처럼 울부짖으며 사라졌다.

그 이후 폭풍패도의 행방이 묘연해졌다. 천하인들로서는 강호의 골칫거리가 사라졌으니 다행스런 일이었다.

한데 폭풍패도는 죽은 것이 아니었고, 개심한 것도 아니었다. 그는 은천마국에 충성을 맹세해 마국의 절기를 수련한 후 유명계를 관장하는 염라마공이 되어 있었던 것이다.

다시 반쪽의 가면을 쓴 염라마공이 우렁찬 광소를 터뜨렸다.

"카하핫, 하늘이 무심치 않다는 말이 과연 사실이구나! 패편, 너를 유명계에서 만나게 될 줄이야."

도광패편은 그의 심후한 공력에 내심 경악을 금치 못했다.

'이럴 수가? 패도의 내공이 이렇듯 급증하다니? 가히 노화순청의 경지다!'

염라마공은 도광패편을 비롯해 중원신창과 표향비화를 차례로 쓸어보았다.

"유명계에서 옛 친구들을 만나다니 감회가 새롭군. 하지만 유명계의 율법은 엄격하다. 침입자는 누구를 막론하고 가장 혹독한 절참옥(切斬獄)에 수감된다. 너희 역시 마찬가지다."

도광패편이 의연하게 말을 받았다.

"패도, 절참옥이 아니라 유명십팔옥을 모두 순례한다 해도 두렵지 않네. 하지만 명색이 천하구절의 일인인 자네가 마국의 주구가 되었다는 사실이 통탄스럽군."

"카하핫, 천하구절 따위가 무슨 명예란 말이냐? 난 혈마공의 직위를 하사받았고, 귀상을 보좌해 유명계를 총괄하는 염라전의 종주가 되었다. 더군다나 마국의 절기까지 터득해 나의 폭풍도는 과거보다 배는 강해졌다. 너희들의 신분도 하잘것없지 않으니 만일 충성을 맹세한다면 목숨은 건질 수 있을 것이다."

"누구보다 자부심이 강한 자네가 무릎을 꿇었다니, 마국의 힘은 실로 가공하군."

도광패편은 채찍을 말아 쥐며 분연히 외쳤다.

"하지만 그 어떤 사악한 힘도 우리를 굴복시키지는 못할 것이다."

"잘 생각했다. 너희들이 굴복을 선택했다면 난 정말 실망했을 것이다."

염라마공은 등에 멘 폭풍도를 뽑아 들었다.

스르릉!

이백 근에 달하는 폭풍도는 보기에도 위압적이었다. 길이는 팔 척에 달했고 한 뼘이나 되는 넓은 도신이 독특했다.

그는 칼을 바닥에 꽂으며 뜻밖의 제안을 내놓았다.

"삼절, 옛 친분을 감안해 너희와 한 가지 내기를 하겠다. 너희 셋이 합공을 펼쳐 나를 물리친다면 유명계에서 내보내 주겠다."

"……?"

"대신 나에게 패한다면 마국에 충성을 맹세해야 한다. 어떠냐? 아주 후한 조건이 아니더냐?"

도광패편은 자신 혼자 결정할 문제가 아니기에 중원신창과 표향비화를 돌아보았다.

한가닥 희망이 있다면 지푸라기라도 잡으려는 것이 인간의 본성이다. 더군다나 그들 셋이 합공을 해서 폭풍패도를 상대하는 조건이라면 아주 유리한 대결이었다. 물론 패했을 때 마국에 굴복해야 한다는 조건이 가장 큰 부담이었지만 삼 대 일의 대결이기에 이길 가능성이 아주 높았다.

중원신창이 금창을 불끈 쥐었다.

"패편, 그동안 패도의 무공이 얼마나 강해졌는지 몰라도 우리가 패할 것이라고는 생각지 않네."

표향비화가 결단을 내리지 못하고 주저했다.

"패편, 패도가 이런 제안을 했다는 것은 우리 셋을 감당할 자신이 있기 때문입니다. 소첩은 어찌해야 할지 모르겠군요.”

도광패편 역시 선뜻 제안을 받아들일 수 없었다.

그들의 신분으로 한 번 약조를 하면 반드시 지켜야 한다. 패배를 당해 마국의 수하가 된다는 것은 지독한 수치이며 모욕이었다.

그렇다고 염라혈위대와 격돌하면 죽음은 필연이었다. 물론 죽음에 대한 두려움보다 맹주를 구출해야 하는 막중한 사명을 이루지 못하는 것이 더 괴로웠다.

하지만 그들 셋이 합공을 펼쳐 염라마공을 격파하면 유명계를 탈출할 수 있고, 맹주를 구출할 수 있는 희망도 가질 수 있다.

갈등과 심각한 고민…….

염라마공은 그들이 결단을 내리지 못하자 오만한 광소를 터뜨렸다.

“카하핫! 삼절이란 명성이 부끄럽구나! 그래, 너희 셋이 나 하나를 두려워한단 말이냐?”

한데 이때였다.

퍼퍼펑—!

연이은 폭음과 함께 포위망 외곽을 둘러싼 동마대 일부가 추풍낙엽처럼 날아갔다. 기습을 당한 염라혈위대가 채 진영을 갖추기도 전에 포위망 일각이 계속 무너졌다.

강력한 포위망을 헤치고 진입하는 두 사람은 바로 일검향과 추가영이었다. 금빛 광휘에 휩싸인 일검향은 힘껏 쌍장을 내질렀다.

“범황통천장!”

금마오절기는 불문의 절기답게 마를 상대하는 데 더욱 강한 위력을 발휘한다. 방패를 앞세워 밀집 대형을 구축한 수십 명의 동마대가 급류에 휩쓸린 토담처럼 허물어졌다.

일검향은 돌파에만 주력했고, 좌우와 배후의 반격은 추가영이 막았다.

"얼마든지 와라, 마국의 쥐새끼들!"

거듭된 싸움으로 그녀의 천지무환검법이 더욱 빛을 발했다. 전개되는 초식과 진기의 운용이 안정을 찾은 것이다.

동마대에 의한 포위망이 붕괴되자 은마대가 전면을 막아섰다.

은빛 방패가 눈부셨다. 하나같이 일류급 고수답게 그들의 방어망은 동마대와 확실히 비교가 되었다. 도, 검, 창으로 무장한 그들은 반원형을 이루며 일제히 조여들었다.

"죽여라!"

일검향은 순간적으로 벼랑이 붕괴되는 듯한 착각에 휩싸였다.

은마대의 공격은 아주 정교한 배합에 의해 이루어졌다. 창을 쥔 전열은 수평으로 달려왔고, 도검을 쥔 후열은 상방으로 날아들었다.

'오랜 훈련을 거친 자들이군.'

일검향은 일격에 해치워야 했기에 마음을 독하게 먹었다.

범천강기로 몸을 보호한 그는 범황운룡권을 구사했다. 구름 속에 몸을 숨긴 용이 승천하듯 화려한 금빛 기운이 치솟아올랐다.

"차아앗!"

십삼 초의 권법이 연이어 전개되었다.

발톱이 대지를 할퀴듯 꼬리가 수면을 가르듯 몸통이 똬리를 틀듯 주먹이 사위로 뻗어나갔다. 권법 최강인 소림의 권법을 바탕으로 창안되었기에 범황운룡권은 변화가 무궁했고, 파괴력 또한 대단했다.

퍼―퍼퍼펑!

은빛 방패가 쪼개지고 창검이 분질러졌다.

은마대의 병기가 그의 몸으로 파고들었지만 범천강기에 의한 호신강기 덕분에 창검이 모두 비껴 나갔다.

일검향은 힘찬 기합성과 함께 힘껏 주먹을 내질렀다.

콰앙!

은빛 방패가 뚫리며 그의 주먹이 은마령의 안면에 작렬했다. 은마령은 안면이 뭉개진 채 염라마공 앞으로 나가동그라졌다. 은마대의 방어망마저 붕괴되자 최강 전사들인 금마대가 나서려 했다.

염라마공이 소매를 저어 그들을 제지시켰다.

"멈춰라!"

그는 일검향을 직시하며 섬뜩한 안광을 발했다.

"귀명전에 침입자가 발생했다 들었는데 바로 네놈들이었더냐?"

"그렇다."

"그토록 은밀한 침투는 자객만이 가능하지. 너희는 천예사원 출신이냐?"

"그렇다."

"크훗, 과연 귀상은 신인이시다. 네놈들의 침투를 정확하게 예견하셨지."

일검향은 추가영을 대동해 삼절 쪽으로 다가섰다.

도광패편은 일검향과 여러 번 면식이 있어 대번에 알아보았지만 유명계에서의 상면은 너무도 뜻밖이었다. 더불어 또 한 번 그의 도움을 받았다는 생각에 부끄러움을 금할 수 없었다.

삼절의 상황을 둘러본 일검향이 염라마공과 마주 섰다.

"네가 삼절에게 내건 조건은 나도 들었다. 그 조건을 내가 수용하겠다."

“네가 수용하겠다고?”

“그렇다. 내가 패하면 우리 모두가 마국의 개가 될 것이다. 하지만 네가 패하면 우리가 유명계를 벗어날 수 있도록 보장해라.”

염라마공은 바닥에 꽂은 폭풍도의 손잡이를 쥐었다.

“크흣, 혹시 네가 일검향이냐?”

“그렇다.”

“역시 일검향이었군. 척살단 괴멸이 모두 네놈 때문이라 들었다. 태상전에서도 네놈에게 아주 관심이 높지.”

염라마공은 일검향에 뒤에 서 있는 삼절을 둘러보았다.

“난 당연히 네 도전을 받겠다. 하지만 삼절이 과연 네게 운명을 맡길까?”

일검향은 도광패편에게 시선을 돌렸다.

“어찌하겠소?”

도광패편은 난감한 표정으로 중원신창, 표향비화와 상의했다.

“우리가 선택할 수 있는 길은 오직 두 가지네. 마귀들과 최후까지 싸우다 죽거나 젊은 친구에게 모든 것을 걸어야 하네.”

중원신창이 일검향을 주시하며 물었다.

“이 사람의 신분이 자객인가?”

“그러하네. 그가 바로 당대 최강의 자객 무향검살일세.”

표향비화는 고개를 끄덕이며 나직이 감탄사를 발했다.

“아, 무향검살! 소문으로 익히 들었지만 이렇듯 걸출한 절세고수인 줄은 정말 몰랐어요.”

그녀는 중원신창에게 동의를 구했다.

“그가 비록 자객의 신분이지만 우리 의천맹의 은인이라 들었어요.

또한 감 군사의 친구가 아닙니까? 전 무향검살의 결정을 따르겠어요.”

“알겠소. 우리 셋이 합공을 펼치는 것보다 천불성승의 절기를 하사받은 그가 더 승산이 있을 것 같소.”

쌍절이 수락하자 도광패편은 일검향을 향해 포권을 취해 보였다.

“무향검살, 자네의 결정에 따르겠소.”

일검향은 가볍게 목례를 취하고는 염라마공 앞으로 다가섰다.

“조건은 합의됐다.”

염라마공은 호탕한 웃음을 터뜨렸다.

“카하핫! 과연 천예사원의 자객답게 대단하구나. 삼절조차 목숨을 맡길 정도로 말이다!”

폭풍도를 뽑아 든 그는 양손으로 감싸 쥐었다.

“모두 물러서라! 누구든 개입하는 놈은 내가 용서치 않을 것이다.”

그의 엄명이 떨어지자 염라혈위대는 모두 반구형 광장 주변으로 물러섰다.

추가영도 삼절과 함께 돌기둥 뒤로 물러섰다.

그녀는 내심 일검향이 염라혈위대 속으로 파고드는 것을 내심 못마땅하게 생각했었다.

사실 도광패편 일행의 발각은 그들에게 있어 행운일 수 있었다.

유명십팔옥은 각자의 지옥을 방비하는 데만 주력했기에 통로는 거의 비어 있었다. 풍마옥에 침입자가 발생했다는 보고가 전달되기 전에 유명계를 탈출할 수 있는 절호의 기회였다.

한데 일검향은 또 다른 침입자가 누구인지 확인하는 데 그치지 않고 무모하게 염라혈위대의 방어망을 뚫고 뛰어든 것이다.

‘이럴 때 보면 자객이 아니라 열협이야.’

그녀는 씁쓸한 심정으로 대결을 지켜보아야만 했다.

염라마공은 자신의 가슴께도 미치지 못하는 일검향을 굽어보며 폭풍도를 치켜들었다.

"고맙다, 일검향. 제1급 수배자인 네놈을 제압할 수 있다면 내게도 마상의 직위가 하사될 것이다."

일검향은 자청검을 비스듬히 기울였다.

"승부에 앞선 사례는 오만이다. 오만은 과신을 불러일으키고 과신은 방심으로 이어진다."

"카하핫, 어린놈이 마치 도인 행세를 하는 것이냐?"

"네가 방심 때문에 패할 경우 약조를 이행하지 않을 수 있기에 미리 충고를 하는 거다."

"건방진 자식! 네놈이 지켜야 할 약조나 잊지 마라. 행여 자결을 택한다면 네놈의 시체를 가루로 만들 것이다."

염라마공은 성큼 한 걸음을 내딛으며 폭풍도를 휘둘렀다.

콰류류류!

쏟아지는 파공성은 도법에 의한 칼바람이 아니었다. 도강에 의해 형성된 강력한 폭풍강기였다.

일검향은 감히 검을 마주칠 수가 없었다. 상대의 육중한 칼과 부딪쳤다가는 그대로 검이 박살날 것만 같았다.

그가 신법을 펼쳐 솟구치자 염라마공은 방향만 바꾸어 그대로 도강을 발출했다. 초식을 회수해 다시 펼친 것이 아니었기에 강력한 도강은 일검향의 신법을 빠르게 따라붙었다.

'충돌을 피할 수 없군.'

일검향은 검극에 범천강기를 주입시켜 빙글 회전했다.

콰아앙!

검과 도가 부딪쳤지만 마치 내가기공이 격돌한 듯한 폭음이 울려 퍼졌다. 사위로 비산되는 검강과 도강에 바닥의 석판이 연이어 박살났고, 불꽃과 같은 강기의 파편이 높은 천장을 할퀴었다.

'으윽!'

일검향은 기혈이 울컥 솟구쳤다.

폭풍도와 충돌한 자청검이 세차게 진동하고 있었다. 강력한 반탄력이 고스란히 체내로 스며들면서 가볍지 않은 내상을 일으켰다. 단 일초의 격돌로 그는 염라마공의 가공할 내공과 괴력에 질리고 말았다.

'이자의 내공은 괴력이 가세돼 너무 강력하다. 정면 승부는 무리다.'

반면 일검향을 밀어낸 염라마공은 한껏 기세가 올랐다.

"카하핫! 실망이구나, 일검향! 천예사원의 무공이 고작 이 정도냐?"

그는 빠른 속도로 다가서며 재차 폭풍도를 휘둘렀다.

콰류류류!

도법은 단조로웠지만 강기가 깃들었기에 그 위력은 상상을 초월했다. 눈앞에 보이는 모든 것이 칼 그림자였고, 쏟아지는 도강은 섬광처럼 빨랐다.

일검향은 감히 맞받아칠 수가 없어 최대한 신법을 발휘해 피하는 데 주력했다.

그의 주특기는 쾌검이기에 상대와 근접해야 기회를 노릴 수 있다. 한데 염라마공은 그런 기회를 주지 않았다. 그의 폭풍도는 점점 강해지며 속도까지 빨라졌다.

워낙 강력한 공격이기에 일검향의 전신에 연속적으로 혈흔이 새겨졌다. 도강에 의한 부상이기에 뼛속까지 충격이 지독했다.

대결을 지켜보던 삼절의 입에서 절로 한숨이 새어 나왔다.

"으음, 폭풍패도가 이렇게 강해졌을 줄이야."

"차라리 우리 셋이 나섰어야 했네."

"아닙니다. 우리가 나섰어도 폭풍도에 의한 도강을 감당하지 못했을 겁니다. 조금 더 지켜보십시다."

삼절보다 더 가슴을 졸이는 사람은 추가영이었다.

'검랑, 제발 힘내세요!'

일검향은 수세에 몰린 와중에도 맑은 정신을 유지하고 있었다.

범황천안술을 펼친 그는 폭풍도법의 약점을 찾아내는 데 주력했다. 공력과 파괴력에서 뒤진 그로서는 정면 대결은 무리였다. 상대의 약점을 찾아내 정확한 일격으로 승부를 내야 했다.

자객은 아무리 강한 고수를 만나도 두려워하거나 주눅이 들지 않는다. 그것은 어떤 고수라도 약점이 있으며 죽일 수 있다는 확신 때문이다. 그 가능성이 극히 희박하더라도 최선을 다하는 것이 바로 자객의 도리였다.

쾌류류—!

사위로 뿜어지는 도강에 광장을 덮은 석판은 산산조각이 났고 깊은 구덩이까지 패였다. 파괴적인 도강을 발출하는 염라마공의 기세는 여전히 폭발적이었다.

오랜 관찰 끝에 일검향은 마침내 폭풍도법의 치명적인 약점을 찾아낼 수 있었다.

강력한 소용돌이를 형성하며 뿜어지는 폭풍도법이지만 상방은 비어 있었다. 염라마공의 머리 위로 접근할 수 있다면 회심의 반격이 가능했다.

　문제는 상대가 전혀 눈치 채지 못할 은밀한 접근이었다. 공격 부위가 노출되면 그의 마지막 기회마저 무산된다.

　염라마공은 일검향이 시종 피하기만 하자 짜증이 났다.

　"어서 덤벼라, 졸렬한 살수 놈!"

　내리꽂힌 그의 폭풍도가 바닥을 가르며 일검향을 쪼개왔다.

　순간 일검향이 측면으로 우회했다가 반격을 펼쳐 왔다. 바닥으로 낮게 깔린 그는 그림자처럼 날아들며 연속적으로 쾌검을 발출했다.

　쐐애애액—!

　부챗살처럼 흩어진 검기는 급격한 호선을 그리며 염라마공의 기해, 전중, 미심혈로 파고들었다.

　염라마공은 일검향의 반격을 받자 흡족한 웃음을 터뜨렸다.

　"카하핫, 이제야 좀 싸울 맛이 나는군."

　유연하게 보법을 펼친 그는 폭풍도를 회전시켜 강력한 호신강기를 형성했다. 일검향의 쾌속한 검기는 호신강기에 튕겨 모두 무산되었다.

　"차앗!"

　일검향은 맑은 외침과 함께 신검합일을 구사했다.

　상승검법이 펼쳐지자 염라마공은 눈을 동그랗게 떴다.

　"호오, 신검합일까지?"

　한껏 공력을 끌어올린 그는 빙글 회전하면 폭풍도를 수평으로 그었다.

　"폭풍단횡파!"

　하늘과 땅을 가를 섬광이 불꽃을 일으키며 허공을 갈랐다.

　차앙—!

날카로운 금속성과 함께 일검향의 몸이 높이 튕겨져 올랐다. 심한 내상을 입은 듯 안색은 창백했고 입가로 피가 흘렀다.

그를 올려본 염라마공은 자신의 득수를 확신하며 회심의 미소를 지었다.

"크훗, 마무리다!"

바닥을 박찬 그는 거대한 덩치답지 않게 날렵하게 솟구쳐 올랐다. 그의 폭풍도는 허공 높이 튕겨져 오른 일검향을 향해 힘차게 뻗어나갔다.

순간 일검향의 몸이 뚝 떨어져 내렸다.

마치 허공 수백 장 높이에서 배회하다가 먹이를 발견하고 하강하는 솔개의 기세였다. 천근추 수법으로 내리꽂히는 일검향의 하강 속도는 지극히 빨랐다.

"허억?"

비로소 위기를 감지한 염라마공은 눈을 부릅뜨며 머리 위로 폭풍도를 휘둘렀다. 그러나 철저하게 약점을 간파한 일검향의 공세는 그의 예상을 훨씬 넘어섰다.

차아앙!

폭풍도는 채 도강을 발휘하기도 전에 옆으로 밀렸고, 예리한 검기가 염라마공의 머리를 향해 내리꽂혔다.

염라마공은 정신이 아득해졌다.

방어를 하기에는 너무 늦었다. 일검향이 앞서 경고한 대로 방심이 빚은 위기였다. 상대를 경시하다 보니 전력을 다하지 못했다. 백회혈로 꽂히는 검기에 절로 몸이 오그라들었다.

한데 내리꽂히던 검기가 살짝 옆으로 틀어졌다.

퍼억!

베어진 것은 그의 목 대신 왼팔이었다. 거대한 덩치답게 베어진 어깨 부위에서 쏟아지는 피의 양도 엄청났다.

확실하게 승부를 결정지은 일검향은 빙글빙글 회전하며 본래의 자리로 내려섰다. 표정은 의외로 담담했다.

염라마공을 격파했지만 그는 승자의 오만과 여유를 전혀 비쳐내지 않았다. 이긴 것은 확실했지만 당당한 승리라 하기에는 다소 부족함이 있었기 때문이다.

잠시 침묵이 감돌았다. 광장에 수백 명이 운집해 있었지만 탄성 한 마디 흘러나오지 않았다.

추가영은 터져 나오는 환호를 손으로 틀어막고 있었다.

일검향의 승리를 외치고 싶어도 염라혈위대를 자극할 우려가 있어서였다. 아무리 염라마공이 약조를 했더라도 이곳은 적진이었다. 약조를 무시할 경우 혈투는 피할 수 없는 수순이었다.

철컹!

등의 칼집에 폭풍도를 꽂은 염라마공은 혈도를 찍어 출혈을 막았다. 팔이 베어진 고통보다 패배에 의한 자존심의 상처가 훨씬 컸다. 과거보다 훨씬 강한 고수로 성장했음을 자부하고 있었기에 이번의 패배는 너무도 충격적이었다.

어쨌거나 약조는 지켜야 했다. 그로 인해 태상전으로부터 혹독한 형벌을 받는다 해도 약조를 지켜야 하는 것이 무인의 도리였다.

"보내줘라!"

그는 염라혈위대를 향해 한 손을 휘저었다.

은마대와 동마대로 구성된 포위망 일각이 갈라졌다. 침입자를 살려

보내는 것은 유명계의 율법에 어긋난 역행이었지만 그들은 감히 염라마공의 명을 거역할 수 없었다.

추가영은 급히 일검향을 부축해 갈라진 포위망으로 향했다. 중원신창과 표향비화가 뒤를 따랐고, 구주철권의 시신을 안아 든 도광패편이 그 뒤를 이었다.

도광패편은 약조를 지켜준 염라마공을 향해 감사의 목례를 취해 보였다.

한데 전혀 예기치 못한 반전이 전개되었다. 금마장으로 구성된 금마대가 내려서며 일검향 일행을 막아선 것이다.

추가영이 염라마공을 돌아보며 외쳤다.

"치사한 인간아! 아무리 마국의 개가 되었다 해도 장부의 약조를 저버릴 수 있단 말이냐?"

염라마공이 성큼성큼 금마대를 향해 다가섰다.

"네 이놈들! 감히 명을 거역하겠다는 것이냐?"

금마대주(金魔隊主)가 냉담하게 응수했다.

"전주, 유명계의 율법이 우선이외다. 침입자를 살려 보내면 우리 모두가 죽습니다."

"그럼 뒈져라. 난 약조를 지켜야겠다."

염라마공은 폭풍도를 뽑아 힘껏 바닥에 꽂았다.

"명을 거역하는 놈은 누구든 베어버리겠다!"

그가 턱짓을 보내자 일검향 일행은 갈라진 포위망 사이로 총총히 빠져나갔다.

도광패편이 염라마공을 돌아보며 긴 한숨을 내쉬었다.

"패도, 비록 마국에 몸을 담았지만 자존심까지 팔지는 않았구려."

염라마공은 폭풍도를 질질 끌고는 일검향 일행이 진입한 통로 입구를 막아섰다.

"비상 사태는 해제됐다. 해산하라!"

그의 명이 떨어졌지만 염라혈위대는 꼼짝도 하지 않았다. 동마대와 은마대는 금마대주의 눈치를 살피고 있었다.

금마대주는 수하들을 향해 외쳤다.

"유명계의 율법을 어긴 자는 염라마공이다! 우리가 살기 위해서는 반도를 죽여야 한다!"

무시무시한 하극상이었다.

평소라면 설사 염라마공이 율법을 어겼다 해도 감히 검을 들이댈 엄두조차 내지 못했을 것이다. 하지만 한 팔을 잃은 패배자의 모습은 초라할 수밖에 없었다.

염라혈위대는 밀집 대형을 형성한 채 염라마공을 향해 서서히 접근을 시도했다.

염라마공은 폭풍도를 늘어뜨린 채 눈을 반쯤 감고 있었다.

무림천하를 종횡하면서 죽음에 대해 무관심한 그였기에 다가오는 염라혈위대가 전혀 두렵지 않았다. 일검향과의 대결에서 패한 것이 분했지만 그래도 약조를 지킬 수 있어 다행이라 생각했다.

적어도 신의없는 소인배라는 불명예를 남기지 않을 수 있기 때문이다.

"죽여라!"

금마대주의 공격 명령이 떨어지자 수백 명의 염라혈위대는 엄청난 함성과 함께 달려들었다.

염라마공은 눈을 부릅뜨며 그들 직시했다.

"하극상은 용서할 수 없는 반역죄다!"

그는 육중한 폭풍도를 바람개비처럼 휘둘렀다. 비록 한 팔을 잃는 부상을 당했다 해도 그의 폭풍도법은 여전히 강력했다. 단 일 도에 수십 명의 동마대가 방패와 함께 동강나 버렸다.

그러나 그의 응징은 오래가지 못했다.

그가 조련시킨 염라혈위대는 퇴각을 모르는 전사들이었다. 동료의 시체는 다리가 되었고 동료의 피는 전의를 북돋아주는 향기였다.

"와아아―!"

염라혈위대의 맹공 속에 염라마공은 서서히 무너지고 말았다.

이 순간 그는 염라전의 수괴가 아니었다. 오기와 자부심으로 뭉친 천하구절의 일인인 열협 폭풍패도였던 것이다.

第53章
경악, 수라계(修羅界)의 세상

　여명은 언제나 맑고 신선하다. 여명의 햇살이 비치는 곳이 설사 죽음의 마역이라 해도 햇살은 변함이 없다.

　유명계에서 대사건이 벌어졌지만 은천마국은 별다른 변화를 보이지 않았다. 마국 내의 양민들은 평소처럼 일어나 논과 밭으로 향했고, 상인들은 물품 목록을 작성하는 데 골머리를 앓아야 했다.

　물론 일곱 개 전각으로 둘러싸인 태상전 역시 평소와 다름이 없었다.

　검고 흰 두 가지 색으로만 이루어진 귀상각 건물에도 여명의 햇살이 스며들고 있었다. 귀상은 잠시 낮잠을 즐길 뿐 밤잠을 거의 자지 않는다. 하기에 그는 밤새 유명계에서 벌어진 모든 정황을 알고 있었다.

　유명계가 침범당하고 두 명의 혈마공인 귀명판관과 염라마공의 사망. 그 외에도 다수의 수뇌들이 죽었으며, 두 곳의 지옥이 무참하게 파괴됨. 더군다나 유명계에 침투했던 자들은 모두 탈출.

그가 관장하는 유명계에서 벌어진 사건이기에 당연히 그가 직접 출동을 해야 했지만 그는 여전히 귀상각에 머물러 있었다. 긴 의자에 비스듬히 기대앉아 귀를 파는 모습이 무척이나 한가해 보였다.

이때 문이 열리며 한 여인이 들어섰다.

세숫물이 담긴 은 대야를 받쳐 들고 있는 것으로 보아 하녀로 짐작되었다. 하지만 하녀로 보기에는 용모가 너무 출중했다.

이국의 냄새가 물씬 풍기는 금발의 벽안도 그러했고, 백설처럼 흰 피부와 육감적인 몸매 또한 그러했다. 무엇보다 여인의 몸에서 풍기는 색기가 폭발적이었다.

여인은 바로 교교였다.

"사부님, 문안 인사드립니다."

은 대야를 내려놓은 교교는 공손하게 절을 올렸다.

그녀는 일도살을 업고 태상전에 당도한 이후 줄곧 태상전에 머물게 되었다. 처음에는 혈상을 섬겼지만 일도살의 충고를 받은 이후에는 귀상을 섬기게 되었다.

일도살의 말대로 혈상은 계집에 대해 쉽게 식상하는 성격이라 교교가 귀상각으로 갔어도 전혀 문제를 삼지 않았다.

귀상은 교교의 농염한 색기보다는 교활함과 속임수, 재빠른 임기응변에 관심을 보였다. 교교는 그의 환심을 사기 위해 성심을 다했고, 덕분에 귀상각의 제자가 될 수 있었던 것이다.

교교의 부축을 받아 일어선 귀상이 세수를 마치자 교교는 마른 수건으로 깨끗하게 물기를 닦아주었다.

귀상이 집무 의자에 앉자 교교는 차를 따라 올리고는 집무 책상 옆에 조용히 무릎을 꿇고 앉았다. 지금의 그녀는 제자라기보다 잔심부름이나 하는 시녀와 다를 바 없었다.

그렇다 해도 귀상과 많은 시간을 함께할 수 있다는 것은 대단한 특권이었다. 귀상에게 보고되는 각종 정보를 들을 수 있고, 업무를 처리하는 그의 수완을 배울 수 있기 때문이다.

귀상은 반 시진 단위로 올려지는 보고서를 검토하며 차를 한 모금 들이켰다.

"지난밤, 아주 흥미로운 사건이 벌어졌다."

"좋은 일입니까?"

"나쁜 일이다. 유명계 일각이 붕괴되고 두 명의 혈마공을 비롯한 상당수의 고수들이 목숨을 잃었지. 그리고 침입자들은 모두 탈출했다."

"예에?"

교교는 입을 다물 수가 없었다.

은천마국으로 침투한 잠입자들은 종종 있어왔기에 마국이 침범을 당했다면 새삼 놀라울 일도 아니었다. 하지만 유명계라면 얘기가 다르다. 들어가기도 쉽지 않은 데다 탈출은 생각할 수도 없다. 한데 그런 불가능한 변괴가 발생한 것이다.

그녀는 겨우 가슴을 가라앉히고는 물었다.

"대체 어떤 놈들입니까?"

"네가 맞춰보아라."

"……?"

교교는 마른침을 꿀꺽 삼켰다.

이것은 하나의 시험이다. 귀상은 간간이 엉뚱한 질문을 던지고 느닷없이 일을 시켜 제자들을 시험한다. 그런 과정 속에서 대부분이 탈락하고 남은 자들은 일부에 불과하다.

'귀상각에 남아 있으려면 제대로 답변을 해야 한다. 이건 내 목숨이 걸린 시험이야.'

그녀는 깊이 생각에 잠기다가 조심스럽게 아뢰었다.

"천예사원의 자객일 가능성이 아주 높습니다."

"그뿐이냐?"

"그들이 아니라면… 의천맹의 수뇌급들이 침투했을 것입니다."

귀상은 가는 미소를 지었다.

"틀리지는 않구나. 의천맹에 소속된 사절이 열탕옥에 침투하면서 놈들의 침입 사실이 밝혀졌다. 사실 사절의 명성과 무공을 감안한다면 그리 놀라운 일은 아니지."

"의천맹에서는 단지 사절만 침투한 것입니까?"

"현재까지의 보고로는 그렇다."

교교는 기회다 싶어 자신의 추측을 아뢰었다.

"만일 사절만 침투했다면, 유명계에 침투해 누군가를 구출할 계획이었을 겁니다."

"왜 그렇게 판단한 것이냐?"

"만일 그들이 척살을 목표로 했다면 굳이 죄수들이 갇혀 있는 유명계를 선택하지 않았을 겁니다."

귀상은 편히 기대앉으며 수염을 내리쓸었다.

"흐음, 직관력이 뛰어나구나. 사절은 분명 구출을 목표로 침투했다. 결코 성공할 수 없는 구출이 되겠지만."

"……."

교교는 몹시 궁금했지만 함부로 묻지 않았다.

그 또한 현명한 처세 방법이었다. 천하사절과 같은 초절정급 고수들이 목숨을 건 침투를 감행했다면, 구출하고자 하는 사람이 보통 신분이 아님을 짐작할 수 있었다. 그런 존재에 대해 깊이 알려 하는 것 또한 그녀의 신분으로는 과욕일 수 있었다.

귀상은 그녀의 자제력을 헤아리고는 가볍게 고개를 끄덕였다.

"교교, 네가 알아야 할 것과 몰라야 할 것을 정확히 판단하고 있으니 기특한 일이다. 향후 노부를 수행하거라."

교교는 그의 돈독한 신임을 받았다 싶어 고개를 조아리며 감격했다.

"망극하옵니다, 사부님."

"사실 천하사절뿐 아니라 천예사원의 자객까지 유명계에 침투했다."

"예에? 누… 누구입니까?"

"두 명이다. 한데 계집은 자객이 아니다. 천지쌍검을 지녔다면 요지선궁의 제자가 분명하다."

교교는 가슴이 철렁 내려앉았다.

"그렇다면 다른 한 명은… 일검향입니다."

"확실하냐?"

"그렇습니다. 일검향은 자객 주제에 한 계집을 연모했습니다. 그가 소림의 참회동에 뛰어든 이유도 그 계집이 인질로 잡혀 있었기 때문입니다. 계집은 바로 현상범 추적을 전문으로 하는 대백랑 추가영입니다. 수월루주 척살에 관여되었기에 본국의 추적을 받는 계집입니다."

자리에서 일어선 귀상은 뒷짐을 진 채 천천히 걸음을 옮겼다.

"정확하구나. 두 연놈은 바로 일검향과 대백랑이다. 그들은 풍마옥에 감금돼 있던 동문 자객을 구출하기 위해 침투했지. 하지만 창비란

놈은 눈과 귀가 멀었고, 신지까지 상실된 짐승에 불과했다. 결국 일검
향은 냉혹한 자객답게 동문을 죽였다.”

교교는 묘한 서글픔에 사로잡혔다.

창비와 다훼가 마국으로 잡혀왔다는 얘기는 들었지만 정확한 소재
는 알지 못했다. 비록 마국에 충성을 맹세했지만 창비의 죽음은 즐거
울 수 없었다.

‘아, 창비. 나와는 다툼이 많은 녀석이었는데… 결국은 비참하게 죽
었군.’

귀상은 창가에 서며 활짝 핀 국화를 감상했다. 정원에 만개한 국화
꽃은 모두가 흰색 일색이었다.

“유명계를 탈출한 연놈은 조만간 수라계로 들어설 것이다. 또 한 명
의 동문이 잡혀 있으니 반드시 구하고 싶겠지.”

“다훼겠군요.”

“그래, 다훼다. 노부가 잠시 심문해 보았더니 아주 영특한 계집이더
구나. 제자로 삼고 싶을 정도였다. 하지만 아주 독종이었다. 노부의 제
안을 일언지하에 거절하고 스스로 눈을 찔러 장님이 되었다.”

교교는 두 가지 상반된 감정에 휩싸였다.

‘다훼, 그 계집이 장님이 되었다고?’

그녀는 다훼에 대한 안쓰러움과 흡족함을 동시에 느꼈다. 안쓰러움
은 그래도 동문이었던 그녀가 장님이 되었다는 사실이고, 흡족함은 그
녀가 일검향을 알아보지 못하게 되었다는 데 있었다.

사실 그녀와 다훼는 일검향을 사이에 둔 연적(戀敵) 관계라 할 수 있
었다.

만일 다훼가 없었다면 그녀는 일검향과 절친한 사이가 되었을 것이

다. 그와 함께 춘추봉으로 출동한 상태였다면 마국에 복속되는 아픔도 겪지 않았을 것이기에 다휘에 대한 원망은 원한과도 같았다.

교교는 문득 상념에서 깨어나며 확신에 찬 어조로 아뢰었다.

"사부님, 일검향이 침투했다면 갑영과 을화 역시 잠입해 있을 것입니다. 갑영과 을화는 일검향과 달리 냉혹한 성격이기에 다휘에 대한 구출은 생각지 않습니다. 곧바로 태상전으로 침투할 것입니다."

귀상은 음사한 웃음을 흘렸다.

"흐흐훗, 훌륭하구나. 너의 직관은 나의 예상과 일치한다."

"송구합니다."

"어떠하냐? 공을 한번 세워보겠느냐?"

"명을 내려주십시오."

"노부를 비롯한 태상전 마상들의 최대 관심사는 일검향이다. 일도살에 이어 유명계의 염라마공마저 격파했으니 놈의 무공은 범상치 않다. 하지만 수라계에 들어서면 지극한 혼란과 충격 때문에 본신 능력을 제대로 발휘하지 못할 것이다."

귀상은 눈을 가늘게 뜨며 다가섰다.

"네가 한번 놈을 제압해 보겠느냐?"

"예에?"

교교의 표정이 난감하게 일그러졌다.

명을 거역하자니 신임을 잃게 될 것이고, 수용하자니 자신이 없었다.

척살단에서 보여준 일검향의 무공 수위는 실로 절세적이었다. 그녀가 아무리 계략을 꾸며도 그를 속일 수 없고, 무공마저 현저하게 차이가 나기에 그에 대한 제압은 불가능에 가까웠다.

그러나 거부하면 애써 획득한 신임을 잃는다는 생각에 그녀는 결연하게 대답했다.

"명을 받겠습니다."

귀상은 깡마른 손을 뻗어 그녀의 볼을 어루만졌다.

"자신은 있느냐?"

"솔직히… 자신은 없습니다. 녀석을 만나는 것조차 두렵습니다."

"……."

"하오나 사부님의 신임을 잃는 것이 더 두렵습니다."

"흐흣, 영악한 계집이로다."

귀상은 음산한 괴소를 흘리고는 집무 의자에 앉았다.

"교교, 최선을 다해라. 설사 실패해도 널 탓하지 않을 것이다. 놈에게 너의 존재를 보이는 것만으로 절반은 성공이라 할 수 있다."

"……?"

교교는 귀상의 조언이 무엇을 의미하는지 정확히 파악할 수가 없었다. 하지만 실패를 문제 삼지 않겠다는 말은 대단한 특혜다. 마국의 율법상 임무에 실패한 자는 유명옥으로 떨어지는 게 관례였기 때문이다.

'그래, 귀상은 날 저버릴 생각이 없다. 최선을 다해 부딪쳐 보는 게 상책이다.'

그녀는 공손히 고개를 조아렸다.

"반드시 악적 일검향을 제압하겠습니다."

2

지상의 맑은 공기는 상쾌했다.

유명계를 벗어난 일검향 일행은 계곡 물이 흐르는 바위 주변에 둘러 앉아 있었다.

일검향과 추가영은 물을 마시고 건량을 씹으며 체력을 회복하는 데 주력했지만 삼절은 침통하기만 했다. 그들은 오랜 동료인 구주철권을 잃은 비통함과 임무 실패에 따른 좌절감에 입을 꾹 다물고 있었다.

무엇보다 한갓 자객에게 도움을 받았다는 수치심이 더욱 컸다. 특히 두 번씩이나 구함을 받은 도광패편은 어떻게 사례를 해야 할지 난감한 심정이었다.

일검향이 흘러가는 구름을 바라보며 건성으로 물었다.

"단지 네 분의 힘만으로 은천마국을 상대하려 침투한 것이오?"

도광패편이 무거운 어조로 대답했다.

"물론 아닐세. 우리는 사도 맹주를 구출하기 위해 잠입한 것이네. 늦었지만… 도움에 진심으로 사의를 표하네."

중원신창과 표향비화도 도움을 받은 입장이기에 정중히 예를 올렸다.

"고마웠소, 무향검살."

추가영이 그들의 속내를 아프게 꼬집었다.

"백도의 명숙들께서 목숨을 구해준 은인을 대하는 태도가 왜 이러실까? 마치 떫은 감을 씹은 표정이니 말이야."

일검향은 눈짓으로 그녀의 말을 막고는 담담하게 응수했다.

"개의치 마시오. 덕분에 나와 가영도 쉽게 유명계를 탈출할 수 있었으니 모두의 행운이오."

도광패편이 어색함을 씻기 위해 물었다.

"자네는 무슨 의도로 침투한 것인가?"

"내 직업이 자객이오. 죽여야 할 놈들이 몇 있소."

그들이 누구인지 도광패편은 굳이 묻지 않았다. 염라마공을 격파한 그의 무공은 절세급으로 손색이 없었기에 그가 죽이려는 자들이 은천마국의 최고 수뇌급임을 십분 짐작할 수 있었다.

일검향은 삼절을 쓸어보며 물었다.

"정말 네 분만 침투하였소?"

도광패편은 그의 심중을 이내 헤아렸다.

"감 군사는 오시지 않았네. 우리에게 마국의 대한 정보를 상세히 알려주고 각별히 조심할 것을 신신당부하셨지."

"……."

"우리는 마국에 잠입해 구역장을 생포하였네. 놈에게 사도 맹주가 유명계에 갇혀 있는 얘기를 듣고 유명계로 침투하는 방법을 알아내 잠입한 것일세. 하지만 우리의 실책이었네. 놈의 거짓말에 속아 함정에 빠지고 만 것이지."

"맞소. 사도 맹주는 유명계에 없소. 사도 맹주의 소재에 대해서는 태상전 마상들만이 알고 있다고 들었소. 만일 은마계 내에 있다면 세 분은 결코 침투할 수 없소. 내 생각에는 삼절께선 이만 귀환하시는 것이 옳은 결정이오."

도광패편이 강하게 반박했다.

"무슨 소리! 우리는 천하를 위해 반드시 맹주를 모셔 가야 하네. 죽음을 두려워했다면 애초에 마귀들 세상에 침투하지도 않았을 것이네."

"노선배, 지금 선배들의 몸 상태로 그것이 가능하다고 생각하오?"

일검향의 시선이 평석에 눕혀져 있는 구주철권에 꽂히자 삼절은 일제히 한숨을 내쉬었다.

사실 도광패편만 건재한 상태이지 중원신창과 표향비화의 부상은 가볍지 않았다. 그런 몸으로 은밀한 침투를 유지하기는 어렵다. 게다가 죽은 동료는 수십 년 동안 교분을 나눠온 친우이기에 차마 버려둘 수가 없는 것이다.

그들의 갈등이 거듭되자 일검향이 결연한 어조로 말했다.

"어서 귀환하시오. 만일 사도 맹주를 찾게 되면, 내가 반드시 구출해서 모셔 가겠소."

사실 삼절의 잠입은 그와 추가영의 행보에 방해만 되기에 없느니만 못하다. 물론 사도진성을 구출해 주겠다는 말이 거짓은 아니었다. 감소채를 위해서라도 반드시 구출해 주고 싶은 것이 솔직한 심정이었다.

도광패편의 두 눈에 감동이 일렁거렸다. 그는 일검향의 손을 굳게 쥐었다.

"무향검살, 그리해 줄 수 있겠나?"

"난 감 군사의 친구요. 사도 맹주가 군사의 사형인데 내 어찌 모른 척할 수 있겠소?"

감소채의 친구라는 말에 중원신창과 표향비화도 그를 신뢰했다.

"정말 부끄럽군. 무향검살만 믿겠소."

"부탁드리겠어요, 무향검살."

일검향은 도광패편과 먼저 일어서 낮은 벼랑 가에 나란히 섰다.

도광패편은 푸른 하늘과 흰 구름, 기운 찬 산세를 응시하며 공허한 웃음을 흘렸다.

"허허, 세상일은 역시 한 치 앞을 알 수 없군. 한때 감 군사를 척살하려 했던 자객과 이렇게 나란히 서게 될 줄이야."

"유명계에서 벌어진 소란 때문에 마국 전체에 비상 경계가 펼쳐졌을 텐데 탈출이 가능하겠소?"

"자네에 비해 많이 부족하지만 명색이 천하구절에 속해 있는 우리들일세. 놈들의 최고 수뇌가 나서지 않는 한 우리를 막지 못할 것이네."

"마국의 실체를 직접 대한 심정이 어떻소?"

"가공하다는 말밖에 나오지 않는군. 해서는 안 될 말이지만, 솔직히 이런 세상을 창조한 마국주의 능력에 대해 경의를 표하고 싶네. 그자는 인간이 아니라 마신(魔神)일세."

일검향은 잠시 운공조식을 취하고 있는 중원신창과 표향비화를 돌아보았다.

"내 생각에 은천마국을 붕괴시킬 수 있는 힘은 시간뿐이오. 놈들이 스스로 무너질 때까지 각 문파는 생존하는 데 주력하는 것이 나을 것 같소."

"허허, 자객인 자네가 무림천하를 다 걱정하는가?"

"무림이 사라지면 자객도 의미가 없기 때문이오. 감 군사를 만나게 되면 무모한 공격을 자제토록 조언해 주시오. 노선배가 직접 겪은 마국의 실체를 소상히 밝힌다면, 감 군사 역시 생각을 달리할 것이오."

도광패편은 그의 어깨에 손을 얹었다.

"무향검살, 편협했던 노부를 용서하게나. 감 군사의 안목대로 자네는 진정 열혈의 의인일세. 만일 세상에 광명이 밝혀진다면, 모두 자네의 공일세."

"그럴 일도 없으며, 설사 그런 세상이 온다 해도 나와는 무관하오. 난 사부님과 동문의 복수를 위해 싸우려는 한 사람의 자객일 뿐이오."

"그래, 그것이 세상이겠지. 알려진 영웅보다 묻혀진 영웅 덕분에 세상의 광명이 유지될 수 있는 것이니까."

도광패편은 힘차게 포권을 표했다.

"그럼 무운을 빌겠네, 무향검살!"

삼절은 먼 거리에 이르자 다시 예를 표하고 능선 너머로 사라졌다.

둘만 남게 되자 추가영은 일검향의 등에 매달리며 볼을 비볐다.

"저 앞으로 착하게 살 생각이에요."

"뜬금없이 그게 무슨 소리야?"

"가짜 지옥이지만 유명십팔옥을 보면서 많이 반성했어요. 죽어서 그런 지옥에 떨어질 것을 생각하니 정말 끔찍해요."

"아마 가영은 천당으로 갈 거야."

"그런 말씀 마세요. 그동안 현상범을 추적하면서 얼마나 많은 사람을 죽였는데요? 솔직히… 전 착한 계집은 못 돼요."

일검향은 몸을 돌려 그녀의 어깨에 팔을 둘렀다.

"우리 다시 유명계로 내려갈까?"

"왜요?"

"가짜 지옥인 유명십팔옥을 때려부수면 진짜 염라대왕이 얼마나 흐뭇해하겠어? 아마 그 공로로 우리는 천당으로 갈 거야."

"호호, 엉터리!"

추가영은 그의 가슴을 가볍게 쥐어박고는 본래의 씩씩함을 되찾았다.

"가요. 아직 죽을 날이 멀었는데 벌써부터 걱정할 필요 없지요."

"하하, 잘 생각했어."

일검향은 시원스런 웃음을 짓고는 그녀와 나란히 산길을 걸었다.

잠시 전 유명계에서 탈출했기에 방향과 위치를 전혀 짐작할 수 없었다. 막연하나마 그들이 수라계에서 멀지 않은 곳에 있음을 추측할 뿐이었다.

3

"이 비렁뱅이 놈! 감히 어디를 기웃거리는 게냐?"

도인의 엄한 음성에 놀란 어린 비렁뱅이가 급히 나뭇가지를 타고 원숭이처럼 달아났다.

"아이고, 전 그냥 구경만 하려 했습니다요, 도장님."

중년 도인은 호통을 쳐 쫓아냈을 뿐, 굳이 어린 비렁뱅이를 추격할 생각은 없어 보였다.

"이놈, 한 번 더 소해검지(小解劍池)를 넘어서려 했다가는 너희 개방 분원이 박살날 것이다!"

도인은 낡은 도복을 툭툭 털고는 도관 입구로 걸음을 옮겼다.

문득 수상쩍은 인기척을 감지한 도인이 몸을 틀며 소매를 뿌렸다.

"웬 도적들이냐?"

무당의 독문 지법인 태극일지선(太極一指線)이었다. 십 장 밖 바위에 한 자 깊이의 구멍을 새길 만큼 강력한 지법이기에 나무 기둥 뒤에 숨는다 해도 피할 수 없는 공격이었다.

한데 숲 속으로 파고든 태극일지선이 마치 거울에 반사된 빛처럼 고스란히 튕겨져 나왔다.

"엇?"

깜짝 놀란 도인은 급히 팔괘보법을 펼쳐 반사된 지법을 피해냈다.

두 남녀가 나뭇잎을 헤치며 밖으로 나섰다.

"출가한 도인께서 손속이 너무 매섭군?"

헤진 옷차림이 남루했지만 남녀 모두 용모가 출중했다.

그들은 다름 아닌 일검향과 추가영이었다.

산중 깊이 들어선 그들은 은은히 들려오는 독경 소리에 이끌려 도관까지 이르게 되었다.

마국 내에 도관이 있다는 것이 상당히 의외였기에 그들은 잠시 관찰하던 중이었다. 그러다 소해검지란 말에 추가영이 탄성을 발하는 바람에 그만 행적이 노출되고 만 것이다.

도인은 가슴 앞에 한 손을 세우며 도호를 외웠다.

"무량수불… 처사는 대체 누구요?"

"우리는 길을 잃고 헤매다 여기까지 이르게 되었소. 솔직히 도관이 있는 줄은 몰랐소."

도인은 놀란 표정으로 그들을 번갈아 보았다.

"혹시… 외부에서 오신 분들이오?"

"외부라면 어디를 말하는 것이오?"

"오, 이럴 수가! 마국 밖에서 오신 분들이 분명하군."

추가영은 상대가 은천마국의 마인일 수 있기에 손목의 팔찌를 감싸쥐었다.

"맞아요."

도인은 정중히 예를 취하며 호의적인 미소를 지었다.

"경계하실 것 없소, 여협. 마국의 순찰대라도 본 도관에는 함부로 진입하지 못하오."

추가영은 이해가 되지 않은 듯 일검향에게 시선을 돌렸다.

"검랑, 어찌 된 상황인지 알겠어요?"

일검향은 수림 저편으로 몇 채의 크고 작은 전각을 엿볼 수 있었다.

"도장께서는 어느 문파 소속이오?"

"빈도는 무당의 진(眞) 자 항렬의 제자로, 무진(無眞)이라 하오."

"정말 무당의 제자요?"

"그렇소. 이곳 분원에는 빈도 외에도 서른 명의 무당 제자가 상주하고 있소."

추가영은 자신의 귀를 의심했다.

"지, 지금 뭐라 하셨어요? 분원이라고요?"

무진 도장은 도관의 입구를 향해 걸음을 옮겼다.

"급한 걸음이 아니면 잠시 들러 차라도 한잔하시지요."

무성한 나무숲으로 이루어진 도관 입구로 커다란 현판이 매달려 있었다.

무당분원(武當分院)!

현판의 글씨를 읽은 추가영은 입을 딱 벌렸다.

"마, 맙소사! 이곳이… 무당파 분원이라니?"

일검향은 수라계에 대한 정보를 일부나마 접한 적이 있기에 그녀만큼 놀라지 않았다.

"진정해, 가영. 수라계는 유명십팔옥보다 더 충격적인 세상이니까."

나무숲으로 이루어진 진입로를 지나자 아담한 연못이 그림처럼 펼쳐져 있었다. 연잎이 둥실 떠 있는 수면 위로 물오리가 무리를 지어 유영하고 있었다.

도관에 이르려면 연못을 가로질러야 하는데 무지개 다리 입구에는 커다란 병기대가 설치돼 있었다.

무진 도장이 병기대 앞에 서며 공손히 청했다.

"규정상 병기를 지닌 채 해검지를 건널 수 없소. 처사와 여협은 잠시 병기를 해제해 이곳에 걸어두시오. 안전한 곳이니 분실의 위험은 없소이다."

추가영은 연못 앞에 세워진 석비를 보고는 다시 한 번 놀라움에 젖었다.

"소해검지? 그렇다면… 이 연못이 무당의 해검지를 본떠 만든 것이란 말인가요?"

무진 도장은 씁쓸한 표정을 지으며 시인했다.

"그렇소. 분원을 작은 무당으로 생각하시면 이해가 될 것이오."

추가영은 이마를 짚으며 통나무 의자에 걸터앉았다.

"도장님, 우리는 병기를 해제할 수 없어요. 차라리 무당분원 방문을 사양하겠어요."

무진 도장은 아쉬운 표정을 짓다가 서둘러 해검지로 걸음을 옮겼다.

"그럼 잠시만 기다려 주시오. 이곳 분원의 원주이신 사숙을 모셔오겠소."

그가 사라지자 추가영은 일검향의 손을 끌어다 옆에 앉혔다.

"검랑, 제발 설명 좀 해줘요. 우리가 지금 꿈을 꾸고 있는 것은 아니죠? 마국의 한복판에 무당분원이라니요?"

"가영이 본 그대로야. 분명 현실이고."

"이곳 도사들은 유명옥의 죄수들과 달리 자유롭게 사는 것 같아요. 그것은 어떻게 설명될 수 있죠?"

"그게 마국의 방침이지. 우리는 지금 수라계에 들어선 것 같아."

"이… 이곳이 수라계란 말이에요?"

일검향은 멀리 능선을 둘러보았다.

"수라계는 지상에 위치해 있기에 유명계보다 몇 배는 광대해. 이 안에 또 하나의 천하가 존재하지."

"천하라면 무림을 말하는 거예요?"

"글쎄, 나로서도 정확히 말하기가 어렵군. 확실한 것은 분원이 무당 하나에 그치지 않는다는 것이야."

"예에? 그럼 다른 문파의 분원도 존재한단 말이에요?"

이때 해검지를 가로지르는 무지개 다리를 밟고 네 명의 도사가 빠른 걸음으로 다가섰다.

무진 도장은 또래의 두 도사와 함께 청수한 면모의 늙은 도사를 수행하고 있었다. 일검향과 추가영이 일어서자 늙은 도사는 한 손을 세워 가슴에 댔다.

"무량수불… 노도는 무당의 제자로, 도호는 청운(靑雲)이라 하오."

추가영이 깜짝 놀라 정중히 예를 표했다.

"청운 진인이시라면 현 무당 장문인의 사제가 아니십니까?"

"그렇소. 여협은 뉘시오?"

"저는… 대백랑이라 합니다. 보잘것없는 현상범 추적자죠."

"함께 오신 분은……?"

일검향은 굳이 신분을 드러내고 싶지 않았다.

"동행이오. 추검으로 알아두시오."

청운 진인이 앉기를 청하고는 마주 대좌했다. 무진 도장을 비롯한 중년 도사들은 청운 진인의 뒤에 조용히 시립했다.

청운 진인은 맑은 눈빛으로 두 사람을 주시하고는 호의적인 미소를 지었다.

"무공을 드러내지 않는 절세고수임을 알겠소. 당금 천하에 이런 젊은 영웅들이 계시니 마국의 지배도 오래가지 못할 것이오."

"솔직히 우리는 의도적으로 마국에 침투했소. 지난밤 내내 유명계에서 혈투를 벌이다 새벽녘에야 겨우 탈출해 이곳에 이르게 된 것이오."

청운 진인과 세 도사의 얼굴이 감탄으로 물들었다.

"무량수불… 참으로 놀랍고도 놀라운 일이오. 마국에 뛰어들어 우연히 이곳에 이른 사람은 있지만 유명계를 통과한 사람은 두 분이 처음이오."

"이곳이 은천마국의 삼계 중 수라계요?"

"그렇소."

"우리가 이해를 하려면 상세한 설명이 필요할 것 같소."

청운 진인은 손목에 찬 묵주를 돌리며 무당분원에 대한 내력을 얘기해 주었다.

"노도를 비롯한 무당의 제자들은 오 년 전서부터 납치되어 이곳에서 지내게 되었소. 처음에는 움막뿐이었는데 인부들이 배정되면서 전각이 세워지고 연못까지 만들어졌소. 그리고 도관 입구에 무당분원이라는 현판까지 걸리게 되었소."

추가영이 날카롭게 따져 물었다.

"무당이라면 소림과 더불어 무림의 태산북두로 불리는 명문정파가 아닙니까? 어떻게 마국과 맞서 싸우지 않고 놈들의 지배를 받고 있는 겁니까?"

신랄한 질책에 청운 진인의 얼굴이 다소 붉어졌다.

"대백랑 여협, 이곳 도관에는 무당의 제자로서 반드시 지켜야 하는 사문의 보물이 보관돼 있소. 또한 도문의 경전과 무당의 비급까지 보관돼 있기에 우리는 그것을 지키기 위해 주변의 적들과 싸울 수밖에 없소. 하기에 은천마국과의 대결은 생각도 못하고 있소."

"이곳은 마국에 소속된 세상입니다. 적이라면 마국의 마귀들밖에 더 있습니까?"

"아니오. 마국을 추종하는 잔마대는 물론이고 녹림의 도적들과 사파의 악도들 모두가 우리의 적이오."

추가영은 어처구니가 없는 듯 물끄러미 청운 진인을 응시했다.

"맙소사! 마국 내에… 그런 놈들까지 있단 말입니까?"

"사실 수라계는 세상의 축소판이라 할 수 있소. 마국주는 자신이 만든 세상에서 우리 같은 인질들이 각자의 소임을 다하며 살아가는 것을 지켜보고 있소. 마치 천신이라도 된 것처럼 말이오."

이때였다. 산기슭으로 요란한 말발굽과 함께 흙먼지가 자욱하게 피어올랐다.

일검향이 기슭을 돌아보며 물었다.

"저들은 누구요?"

"아마 잔마대인 것 같소. 녹림의 도적들은 저렇듯 요란스럽게 쳐들어오지 않으니까."

"무엇 때문에 무림 분원을 공격하는 것이오?"

"공을 세운 놈들은 마국의 졸개로 임명될 수 있기 때문이오. 철마병이나 동마사로 임명되는 것이 저들의 목표요."

추가영이 혼자 도관 입구로 향했다.

"모두들 보고만 계세요. 나 혼자 놈들을 모두 죽여 버리고 올 테니까."

"그만둬!"

일검향이 미끄러지듯 이동하며 그녀를 제지했다.

"우리가 나설 싸움이 아니야."

잔마대의 침공 소식에 소해검지의 무지개 다리를 통해 무당의 제자들이 속속 나서고 있었다. 청운 진인은 세 명의 사질을 대동해 앞으로 나섰다.

"그렇소. 처사와 여협이 나선다면 침입자를 색출한다는 명목으로 마국의 순찰대가 대거 본원을 침공할 것이오. 두 분께서 조용히 떠나주는 게 우리를 도와주는 길이오."

"은밀히 도와드릴 수는 있소."

"아니오. 이곳은 고적한 곳이라 이런 싸움이 오히려 제자들의 수련과 의기에 큰 도움이 되오. 솔직히 우리는 잔마대와 도적들과의 침공을 기다리고 있소. 그런 변화마저 없다면 정말 견디기가 힘들 것이오."

일검향은 청운 진인의 심정을 충분히 이해할 수 있을 것 같았다.

수라계가 아무리 광대해도 폐쇄된 세상임은 부정할 수 없다. 무당분원의 무당 제자들 역시 자유로움이 보장된 인질일 뿐이다.

그들 모두가 장렬한 분사를 각오하고 탈출을 감행하지 않는 한 사문의 보물이 보관된 무당분원을 지켜야 한다. 그러나 누구도 찾아오지 않고, 아무런 변화도 없다면 얼마나 답답할 것인가.

일검향은 추가영과 함께 무당분원을 벗어났다.

능선 두 개를 넘었지만 그는 마국주의 치밀함에 또 한 번 두려움을 느끼지 않을 수 없었다.

마국주는 단지 새로운 세상을 창조하는 데 그치지 않고 그것이 유지되는 상황까지 깊이 배려한 것이다. 그것은 마국 내에 존재하는 그 누구도 마국주의 손아귀에서 벗어날 수 없음을 의미한다.

'대체 누군가? 마국주, 너는 정녕 인간의 탈을 쓴 마신이란 말이냐?'

그는 최후의 원수가 자신의 척살 한계를 벗어나고 있다는 생각에 쓰디쓴 비애를 곱씹어야 했다.

이때 능선 너머로 요란한 금속성과 폭음이 들려왔다. 한바탕의 혼전이 벌어지고 있는 듯싶었다.

추가영이 나직이 투덜거렸다.

"젠장, 수라계가 온통 싸움투성이로군요?"

일검향은 그녀와 함께 능선을 넘어가며 설명해 주었다.

"달리 수라계겠어? 불문의 설화에 의하면 세상은 여섯 세계로 분류돼 있어. 영원히 안락이 보장되는 천계, 쉬지 않고 싸움이 벌어지는 아수라계, 우리가 사는 인간계, 짐승들의 세상인 축생계, 배고픈 귀신들이 신음하는 아귀계, 그리고 유명십팔옥과 같은 지옥계. 영혼은 이들 여섯 개 세계를 윤회하는데, 이를 육도윤회(六道輪廻)라고 하는 거야."

"육도윤회에 대해서는 저도 들은 적이 있어요."

"마국주가 이곳을 수라계로 명명했다면, 육계 중 아수라계를 본떠 만든 거야. 당연히 싸움이 끊이지 않겠지."

추가영은 짧게 한숨을 쉬고는 어깨를 으쓱해 보였다.

"설마 우리가 영원히 이곳에서 싸움만 하고 살아야 한다는 얘기는 아니죠?"

"가영의 특기가 싸움 아니었어? 가영이 지내기에 이만한 세상도 없을 텐데?"

"치이, 나도 알고 보면 요조숙녀라고요."

일검향은 피식 실소를 짓고는 무성한 나뭇가지 사이로 몸을 숨겼다.

차차창―!

도관의 담장을 사이에 두고 한바탕의 싸움이 벌어지고 있었다.

도관을 지키는 쪽은 깔끔하게 도사복을 차려 입은 도인들이었다. 모두가 검을 사용했고, 몇몇 도인은 동문들끼리 검진을 펼쳐 적을 막아내고 있었다.

도관을 침범한 쪽은 녹림의 도적들이었다.

도적들의 숫자는 칠십여 명에 달했으며, 가당치 않게도 깃발과 휘장까지 높이 내걸고 있었다.

추가영은 도적들의 깃발에 새겨진 글자를 보고는 혀를 내둘렀다.

"세상에나! 섬서녹림왕 장괴(張魁)란 놈이 이곳에 있었군요?"

"장괴?"

"섬서에서 아주 유명한 녹림 도적이었죠. 재물을 약탈하고 퇴각하는 수법이 워낙 교묘해 관병들도 놈을 잡을 수 없었어요. 그러자 섬서의 상단에서 놈의 목에 엄청난 현상금을 걸었어요."

"당연히 가영도 추적에 나섰겠군."

"물론이죠. 한데 대규모 추적이 전개되자 놈은 졸개들 몇 명만 소굴에 남긴 채 종적을 감춰 버렸죠."

추가영은 커다란 깃발이 휘날리고 있는 기슭으로 시선을 고정시켰다.

"그런 놈이 마국에 숨어 있을 줄 몰랐어요. 이제 놈을 찾아냈으니 목을 베어 현상금을 챙겨야겠어요."

그녀가 예전의 직업 정신을 드러내자 일검향이 입맛을 쩍 다셨다.

"도적의 목을 베는 것은 상관없지만 수급을 계속 지니고 다닐 생각이야?"

"어머나, 난 지금 예전의 현상범 추적자 대백랑이 아니죠?"

추가영은 멋쩍은 미소를 짓고는 격전장을 두루 살폈다.

"아마 이곳은 화산분원(華山分院) 같군요. 도사들의 매화검법과 육합검법은 화산의 독문검법이죠."

"그런 것 같군. 그들의 복장은 엄숙해 한눈에도 구분이 돼."

"도적들 실력으로 화산의 검수들을 이길 수 없겠지만 우리가 좀 거들까요?"

일검향은 문득 화산신검을 떠올렸다.

영천왕부에서 운명적으로 만난 당대의 기인 역시 화산파의 제자였다. 탈출을 위해 서로가 도움을 주었지만 그는 화산신검의 지도로 경공술과 어기비행술이라는 상승절기까지 터득하는 혜택을 받았다.

화산신검을 생각한다면 화산분원의 검수들을 지원하는 게 당연하지만 그는 조용히 고개를 저었다.

"가영, 청운 진인의 얘기 못 들었어? 잔마대나 도적들의 침공을 격퇴하는 것이 즐거움이라 하였어. 화산의 검수들 역시 사문을 지킨다는 긍지와 자부심으로 싸움에 임하고 있어. 우리의 지원은 오히려 공연한 참견일 뿐이야."

일검향은 그냥 지나치자는 의도로 숲 쪽을 가리켰다.

추가영은 다소 아쉬운 듯 섬서녹림왕이라는 깃발이 휘날리고 있는 쪽에서 시선을 떼지 못했다.

"검랑, 현상금은 못 받아도 좋아요. 하지만 오랫동안 추적했던 놈이라고 꼭 잡고 싶어요."

"진심이야?"

"그래요. 잠시만 우회하면 되면 일이에요. 놈들에게 발각되지 않을 자신 있어요."

일검향은 그녀의 심정을 십분 이해했다. 자신 역시 죽여야 할 표적을 보게 되면 주체할 수 없기에 쾌히 수락했다.

"그럼 가영의 솜씨를 볼까?"

"기대하세요, 검랑."

두 사람은 잎사귀가 무성한 나뭇가지를 타고 빠르게 이동했다. 발을 딛어도 나뭇가지가 휘어지지 않을 만큼 은밀한 움직임이다. 날랜 원숭이도 이보다 은밀할 수 없을 것이다.

커다란 깃발 아래 다섯 명이 팔짱을 낀 채 서 있었다.

건장한 체격의 거한들을 좌우로 대동한 인물은 왜소한 체격의 중년인이었다. 얼굴이 유난히 검고 주둥이가 튀어나와 흡사 쥐의 모습을 방불케 했다.

그가 바로 섬서녹림왕 장괴였다.

장괴는 휘하의 졸개들이 화산분원의 담장도 넘지 못하고 계속해서 쓰러지자 분통을 터뜨렸다.

"이런 형편없는 놈들! 일흔 명이나 나서고도 고작 스무 놈 남짓한 도사들을 감당하지 못한단 말인가?"

호피 가죽을 걸친 부두령이 커다란 도끼를 손바닥에 탁탁 쳤다.

"대두령, 화산의 삼재검진은 위력이 대단하오. 아무래도 우리 녹림사걸이 나서야겠소."

장괴는 허리춤에 찬 철구(鐵鉤)를 뽑아 들었다.

철구는 석 자 남짓한 쇠갈고리 병기다. 통상 높은 담벽을 오를 때 사용하는 도구였지만 장괴에게는 침투용 도구가 곧 병기였다.

녹림사걸이 앞서 나섰고 장괴가 뒤따랐다.

도관 입구로 들어선 녹림사걸이 장괴를 돌아보았다.

"대두령, 일단 놈들의 삼재검진부터……."

녹림사걸은 그만 입을 딱 벌리고 말았다.

뒤편의 장괴는 계단을 오르려는 자세로 서 있었다. 한데 마땅히 있어야 할 머리가 없었다. 이미 목이 베어진 것이다. 그의 수급은 철구에 꽂혀 붉은 피를 뚝뚝 떨구고 있었다.

실로 귀신이 곡할 척살이 아닐 수 없었다.

화산분원을 지나친 일검향과 추가영은 커다란 하천 앞에 이르렀다. 하천의 물살은 빠르지 않았지만 물 색깔이 탁했다.

추가영이 의아한 표정으로 물었다.

"강물이 왜 이렇게 뿌옇죠?"

"아마 황하(黃河)쯤 되는 것 같군. 대문파들의 분원을 만들어놓았다면 황하를 본떠서 만든 강도 있어야 하지 않을까?"

"풋, 이게 황하란 말이에요? 정말 유치하군요."

추가영은 조롱하듯 비웃음을 흘렸지만 일검향의 표정은 진지했다.

"우습게만 볼 게 아니야. 저들의 야망과 지배욕은 고금제일이야. 과연 어느 누가 자신이 만든 세상에 대문파의 제자들을 납치해 분원을 창건할 생각을 했겠어? 황하가 있다면 장강도 있을 것이고, 오악(五岳)도 있을 거야. 무당과 화산의 분원이 있다면 소림분원도 있겠지. 어쩌면 요지선궁도 있을지 몰라."

"말도 안 돼요!"

"그리고 천예사원까지!"

일검향이 지그시 입술을 깨물자 추가영이 바싹 붙어 섰다.

“검랑……?”

일검향은 누런 물이 흐르는 하천의 상류로 시선을 돌렸다.

“수라계에서 우리가 본 것은 모래알 하나 정도에 불과해.”

第54章
끝나지 않는 악연

똑똑똑똑……!

산중에서 들려오는 목탁 소리는 그리 크지 않아도 절로 마음을 편안하게 해준다. 목탁 소리 사이로 간간이 풍경 소리까지 들려오면 사바세계에서 곧바로 극락으로 화한 듯 시름과 근심마저 잊게 된다.

수려한 봉우리 중턱에 세워진 사찰은 종루와 북을 치는 고루(鼓樓)까지 갖춘 규모 있는 사찰이었다. 대웅전은 그다지 웅장하지 않았지만 관음전과 명부전, 삼성각 등 대사찰이 함께할 부속 전각과 암자를 고루 갖추고 있었다.

시든 나뭇잎 한 점 떨어져 있지 않은 돌계단을 따라 올라가는 두 사람은 바로 일검향과 추가영이었다.

돌계단 중간에 세워진 산문을 바라보는 두 사람의 눈빛은 다소 무거웠다. 어느 정도 예상은 하고 있었지만 막상 산문에 걸린 현판을 응시하자 숙연한 기분이 들었다.

소림분원(少林分院)!

무림계의 역사라 할 수 있는 천년고찰 소림사의 분원까지 마국 내에 세워져 있었던 것이다. 하기는 천하 모든 문파의 분원을 세웠다 해도 소림의 분원이 없다면 그것은 반쪽짜리 무림계에 불과할 것이다.

직접 소림사를 방문한 적이 있는 일검향은 감회가 새로웠다.

'소림분원이라… 만일 참회동까지 만들었다면 마국주를 진심으로 인정하겠다.'

그가 다른 분원을 배제하고 소림분원을 정식으로 방문한 이유는 천불성승에게 받은 은혜 때문이었다.

그는 천불성승을 척살하기 위해 참회동으로 뛰어들었고 살아 있는 전설을 향해 검을 겨누었다. 한데도 천불성승은 자객인 자신을 용서했으며, 전혀 노여워하지 않았다.

뿐만 아니라 자신의 임독양맥을 타통시켜 주었고, 금마오절기라는 절세적 절학까지 하사해 주었다. 달리 생각하면 천불성승은 천사명왕에 버금갈 또 다른 사부일 수 있었다.

천불성승은 자신이 참회동에서 탈출할 수 있도록 엄청난 은혜를 베풀었지만 아무런 보답도 원하지 않았다. 다만 소림을 위해 한 번 정도 도와주라는 스쳐 가는 요구가 전부였다.

'성승에게 너무 큰 신세를 졌다. 지금 보답하지 않는다면 다시는 기회가 없을 것이다.'

일검향은 돌이 깔린 진입로를 거쳐 소림분원의 정문으로 들어섰다. 한데 이때였다.

"아미타불!"

힘찬 불호와 함께 세 명의 승려가 그들을 막아서며 합장을 취했다.

"시주, 지금은 참배를 할 수 없으니 돌아가시오."

일검향은 그들과 시비를 벌일 생각이 전혀 없기에 정중히 응대했다.

"스님은 어찌 참배를 막으려 하시오?"

"상황이 그렇게 되었소. 두 분 시주는 속히 하산하여 목숨을 보존토록 하시오."

"감히 소림을 침범할 도적이라도 있단 말이오?"

손님을 맞이하는 지객승은 정색을 지으며 직답을 회피했다.

"어서 하산하시오. 곧 산문을 닫을 예정이오."

추가영이 차가운 어조로 말을 받았다.

"이봐요, 스님. 어려움이 있다면 우리가 당신을 도울 것입니다. 적이 아니니 경계하지 말아요."

"여시주, 본원의 문제는 소림의 제자들이 해결할 것이오. 시주들의 도움은 필요없으니 어서 돌아가시오. 계속 버틴다면 강제로 밀어낼 수밖에 없소."

워낙 강경한 태도에 추가영은 기분이 상한 듯 톡 쏘아붙였다.

"스님, 우리는 세상에 겁날 것이 없는 사람입니다. 유명계를 두루 거쳐 염라혈위대까지 돌파했는데 무엇이 겁나겠어요? 설마 찾아올 도적이 귀신이라도 된단 말인가요? 뭐, 귀신이라도 두려울 게 없지만."

"……!"

지객승은 경이에 찬 눈빛으로 추가영과 일검향을 번갈아 보고는 조심스럽게 물었다.

"그, 그럼 두 시주는 외부에서 오신 분들이오?"

일검향이 차분한 어조로 대답했다.

"그렇소. 가능하면 분원을 책임지는 스님을 만나고 싶소."

지객승은 잠시 고민하다가 두 승려에게 지시를 내렸다.

"두 시주를 접견실로 모셔라. 난 사부님을 뵈어야겠다."

"알겠습니다, 사숙."

젊은 두 승려는 일검향과 추가영에게 공손히 합장을 올렸다.

"가시지요."

추가영은 일검향을 향해 어깨를 으쓱해 보였다.

"역시 강하게 나가야 씁쓸한 차라도 한잔 얻어 마신다고요."

차 맛은 다소 씁쓸했다. 향기는 뛰어났지만 막상 찻물을 한 모금 들이키자 목구멍까지 쓴 기운이 느껴졌다.

추가영은 공연히 두 승려를 닦달했다.

"아유, 써! 이봐요, 이걸 차라고 내온 거예요? 차라리 나무 껍질을 삶아 오지 그랬어요?"

승려 하나가 면구스런 표정으로 대답했다.

"송구합니다, 여시주. 이곳의 토질이 차를 재배하기에 적합지 않아 좋은 차를 만들 수가 없었습니다."

일검향이 추가영에게 눈짓을 주었다.

"가영, 우리는 불청객이지 손님이 아니야."

"그래도……."

"일부러 쓴 차를 내온 것이 아닐 텐데 사정도 모르면서 스님들을 난처하게 만드는 것은 옳지 않아."

냉엄한 질책에 추가영은 입술을 삐죽이며 쓴 차를 홀짝였다.

이때 문이 열리며 노승을 대동한 중년의 승려들이 접견실로 들어섰다.

붉은 가사를 걸친 노승은 팔 한쪽이 없는 외팔이였다. 용모가 다소 험상궂었지만 눈빛이 맑고 정기가 넘쳤다. 노승은 예의도 생략한 채 마주 앉으며 대뜸 물었다.

"시주들이 정녕 외부에서 잠입한 분들이오?"

"사실입니다."

"빈승은 마국에 갇혀 산 지 벌써 오 년째요. 숭산 소림사의 상황이 어떤지 몹시 궁금하오. 아시는 대로 말씀해 주시오."

일검향은 노승에게서 참회동의 천불성승처럼 격의없는 소탈함이 느껴졌다. 자신의 신분조차 밝히지 않은 채 질문부터 하는 태도가 아주 당당해 보였다.

"소림은 여전히 건재하오. 은천마국이 무림천하의 절반을 덮고 있지만 무림 정기는 아직 빛나고 있소."

노승은 안도의 한숨을 쥐며 염주를 한 알씩 돌렸다.

"아미타불! 석가여래의 자비로다. 아무리 마의 기운이 강하다 해도 어찌 부처님의 성지를 훼손할 수 있겠는가?"

그는 차를 한 모금 들이키고는 비로소 자신의 신분을 밝혔다.

"참, 빈승은 소림 혜(慧) 자 항렬의 제자로 혜공(慧空)이라 하오. 이곳에 끌려온 제자들 중 가장 항렬이 높기에 분원 주지를 맡게 되었소. 대부분 참선을 하는 데 시간을 보내느라 외부 사정에 대해 많이 어둡소. 널리 양해 바라겠소."

일검향은 솔직하게 자신의 신분을 털어놓았다. 그래야 서로 대화가 될 것 같았다.

"이 여인은 현상범 추적자로 유명한 대백랑 추가영이며, 난 천예사원 자객 일검향이오. 강호에서는 무향검살로 불리고 있소. 일전에 소림의 참회동을 침투한 적도 있소. 표적은 천불성승이었지만, 오히려 불은(佛恩)만 입은 채 탈출하게 되었소."

"뭐, 뭐요?"

그는 벌떡 일어선 혜공 대사를 응시하며 빠르게 말을 이었다.

"충격이 크고 묻고 싶은 말씀이 많다는 것을 알고 있소. 하지만 소림분원의 상황이 위태로운 것 같기에 일단 현 상황부터 알고 싶소. 물론 이는 천불성승의 은혜에 조금이라도 보답하기 위해서요."

"아미타불, 아제아제 바라아제……."

혜공 대사는 반야심경을 외우며 놀랍고 두려운 가슴을 가라앉혔다. 그를 수행하는 승려들 역시 불호를 읊조리며 안정을 찾으려고 애썼다.

소림의 참회동은 금역 중의 금역이다.

더군다나 천불성승이 참회동에 입동한 이후 성역으로 승격되었기에 소림의 제자들도 감히 범접할 수 없는 곳이다. 한데 눈앞의 자객은 그런 참회동을 침범했고 성승에게 검을 들이대는 불경까지 저질렀다.

굳이 소림의 계율을 거론하지 않아도 소림의 제자들에게 있어 일검향은 용서할 수 없는 악적이다. 그러나 그가 성승을 만나 불연을 입고 탈출했다면 그의 죄를 추궁하기도 어렵다.

혜공 대사는 복잡한 감정이 서린 눈빛으로 일검향을 직시했다.

"정말… 참회동에 들어갔단 말이오?"

"그렇소."

"성승의 불력에 힘입어 탈출했다 해도 어떻게 참회동을 지키는 나한들과 원로들의 방어선을 통과할 수 있었소?"

"성승께서 하사하신 금강혈주 덕분이오."

"오, 금강혈주! 아미타불……."

혜공 대사는 연신 불호를 외우고는 다시 자리에 앉았다.

"성승 사조님의 금강혈주는 소림의 보물이오. 성승께서 시주에게 그런 보물까지 하사했다면, 빈승으로서는 감히 시주의 죄를 추궁할 자격이 없소."

"혜공 대사, 일단 소림분원의 문제부터 해결합시다. 연후 상세한 내막을 말씀드리겠소."

혜공 대사는 갈등 어린 눈으로 그를 주시하다가 힘차게 고개를 끄덕였다.

"알겠소. 시주를 믿겠소."

서로의 심중이 상통되자 일검향은 홀가분한 심정으로 물었다.

"오는 길에 무당분원과 화산분원을 거쳤소. 두 문파 모두 잔마대와 녹림의 침공을 받았지만 큰 어려움은 없어 보였소. 청운 진인의 얘기로는 오히려 수련에 도움이 되는 대결이라 하였소. 한데 소림분원은 왜 이렇게 침공에 대해 우려하는 것이오?"

"이번에 침공을 예고한 자들은 여느 도적이나 잔마대가 아니오. 놈들은 수라계를 순시하는 마국의 순찰대요. 새로 부임한 순찰총감이 다섯 개 순찰대를 이끌고 직접 나선다 하였소."

"이유가 뭐요?"

혜공 대사는 잠시 염주를 돌리다가 대답했다.

"저들의 통보를 받고 이유를 몰랐는데 두 시주를 만나 보니 이해가 되었소."

추가영이 눈을 동그랗게 뜨며 물었다.

"그럼 우리 때문이란 말이에요?"

"저들은 수라계에 외부의 침입자가 발생했다며 그들이 소림분원에 숨어 있음을 확인했다 하였소. 즉시 체포해 넘기지 않으면 장경각을 불태우겠다는 것이 저들의 통보였소."

"말도 안 돼요. 우리는 이제야 겨우 당도했는데 놈들이 어떻게 그런 통보를 보낼 수 있단 말입니까?"

일검향은 수긍이 가는 듯 고개를 끄덕였다.

"놈들은 우리가 수라계에 침투한 것을 알고 있어. 하지만 놈들도 광범위한 수라계 내에서 우리를 찾아내기가 쉽지 않겠지. 결국 우리 스스로 모습을 드러내게 하기 위해 소림분원을 압박하는 계략을 꾸민 거야. 놈들은 내가 소림과 무관하지 않다는 것을 간파하고 있으니까."

"그건 단지 추측에 불과하잖아요? 우리가 다른 곳으로 갔다면 소림분원은 공연히 피해만 보게 되는 겁니다."

"가영, 마국의 마귀들이 그런 것을 신경이나 쓰겠어? 만일 우리가 나타나지 않으면 또 다른 문파를 찾아가 살상을 일삼겠지."

"하기는… 그러고도 남을 놈이죠."

추가영은 마국의 독랄함에 이를 갈았다. 한데 이때였다.

때때때땡―!

요란한 경종 소리가 소림분원 전체를 진동시켰다.

혜공 대사가 천천히 몸을 일으켰다.

"마국의 순찰대가 당도한 것 같소. 두 분은 속히 후문을 통해 빠져나가시오."

"무슨 말씀이시오, 대사? 성승의 은혜에 보답하기 위해서라도 함께 싸울 것이오."

"시주, 빈승이 생각건대 시주가 마국에 잠입한 이유는 중대한 임무를 수행하기 위함일 것이오. 소림분원을 지키는 싸움은 작은 일이오. 성승 사조님께서 침입자를 벌하지 않고 세상 밖으로 다시 올려보냈다면, 이는 시주가 천명(天命)을 받은 영웅이기 때문이오. 시주는 작은 일에 연연하지 말고 어서 대업을 성취하시오.”

일검향은 그의 의연함과 깊은 배려에 감동했다.

“대사, 난 천명이 무엇인지도 모르고 영웅도 아닌 그저 자객일 뿐이오. 받은 신세를 갚아야 하는 것이 내게는 중대한 일이오.”

혜공 대사는 정색을 지으며 만류했다.

“시주, 이는 소(小)를 위한 무의미한 희생일 뿐이오.”

“나를 너무 높이 평가하지 마시오. 놈들의 순찰대조차 감당할 수 없는 능력으로 어찌 은마계에 침투할 수 있겠소? 내가 상황을 접수한 이상 소림분원이 불타는 일은 없을 것이오.”

일검향의 결연한 모습에 혜공 대사는 감격과 탄식이 어우러진 한숨을 내쉬었다.

“시주의 배려는 고맙소만, 성승 사조님의 뜻에 어긋나기에 빈승은 괴롭기만 하오.”

“그렇다면 난 잠시 숨어서 관망하고 있겠소. 다행히 소림분원이 순찰대를 격파한다면 내가 굳이 나설 필요가 없으니 대사께서도 심적 부담을 덜 수 있을 것이오.”

“좋은 제안이오. 두 분을 위해서라도 사악한 마귀들을 성스런 불역에서 반드시 몰아내겠소.”

혜공 대사는 무승들을 인솔해 접견실에서 나갔다.

추가영이 불만스런 투로 물었다.

“정말 구경만 할 생각이에요?”

　“일단 지켜보자. 대규모 공격이 아니라면 소림분원의 제자들이 막아 낼 수 있을 거야. 우리는 가급적 행적을 노출시키지 말아야 돼. 다훼와 요지선자를 찾아내려면 아직도 많은 곳을 뒤져야 하니까.”

　“알았어요. 하지만 과연 소림분원의 제자들이 놈들을 감당할 수 있을지 의문이군요.”

　수라계를 순시하는 순찰대는 금마장이 대주(隊主)이며, 은마령과 동마사들로 구성돼 있다. 일개 순찰대의 규모는 삼십 명에서 오십 명 정도이다. 한데 소림분원의 산문 앞에 운집한 순찰대는 무려 이백 명에 달했다. 다섯 개 순찰대가 한꺼번에 몰려온 것이다.

　그들은 인솔하고 있는 순찰총감은 뜻밖에도 여인이었다.

　흰색과 검은색이 어우러진 붉은 나삼이 독특했다. 얼굴은 붉은 면사로 가려 분명치 않았지만 화려한 금발과 푸른 눈망울이 이색적이었다.

　여인은 몸에 찰싹 달라붙은 옷을 입고 있었기에 유난히 풍만한 가슴과 가는 허리, 펑퍼짐한 둔부의 곡선이 그대로 드러났다. 몸매만으로 뭇 사내를 유혹할 만큼 폭발적인 염기(艶氣)의 소유자였다.

　소림분원의 제자들은 오십 명 남짓이었다. 전 제자들을 이끈 혜공 대사가 산문 앞에서 순찰총감을 맞이했다.

　혜공 대사는 농염함이 피어오르는 그녀의 몸매를 대할 수가 없어 시선을 쳐들며 물었다.

　“총감은 무슨 연유로 본원을 침범한 것인가?”

　“호호, 소림분원에 외부의 침입자가 숨어 있다는 정보를 진작에 입수했는데 발뺌을 할 생각이냐? 당장 놈들을 내놓지 않으면 장경각을 통째로 태울 것이다.”

"본원이 비록 마국 내에 있지만 독자적인 삶과 권한을 인정받았다. 한데 어찌 이를 무시하는 것이냐?"

"그 권한을 누가 주었느냐? 바로 국주님이시다. 또한 그 권한을 거둬들일 수 있는 분도 국주님이시다. 난 수라계를 감찰하고 관리하는 순찰총감이다. 침입자를 비호하는 자들이나 단체는 절대 용납할 수 없다. 소림분원 역시 마찬가지다."

순찰총감의 말투는 아주 냉랭했고 도전적이었다.

혜공 대사는 격돌을 피할 수 없다 싶자 소매를 치켜들었다.

"나한진을 펼쳐라!"

"예, 원주님!"

열여덟 명의 승려가 산문 밖으로 나서며 신속하게 진세를 형성했다. 소림의 절학 십팔나한진이었다.

소림분원의 나한진은 나한당 무승들에 의해 펼쳐지는 정식 진세에는 못 미쳤지만 여간해서는 격파할 수 없는 위력을 지니고 있었다. 나머지 승려들은 좌우로 펼쳐 서며 나한진이 격파당할 경우에 대비했다.

순찰총감은 나한진이 펼쳐질 것을 예상한 듯 은마령들에게 지시를 내렸다.

"사령마진(死靈魔陣)을 펼쳐라!"

"예, 총감!"

나한진의 숫자와 똑같은 열여덟 명의 은마령이 서로 교차하며 진세를 형성했다.

두 개의 진세는 서서히 회전하며 경풍을 일으켰다. 나한진은 수비 위주로 전환했고, 사령마진은 공격 형태를 취했다. 아직 진세가 충돌하기 전이지만 기도가 엇갈리며 은은한 우렛소리를 일으켰다.

한편 산문 부근의 나무 기둥 뒤에서 이를 지켜보던 일검향은 본능적인 살기와 격동을 자제하느라 깊이 숨을 들이켰다.

'교교! 틀림없는 교교다!'

그는 한눈에 순찰총감의 정체를 알아챘다.

비록 면사로 얼굴을 가렸지만 이색적인 금발과 벽안은 교교만의 특징이었다. 게다가 그녀의 도도한 음성은 눈을 감고도 확신할 수 있는 증거였다.

추가영이 가만히 그의 손을 쥐었다.

"진정해요, 검랑. 교교가 이번에는 절대 빠져나갈 수 없으니 언제든 죽일 수 있어요."

일검향은 고개를 끄덕이며 안정을 되찾았다.

천예사원을 배신한 이래 그가 그녀를 만나기는 이번이 세 번째였다. 지난번 척살단 내에서 그녀를 죽일 수 있는 결정적 기회를 잡았지만 그녀는 교활한 제안으로 그의 손을 벗어났다. 차마 감영과 을화의 목숨을 그녀와 바꿀 수 없었기 때문이다.

그러나 지금은 추가영의 조언대로 교교를 죽이지 못할 어떤 이유도 없었다.

그녀가 대동한 이백 명의 순찰대는 전혀 장애가 될 수 없었다. 그들의 방어선을 순식간에 돌파하기란 어렵지 않다. 추가영이 잠시만 주변의 방해를 막아준다면 삼 초 이내에 교교를 제압할 자신이 있었다.

하지만 교교 역시 뛰어난 자객술의 소유자이기에 도주할 가능성에 대해서도 염두에 두어야 했다.

일검향은 산문 주변의 나무와 바위, 돌계단을 하나하나 머리 속에 새겨두었다. 지형 숙지와 더불어 그녀의 도주와 은신술을 차단할 방법까지 철저하게 새겨두었다.

'이번에는 절대 안 놓친다! 교교, 오늘 네년의 피로 사부님과 동문의 원혼을 위로할 것이다!'

그는 행여 그녀의 하소연에 흔들리지 않기 위해 마음을 독하게 먹었다.

콰—콰쾅!

두 진세가 충돌하면서 잇단 폭음이 울려 퍼졌다.

나한진은 정교한 톱니바퀴처럼 맞물려 회전하는 장점을 지녔기에 방어력이 아주 뛰어났다.

강력한 공격을 받은 전위(前位)는 다음 공격이 펼쳐지기 전에 옆의 동료와 자리를 바꾼다. 부상을 당한 자는 회복할 시간을 가질 수 있기에 진세는 시종 같은 위력을 지닐 수 있다.

사령마진을 펼쳐 저돌적으로 공격해 오던 은마령 중 네 명이 나한들의 곤봉에 맞아 나가동그라졌다. 진세는 급격히 위축되었고, 외견상 그들의 패배로 보였다.

한데도 이를 관전하는 순찰총감이나 순찰대주들은 전혀 동요하지 않았다. 눈빛이 잔혹했고, 오히려 자신감으로 가득 차 있었다.

차차차창!

다시 격돌이 전개되면서 세 명의 은마령이 쓰러졌다.

순간 순찰총감은 손을 번쩍 쳐들었다.

"사령동폭(死靈同暴)!"

냉혹한 지시가 떨어지자 열한 명의 은마령은 일제히 나한진 속으로 뛰어들며 암기를 쏟아내고 병기를 휘둘렀다. 죽음을 불사한 동귀어진의 수법이었다.

이를 간파한 혜공 대사가 다급히 외쳤다.

"물러서라!"

그러나 이미 세 명의 나한이 은마령과 함께 목숨을 잃었고 여섯 명의 나한이 암기에 적중돼 큰 부상을 입고 말았다. 구성원 절반이 힘을 잃자 나한진은 이내 와해되고 말았다.

"호호호!"

순찰총감은 득의의 웃음을 터뜨리며 비아냥거렸다.

"천하 최강의 나한진도 별것 아니군? 모조리 쓸어버려라!"

총공격 명령이 하달되자 다섯 부대의 순찰대가 일제히 산문을 향해 돌격을 펼쳤다. 승리를 낙관했기에 다섯 순찰대주는 순찰총감을 경호하는 데만 신경 썼다.

퍼퍼펑—!

격돌은 곳곳에서 산발적으로 전개되었다. 순찰대가 각기 흩어져 소림분원으로 진입하려 했기에 승려들은 조를 이루어 그들의 진입을 저지해야 했다.

소림분원의 승려들은 오랜 수련을 받은 고수였지만 순찰대의 동마사나 은마령 또한 녹록치 않은 자들이었다. 숫적으로 열세인 소림분원의 승려들이 하나둘 쓰러지면서 승부는 급격히 기울기 시작했다.

순찰총감은 순찰대주들을 대동한 채 여유있게 산문 안으로 들어섰다.

"모두 죽일 필요는 없다. 죽은 놈들의 숫자만큼 소림의 중들을 납치해 오려면 번거로워. 통보대로 장경각만 불태우면 된다."

제3순찰대주가 정중하게 물었다.

"총감, 여태 침입자들이 나타나지 않은 것으로 미루어 놈들이 아직 소림분원에 이르지 않은 것 같소."

"그러게. 일검향이 있었다면 천불성승에게 받은 은혜가 있으니 소림분원이 이 지경이 되도록 뇌두지는 않았을 텐데 말이야."

순찰총감은 널브러진 승려들의 시신을 둘러보고는 미간을 찌푸렸다.

"대체 어디에 숨은 거야? 다른 곳으로 이동한 것일까?"

이 순간 그녀의 본능적인 위기 감각이 발동되었다. 파공성이 고막을 자극하기 전에 그녀는 눈을 부릅뜨며 뒤로 미끄러졌다.

"암습이다!"

순찰대주들도 절정급 무사들이었기에 반응이 아주 빨랐다. 그들은 공격을 감지하기 전에 병기를 쥐며 암습에 대비했다.

번―쩍!

아찔한 섬광이 허공을 가로질렀다. 워낙 쾌속한 섬광이기에 앞서 있던 두 명의 순찰대주는 대번에 목이 베어지고 말았다. 일검향의 쾌검에 당한 것이다.

다른 한 명은 가까스로 추가영의 천상검을 막아냈지만 곧바로 펼쳐진 지환검에 심장이 뚫리고 말았다.

순찰총감의 입에서 공포에 찬 비명이 터져 나왔다.

"아앗, 검향?"

그녀는 두 순찰대주 사이로 피하며 표독스럽게 외쳤다.

"막아!"

순찰총감은 심장 소리에 귀가 터질 것 같았다. 그녀는 뒤도 돌아보지 않은 채 은신술을 펼쳤다.

'잡히면 죽는다!'

두 순찰대주는 정면 대결보다 순찰총감이 피신할 수 있도록 시간을 끌기 위해 조금씩 물러섰다.

펑—펑!

일검향과 추가영을 발견한 은마령이 연신 폭죽을 터뜨리며 급보를 알렸다. 소림분원으로 기세 좋게 진입했던 순찰대원들은 영문을 모른 채 후퇴해야 했다.

일검향은 교교에 대한 제압이 급했기에 순찰대주의 머리 위를 훌쩍 넘어갔다.

"어림없다!"

제13순찰대주가 허공으로 숫구치며 마국의 절기인 혈음마공을 전개했다. 일검향은 혈음마공의 위력을 익히 알기에 경시할 수가 없었다. 아무리 마음이 급해도 확실히 해결하는 것이 우선이었다.

"차앗!"

범천강기로 몸을 보호한 그는 범황통천장을 내질렀다. 금빛 기운이 확산되며 핏빛 기류를 압도했다.

콰아앙!

"크윽!"

제13순찰대주는 피분수를 뿜으며 지상으로 곤두박질쳤다. 일검향이 전력을 다하지 않아 즉사는 모면했지만 회복이 쉽지 않은 부상을 입고 말았다.

'젠장, 이러다 놓치겠군!'

일검향은 즉시 신법을 펼쳐 순찰총감이 사라진 방향으로 날아갔다.

제17순찰대주를 몰아붙이던 추가영은 순찰대원들이 대거 몰려오자 산문 쪽으로 몸을 날렸다. 그녀의 임무는 일검향의 추격을 방해하는 자들을 저지하는 데 있었다.

산문 밖으로 내려선 그녀는 쌍검을 펼쳐 들었다.

"나서는 놈들은 모두 죽는다!"

겨우 목숨을 부지한 제17순찰대주가 악을 쓰듯 외쳤다.

"죽여라― 유명계를 탈출한 침입자들이다!"

순찰대는 둘로 나뉘어 일대는 추가영을 에워싸고 다른 일대는 일검향을 추격했다.

한편, 일검향은 순찰총감이 도주한 숲으로 뛰어들었다.

나무 기둥에 몸을 붙인 그는 오감의 기능을 최대한 발휘해 순찰총감의 행적을 쫓았다. 멀어지는 파공성이 없는 것으로 미루어 신법을 펼쳐 도주하는 상황은 아니었다.

그의 감각이 틀리지 않았다면 은신술을 펼쳐 몸을 감춘 것이 확실했다. 혹시 숨어서 기습을 노리는 것은 아닌지 주위를 세심히 살폈지만 살기는 전혀 느껴지지 않았다.

하기는 함께 자객 수련을 받아온 그녀가 살기를 드러내는 우를 범할 리 없었다.

일검향은 가까이서 들려오는 순찰대원들의 함성 소리에 초조해졌다.

'놈들이 숲으로 뛰어든다면 교교는 그 틈을 이용해 사라질 것이다. 놈들이 접근하기 전에 교교를 찾아내야 한다.'

그는 범황천안술을 발휘해 숲 속을 직시했다.

교교가 작심하고 은신술을 펼쳤다면 그것을 밝혀내기란 여간 어렵지 않다. 그녀도 그것을 잘 알기에 최대한 숨을 죽인 채 은신술을 펼치며 순찰대의 진입을 기다리고 있을 것이다.

범황천안술은 신비로운 기환술답게 아주 극미한 부분까지 찾아낼 수 있다. 덤불 속을 헤치며 먹이를 찾아 나선 개미들의 숫자까지 헤아릴 수 있을 정도이다.

일검향은 범황천안술을 펼친 채 호접부공술을 펼쳤다.

여느 신법과 달리 호접부공술은 천천히 이동하는 특별한 신법이었다. 양손을 펼친 그는 옷자락 소리도 내지 않은 채 나무 사이를 조용히 비월했다. 날개조차 펄럭이지 않는 나비의 움직임.

마침내 그는 커다란 바위 아래의 이끼더미가 떼어졌다가 다시 붙은 것을 발견해 냈다. 범황천안술을 몰랐다면 그냥 지나쳤을 만큼 미세한 변화였다.

일검향은 손목을 뒤집어 범천탄지를 발출했다. 강력한 지공이 이끼 속으로 파고드는 순간 나직한 신음과 함께 이끼더미가 꿈틀거렸다.

파앗—!

튀어 오른 인영은 순찰총감이었다.

"네년은 절대 도망 못 가!"

일검향은 나무 기둥을 박차며 빠르게 접근했다. 금나술이 펼쳐지자 순찰총감은 허리를 꺾어 빙글 회전하며 허리춤의 연검을 발출했다.

"제발 죽어!"

쐐애액—!

경황 중에 뻗어낸 살식이었지만 쾌속하면서도 파괴적이었다.

일검향은 흠칫 놀라며 급히 천근추 수법을 펼쳐 바닥으로 내려섰다. 순찰총감의 수법은 그가 전혀 접해본 적이 없는 새로운 검초였다. 천예사원의 수법이 아니었던 것이다.

순찰총감은 오로지 도주가 목적이었기에 일검향이 내려서자 잽싸게 몸을 날렸다.

순간 일검향의 몸이 화살처럼 솟구쳐 올랐다. 승극도허를 발휘해 단숨에 이십여 장 높이로 치솟은 그는 수림 사이를 헤집으며 달아나는 교교의 행적을 한눈에 꿰뚫어 볼 수 있었다.

"어림없다, 교교!"

그는 곤두박질치듯 수직으로 하강하며 순찰총감의 머리 위로 내리꽂혔다.

"아앗?"

순찰총감은 경악에 찬 비명을 발하며 연검을 올려쳤다.

일검향은 몸을 틀어 검기를 피해내며 연속적으로 범황운룡권을 전개했다. 어깨와 옆구리를 얻어맞은 순찰총감은 고통스런 신음을 토하며 뒤로 튕겨졌다.

곧바로 따라붙은 일검향은 가차없이 그녀를 걸어찼다.

"더러운 계집!"

"악!"

전중혈을 찍힌 그녀는 피를 토하며 나무 기둥에 세차게 부딪쳤다. 얼마나 강한 충돌인지 아름드리 기둥이 그대로 허리가 꺾어졌다.

일검향은 기력을 상실한 그녀의 멱살을 덥석 쥐었다. 면사를 찢어내자 절세적 옥용이 확연하게 모습을 드러냈다. 그의 예상대로 천예사원의 배신자 교교였다.

그녀는 붉은 피를 흘리며 헐떡거렸다.

"거, 검향……."

"오냐, 교교. 마침내 네년을 붙잡았구나! 이날을 얼마나 고대했는 줄

아느냐?”

“날… 죽일 생각이야?”

“물론이다. 제단을 차려 사부님과 동문들의 혼백을 초빙한 후 네년
의 사지를 자르고 목을 베겠다.”

교교는 두려움 속에서도 싸늘한 미소를 머금었다.

“그건 자객 수칙에 위배되는 행위야. 자객답게… 고통없이 죽여라.
그래야 네가 진짜 자객이다.”

일검향은 그녀의 멱살을 쥔 채 숲을 나섰다.

“진정한 자객은 가장 인간적인 자객이다. 하기에 다른 사람들처럼
복수를 할 수도 있다.”

숲 속으로 뛰어들던 순찰대원들은 상전이 제압돼 끌려 나오자 하얗
게 질리고 말았다.

“마… 맙소사!”

“순찰총감께서 생포되셨다!”

“어서 포위망을 펼쳐라!”

추가영을 합공하던 순찰대 역시 교교의 제압에 경악하며 급히 물러
섰다. 그들은 두 사람을 가운데 둔 채 철통같은 포위망을 형성했다.

추가영은 비로소 한숨을 돌리며 천지쌍검을 팔찌로 변환시켰다. 그
녀는 일검향을 향해 공손히 포권을 취해 보였다.

“감축드려요, 검랑. 마침내 반도를 제압했군요.”

교교는 그녀를 쏘아보며 싸늘한 냉소를 쳤다.

“흥, 대백랑! 네년이 단단히 미쳤구나? 여기가 어디라고 감히 침범
한단 말이냐?”

“어디겠어? 은천마국의 삼계 중 수라계이지. 덕분에 근사한 구경거

리를 많이 접하게 되었지. 수라계를 좀 더 둘러보고 은마계를 방문할 생각이다."

"호홋, 은마계를 방문한다고? 너희들 능력으로는 단 한 발자국도 오르지 못할 것이다."

일검향은 그녀의 뒷덜미를 쥐고는 순찰대원에게 내보였다.

"모두 물러가라. 거부한다면 순찰총감의 눈을 뽑고 팔과 다리를 베겠다."

순찰대원들이 주저하자 일검향은 자청검을 뽑아 들었다.

"교교, 네년의 수하들이 네 피를 보고 싶은가 보구나."

그의 검이 어깨를 향해 내리꽂히자 교교가 다급히 외쳤다.

"물러가라, 어서!"

순찰대주 중 그나마 건재한 제17순찰대주가 지시를 내렸다.

"순찰총감의 명이다. 모두 퇴각한다."

순찰대원들이 포위망을 풀고 물러가자 제17순찰대주가 일검향을 향해 외쳤다.

"순찰총감은 태상전에서 파견된 귀한 분이시다. 만일 순찰총감을 해치면 수라계의 모든 인질들이 몰살될 것이다!"

엄청난 협박이었지만 일검향은 눈썹 하나 까딱하지 않았다.

"어서 꺼져라. 이따위 계집 하나 때문에 애써 창조한 수라계가 말살될 수는 없다. 그랬다가는 네놈 먼저 유명옥으로 떨어질 테니까."

제17순찰대주는 할 말을 잃고 은마령들과 함께 소림분원의 영 내에서 사라졌다.

위기를 모면한 혜공 대사는 소림분원의 모든 제자들을 대동해 일검향에게 사의를 표했다.

"고맙소, 검향 시주. 그리고 대백랑 여시주에게도 진심으로 감사를 드리겠소."

"도리를 했을 뿐이오. 우리는 이만 가보겠소."

혜공 대사는 교교를 힐끗 보고는 침중한 어조로 물었다.

"그 마녀는 어쩔 생각이오?"

"반드시 죽여야 할 반도요. 내가 은천마국에 침투한 이유 중 하나가 이 계집을 죽이기 위함이었소."

"갈 길이 멀 텐데 인질로 삼는 것이 어떻소? 태상전에서 파견된 마녀라면 저들도 중요하게 여길 것이오."

"태상전 마상들의 눈에 이 계집은 그저 소모품일 뿐이오. 저들은 결코 협상에 응하지 않을 것이며, 나 또한 저들과 타협할 생각은 추호도 없소."

일검향은 간단히 예를 취하고는 산문으로 향했다. 추가영이 그와 나란히 걸으며 어깨를 으쓱해 보였다.

"제가 그래도 쓸 만하지요?"

"아주 훌륭했어. 가영이 순찰대를 저지시켜 준 덕분에 이 계집을 제압할 수 있었어."

"그 반도는 어떻게 죽일 생각이세요?"

일검향은 차가운 눈빛으로 교교를 내려다보았다.

"일단 심문부터 해야지. 진심으로 회개한다면 자객답게 죽여줄 생각도 있어."

수림 한쪽을 가로지르는 개울물은 맑고 시원했다.

나무 밑동에 기대앉은 교교는 몹시 고통스런 모습이었다. 강력한 권법에 적중돼 어깨뼈와 갈비뼈가 분질러진 데다 발길질에 걷어채인 전중혈의 상처가 상당히 깊었다.

그녀는 두려운 표정을 짓고 있었지만 뭔가 믿는 바가 있는 듯 말투는 당당했다.

"굳이 심문할 필요 없어. 네가 원하는 정보는 모두 말해줄 수 있으니까."

일검향은 벽곡단을 씹으며 건조하게 내뱉었다.

"어떤 정보도 네년의 목숨을 대신할 수 없다. 대신 고통을 덜어줄 수는 있다."

"너무 자신하지 마라, 검향. 태상전에서 날 수라계로 파견한 이유는 나를 통해 너의 행적을 파악하기 위함이었다. 즉, 나는 미끼였고 넌 보기 좋게 걸려든 거야."

"……."

"호홋, 역시 귀상 사부님의 계책은 절묘해."

"사부라고? 네년이 이제 뼛속까지 사악한 마기로 물들었구나?"

일검향은 그녀의 얼굴과 몸을 훑어보고는 차가운 분노를 뿜어냈다.

"네년의 몸에서 풍기는 색기로 미루어 창녀가 되었구나. 하기는 척살단도 지키지 못한 계집이 태상전의 신임을 얻기 위해서는 몸뚱이를 파는 수밖에 없었겠지. 추악한 계집!"

그는 역겨움을 참지 못하고 그녀의 얼굴에 침을 뱉었다.

교교의 얼굴이 수치심으로 벌겋게 물들었다. 비록 사문을 배신하고 마국의 수하가 되었지만 자존심 하나는 강한 그녀였다. 그녀는 소매로 침을 닦으며 강하게 항변했다.

"검향! 너는 왜 나를 조금치도 이해해 주지 않는 것이냐? 내가 사문을 배신한 것은 사실이지만, 내 덕분에 다훼가 죽지 않을 수 있었어. 지난번 너희 모두가 척살단에 침투했을 때도 내가 비상 출구를 알려준 덕분에 갑영 오라버니와 을화 언니가 무사할 수 있었어. 이런 내 심정을 정말 모르는 거야?"

"교교, 행여 동정은 바라지 마라. 마지막만큼은 천예사원의 자객답게 의연한 모습을 보여라. 그게 네가 부끄럽지 않게 죽을 수 있는 유일한 길이다."

교교는 자신의 하소연이 전혀 먹혀들지 않자 긴 한숨을 내쉬었다.

"후우, 독한 놈. 넌 정말 독한 녀석이야."

"진정 독한 계집은 너야. 당당한 천예사원의 자객이 목숨을 부지하기 위해 창녀가 될 정도였으니 정말 독종이지."

"날 그만 비참하게 만들어, 검향. 결국 최후의 승자는 내가 될 테니까."

"훗, 최후의 승자? 끝내 회개하지 않을 계집이로군."

일검향은 나무등걸에 걸터앉으며 화제를 돌렸다.

"수라계에 대해 묻겠다. 대체 얼마나 많은 문파의 분원이 수라계에 존재하는 것이냐?"

"나도 정확히는 몰라. 구파일방은 확실하고, 오대세가를 비롯해 녹림과 사도의 방파들도 다수 포함돼 있어. 문파의 분원 외에도 무림계의 은거 기인들도 수라계 곳곳에 산재해 있지."

"대체 마국주가 누구냐?"

"몰라, 정말 몰라. 나도 알고 싶지만 그림자도 보지 못했어."

교교가 물을 요구하자 추가영이 나뭇잎을 말아 물을 떠다 주었다. 겨우 갈증을 씻은 그녀는 다소 질투 어린 눈빛으로 추가영을 직시했다.

"우리 만난 적 있지? 네가 양소청을 납치하는 바람에 한 번 만났고, 너와 검향이 수월루주를 죽였을 때 장안에서 또 만난 적이 있었어."

"맞아. 네가 더러운 반도만 아니었으면 널 언니로 생각했을 거야."

"훗, 추한 늑대 계집이 결국 검향을 차지했군. 나도 실패했고, 을화 언니도 실패했고, 다훼 그 계집애도 얻지 못했는데 네가 검향을 얻었어."

"표현이 잘못됐군. 내가 검랑을 차지한 것이 아니라 검랑이 나를 얻은 거야."

교교는 비릿한 조소를 머금었다.

"네년 인생의 가장 큰 실수다. 자객과의 연분은 비극과 불행만 초래할 뿐이니까. 결국은……."

일검향이 끼어들어 그녀의 말허리를 잘랐다.

"닥쳐! 쓸데없는 소리 말고 묻는 말에만 대답해라."

"좋아. 또 무엇을 알고 싶지?"

"다훼는 어디에 있냐?"

"수라계 내에 있어."

"그건 나도 알아. 정확한 장소를 대!"

교교는 의미심장한 웃음을 지었다.

"정말 흥미로운 곳이지. 미리 말하면 재미가 없어. 네가 직접 가보면 아마 감탄에 젖고 말 거야. 이곳에서 그다지 멀리 있지 않아."

일검향은 그녀가 손가락으로 가리키는 방향을 눈으로 좇았다. 그가 잠시 생각에 잠기자 이번에는 추가영이 물었다.

"내 사부님도 수라계에 있어?"

"요지선자 말이냐? 본래 그 계집은 마국을 배신했기에 유명옥으로 떨어져야 했지만 총상의 자비에 힘입어 수라계에 머물게 되었다. 눈을 잘 씻고 찾아보면 요지분원을 발견할 수 있을 것이다.”

추가영은 놀라움에 젖어 눈을 번쩍 떴다.

“요지분원? 요지선궁의 분원까지 만들었단 말이냐?”

“난 정확한 내막은 몰라. 그렇게 들었을 뿐이니까.”

교교는 뼈가 어긋난 옆구리를 감싸 쥐며 아픈 표정을 지었다.

“이제 됐지?”

일검향이 자리를 털고 일어섰다.

“태상전에서는 갑영과 누님의 침투에 대해 알고 있느냐?”

“당연하지. 나도 추측했는데 그들이 모르겠어? 마국에 침입한 이상 누구도 태상전의 짐작에서 벗어날 수 없어.”

“잘 들었다.”

얘기가 끝나기 무섭게 일검향은 그녀의 심장을 향해 쾌검식을 발출했다.

번—쩍!

추가영조차 예상치 못한 기습적 살식이었다. 일검향은 무의식 상태에서 교교를 죽이고 싶었다.

아무리 사문을 등진 반도라 해도 교교는 그와 칠 년 동안 생사를 함께해 온 동문이었다. 그녀의 눈물을 보면 차마 찌를 수 없을 것 같았고, 그녀가 바짓가랑이라도 잡고 애원하면 결코 죽이지 못할 것 같았다.

그런 상황이 벌어지기 전에 죽여야 했기에 그는 최대한 냉정을 유지하며 일검을 내질렀다.

교교의 두 눈이 공포와 충격으로 부릅떠졌다.

일검향에게 인간적으로 하소연을 하려던 그녀의 의도가 여지없이
짓밟힌 것이다. 그녀로서는 아무리 원한이 깊어도 자신을 이렇듯 매정
하게 죽이리라고는 미처 생각지 못한 것이다.

第55章

진정한 광명은 눈으로 볼 수 없다

죽음!

교교의 운명은 달리 결정될 수 없었다. 일검향의 검은 이미 그녀의 심장으로 파고들고 있었다. 그러나 그녀의 삶에 대한 의지는 진정 초인적이었다.

"감소채가 있어!"

그녀는 발작적으로 외쳤고, 그 충격적인 정보는 그대로 일검향의 살의를 강타했다.

'혁?'

그는 이를 악물며 검극을 치켜들었다.

워낙 가까운 거리인 데다 검극이 이미 심장으로 파고들고 있었기에 검극의 방향을 돌리기란 지극히 어려운 상황이었다. 하지만 일검향은 내상을 감수하며 기어코 검극을 틀었다.

추욱!

자청검은 교교의 어깨를 스치며 옷자락만 꿰뚫었다.

저승의 문턱까지 다녀온 교교는 와들와들 떨며 눈물을 주르륵 흘렸다.

"어… 어떻게 이럴 수 있는 거야? 정말… 날 죽이려 했어, 흑흑!"

자청검을 회수한 일검향은 이를 악물었다. 내상으로 기혈이 뒤틀리며 한줄기 피가 입술 사이를 비집고 나왔다.

그는 그대로 교교를 죽이지 못한 자신의 유약함을 원망했다. 한 번 검을 거둔 이상 다시 그녀를 죽이기는 어려울 것 같았다. 더군다나 그는 이미 심리적으로 포기한 상태였다.

서러운 눈물을 뿌린 교교는 가쁜 숨을 몰아쉬며 그를 쏘아보았다.

"흑흑, 나쁜 새끼, 넌 인간도 아니야!"

"……."

"네게는 오직 감소채뿐이야!"

교교는 추가영을 돌아보며 한껏 놀려주었다.

"너도 보았지? 네가 아무리 검향과 살을 섞었다 해도 그저 스쳐 가는 계집에 불과해. 검향이 원하는 계집은 감소채야. 그녀를 위해서라면 목숨조차 버릴 위인이지."

추가영 역시 눈물이 쏟아질 만큼 실망과 배신감을 느꼈지만 애써 냉정을 유지했다.

"그래서 어쨌다는 거야? 나와 검랑은 평생의 연인이 되기로 약속했어. 검랑이 감소채 언니와 맺어진다면 난 진심으로 축복을 올릴 거야. 네게는 그만한 아량도 없을 테지만."

"……?"

워낙 의연한 태도에 교교는 그만 할 말을 잃고 말았다.

일검향은 교교를 마주 대하고 싶지 않아 옆으로 몸을 돌렸다.

"얘기해 봐라. 만일 거짓이라면 가차없이 너의 목을 벨 것이다."

교교는 한 손으로 자신의 목을 감싸 쥐었다.

"감소채가 마국에 침투한 것은 확실해. 그녀는 유명계를 거치지 않았어. 수라계에 잠입한 것은 분명한데 도저히 그 행적을 찾아낼 수가 없어. 아마 쉽게 찾아낼 수 없는 신분으로 변장한 것 같아."

"의천맹 최강 고수들인 사절(四絶)을 파견한 상태에서 감 소저마저 잠입했다고? 하지만 도광패편은 전혀 그런 얘기를 하지 않았다."

"사절이 초절정급 고수인 것은 확실하지만 잠입과 구출, 탈출의 전문가는 못 돼. 결국 그들은 유명계에서 발각되고 말았지."

교교는 일검향의 반응을 살피고는 말을 이었다.

"감소채는 교활하게도 자신의 안전한 잠입을 위해 사절을 방패막이로 이용한 거야. 사절이 한바탕 소란을 벌이는 틈을 타서 수라계로 숨어든 거지. 사절이 죽던 말던 상관하지 않고 말이야."

추가영이 그녀의 신랄한 비난을 강하게 반박했다.

"소채 언니는 사절에게 마국의 실체를 보여주고 싶었던 거였어. 하지만 사절의 능력이라면 어떻게든 탈출해서 귀환할 것임을 확신했겠지. 소채 언니는 그럴 사람이 아니야."

"흥, 네년이 뭘 안다고 함부로 나불대는 것이냐?"

"그런 너는 소채 언니가 잠입했다는 증거가 있어? 그저 더러운 목숨을 조금 더 연장해 보려고 둘러댈 뿐이잖아?"

추가영은 팔찌 하나를 천환검으로 변환시켰다.

차앙……!

그녀는 교교의 미간에 검을 들이댔다.

"검랑은 동문의 정분 때문에 차마 너를 죽이지 못할지 몰라도 난 너와 전혀 무관해. 네년을 두 쪽으로 조각 낼 수도 있어."

교교는 일검향보다 그녀의 존재가 더 두려워졌다. 천환검을 응시하는 그녀의 눈빛이 심하게 흔들렸다.

"증거가 있다. 마국의 야간 경비를 담당했던 동마사의 숨겨진 시체가 발견되었다. 조사 결과 그의 사인이 천강수(天罡手)에 의한 내가중수법임이 밝혀졌다. 천강신공은 천맹무선의 독문절기로, 당대에서 그 절기를 구사할 수 있는 사람은 오직 무선의 제자인 감소채뿐이다."

일검향이 낮은 어조로 반박했다.

"천맹무선의 제자는 또 있다."

"물론 있지. 의천맹주 사도진성. 하지만 그는 동마사의 죽음과 절대 무관하다. 내가 장담한다."

"그렇다면 사도 맹주가 어디에 있는지도 잘 알겠군?"

"……"

"마지막 질문이다. 솔직히 답변한 후 떠나라."

교교는 잠시 주저하다가 고개를 떨구었다.

"그는 은마계 금라마관(禁羅魔關)에 있다."

답변을 마친 그녀가 곧바로 개울을 건너 멀어졌다. 그녀는 행여 추가영이 쫓아올까 두려워 부상의 몸임에도 불구하고 전력을 다해 달아났다.

추가영이 그녀의 등을 쏘아보며 이를 부득 갈았다.

"검랑, 정말 살려주는 거예요?"

"다음에… 반드시 죽이겠어."

"내게 맡겨요. 아무래도 검랑은 저 악녀를 죽일 마음이 없는 것 같아요."

"아니, 이건 우리 천예사원의 문제야."

일검향은 앞서 걸음을 옮기며 어렵사리 한마디 던졌다.

"미안해."

추가영은 아무런 대꾸 없이 그의 뒤를 따랐다.

그를 위로해 주고 싶어도 강한 배신감과 질투심 때문에 그녀 자신이 내키지 않았다. 물론 그 역시 자신을 보기가 부끄러워 위로조차 부담스럽게 느낄 것이다.

산은 높지 않았지만 아주 험준했다. 능선은 위태로웠고 봉우리는 칼날처럼 높았다. 운무까지 짙어 삼 장 밖을 헤아릴 수 없을 정도였다.

일검향은 묵묵히 앞서 걸었고, 추가영은 십 보 뒤에서 따랐다.

영천왕부 근경에서 운명적으로 만난 이후 그들의 관계는 급진전이었다.

꼭 살을 섞어서가 아니라 그들은 서로의 애정을 깊이 확인할 수 있었고, 서로가 얼마나 소중한 존재인지를 가슴으로 느낄 수 있었다. 그래서 어떤 두려움도 없기에 죽음의 마역에 함께 뛰어들 수 있었다.

한데 지금은 너무도 거북했다. 말 한마디 없이 수십 리를 지나치면서 서로 간의 심기는 더욱 불편해졌다.

일검향은 차마 추가영을 돌아볼 면목이 없어 먼저 말을 건넬 수가 없었다. 그토록 교교를 죽이려고 작심했건만 감소채라는 이름 앞에 그는 무너졌고, 그런 모습을 추가영 앞에서 보인 것이다.

추가영이 아무리 소탈한 성격의 소유자라 해도 여인이다. 자신이 사랑하는 사내가 다른 여인에게 절대적인 감정을 갖고 있다는 것을 목격한 여인의 심정이 어떠할까?

일검향은 추가영이 받은 충격과 아픔을 십분 짐작할 수 있었다.

'가영의 자존심에 너무 큰 상처를 주었다. 그래서는 안 되는 거였어. 교교를 죽였어야 했는데……'

그는 자신의 뒤를 따르는 추가영의 발소리가 조금씩 멀어지는 것 같았다. 단지 기분에 의한 착각이 아니었다. 분명 조금씩 멀어지는 게 확실했다.

'가영?'

그는 불안한 마음을 금치 못하고 홱 몸을 돌렸다.

짙은 운무 때문에 추가영의 모습은 보이지 않았다. 행여 벼랑으로 추락한 것이 아닌가 싶어 일검향은 급히 지나온 길을 달려갔다.

다행히 그녀는 온전한 모습이었다. 하지만 마치 석상이라도 된 듯 두 발을 멈춰 선 채 움직이지 않았다.

"가영……."

일검향은 부끄러움을 무릅쓰고 그녀의 앞으로 다가섰다.

추가영은 금세라도 눈물을 쏟아낼 듯한 표정이었다. 잠시 그를 바라보던 그녀는 왈칵 울음을 터뜨리며 그의 가슴으로 뛰어들었다.

"으흑흑!"

그녀는 그의 가슴을 마구 토닥이며 서러운 눈물을 뿌렸다.

"바보! 당신은 정말 바보야!"

"미안해, 가영. 정말 미안해."

"흑흑, 미안한 줄 알면 즉시 사과를 했어야죠? 오로지 당신만 믿고 함께 마역으로 들어섰는데… 저를 헌신짝처럼 버리려고 했어요."

일검향은 그녀를 꼭 끌어안으며 볼을 비볐다.

"아니야, 절대 아니야!"

"당신이 소채 언니를 얼마나 소중히 여기는 줄 알아요. 하지만… 날 더 사랑하잖아요? 소중한 여인과 사랑하는 여인은 별개니까요."

"그래, 난 가영을 사랑해."

"그렇다면 날 믿어야죠? 당신이 소채 언니를 소중하게 여긴다고 해서 내가 질투 때문에 토라질 거라 생각했단 말인가요?"

일검향은 그녀의 눈물을 정성껏 닦아주었다.

"그냥 미안했어. 가영에게 너무 미안해서 대할 면목이 없었던 거였어. 나 자신의 유약함이 부끄럽기도 했고."

추가영은 그의 목에 팔을 둘렀다.

"아니에요. 당신은 정말 인간적인 분이세요. 그 순간에 분노와 원한을 이겨내고 검을 멈출 수 있는 사람이 얼마나 있겠어요? 솔직히 저도 속 좁은 계집이라 조금은 화가 났지만 당신을 이해했어요. 한데… 당신은 저를 쳐다보지도 않았어요. 험한 길을 가면서도 죽던 말던 돌아보지도 않았다고요. 제가… 제가 얼마나 서러웠겠어요?"

"가영, 당신 같은 여인을 만난 것은 정말 내 인생의 최고 행운이야."

일검향은 그녀의 볼을 감싸 쥐고는 입을 맞추었다.

열화와 같은 격정의 입맞춤이 아니라 가슴과 가슴이 맞닿는 진실한 애정과 감동이 배인 입맞춤이었다.

추가영의 말대로 감소채는 소중한 여인이다.

소중한 여인은 그녀 외에도 또 있다. 다휘가 그러하고, 을화가 그러하다. 어느 누구 하나 저버릴 수 없는 소중한 여인들이다. 그러나 그가 진정 사랑하는 여인은 단 한 명, 추가영뿐이다.

오랜 입맞춤으로 화해와 용서를 구한 일검향은 그녀와 나란히 운무 사이를 걸었다.

더 이상 거북하지도 않고, 더 이상 불편하지도 않았다. 대화를 통해 이렇듯 쉽게 해결될 수 있건만 왜 수십 리 길을 갈등과 고뇌로 걸어왔는지 후회가 되었다.

하지만 비가 내린 후에 땅이 더욱 단단하게 굳어지듯 잠시 균열이 일었던 그들의 믿음과 애정은 상처가 아물면서 더욱 견고해졌다.

운무가 짙었지만 두 사람은 그다지 답답함을 느끼지 못했다. 오히려 다른 누구의 방해조차 받지 않도록 그들을 감싸주는 보호막처럼 생각되었다.

문득 일검향은 운무 속에서 들려오는 쇠사슬 소리에 가볍게 미간을 찌푸렸다.

철그렁철그렁……!

분명 귀를 거슬리게 만드는 쇠사슬 소리였지만 주변의 상황이 낯설지 않았다. 험한 능선은 단애 앞에서 뚝 끊겨 있었다.

일검향은 운무로 가득한 주변을 둘러보았다.

교교가 거짓말을 하지 않았다면 다훼가 있어야 할 장소에 당도했어야 옳았다. 한데 길은 끊겨 있었고, 단애는 도끼로 내려찍은 듯 매끄러워 도저히 내려갈 수가 없었다.

철그렁철그렁!

또다시 쇠사슬 소리가 들려왔다.

순간 어찌 된 상황인지 간파한 일검향은 등골이 서늘해졌다. 고막을 자극하던 쇠사슬 소리가 갑자기 친숙하게 들렸다. 그것은 바로 춘추봉과 이어진 생사철교의 쇠사슬 고리였던 것이다.

"천예사원… 놈들은 천예사원마저 분원을 만들어놓았다!"

막연하게 천예사원의 분원이 있을지도 모른다고 생각했지만 이렇듯 분원의 존재를 확인하자 절로 분노가 치밀었다.

하나의 문파에는 정신과 기백이 배어 있다. 문파마다 창건 조사의 이념과 의지가 다르기에 같은 도문이라 해도 그 색깔이 제각각이며, 검을 쓰는 문파라도 검법과 진기 운용이 다르기 마련이다.

천예사원은 일검향에 있어 정신적 지주였다.

천사명왕의 혼백이 깃든 사문이기에, 사문을 위한 죽음을 명예롭게 여길 만큼 사문을 중시한 그였다. 한데 원수들이 자신들의 영역에 제멋대로 또 하나의 천예사원을 창설했으니 심장이 터질 만큼 증오가 치솟아올랐다.

"마국주는 인간이 아니다. 놈은 악마다. 놈은 사람들이 어떤 상황에서 가장 고통스러워하는지 속속들이 알고 있다. 그리고 그런 고통을 가하면서 즐기고 있다. 진정 잔인한 악마!"

일검향은 가슴을 진정시키기 위해 오랜 시간 이를 악물어야 했다.

정신적 고통은 육체적 고통보다 훨씬 괴롭다. 육체적 고통은 정신력으로 감내할 수 있지만 정신적 고통은 그 아픔을 고스란히 겪어야 하기 때문이다.

추가영이 그의 손을 뜨겁게 감싸 쥐었다.

"검랑, 소림분원의 제자들도 치욕을 참아냈습니다. 무당과 화산의 제자들 역시 분원을 자신의 사문처럼 여기며 광명을 기다리고 있습니다. 마국 내에 분원이 있다는 것이 검랑만의 치욕은 아닙니다."

깊은 지혜가 느껴지는 위로였다. 그녀의 말대로 분원이 설치된 것은 치욕이지만 천예사원에만 해당되는 수모는 아니었던 것이다.

일검향에게는 더없이 고마운 충고에 감동했다. 그 혼자 겪어야 할 정신적 고통이 추가영 덕분에 절반은 씻겨진 것 같았다.

"가영의 말이 맞아. 마국 내에 제멋대로 세워진 분원이 어디 천예사원뿐이겠어? 분노보다는 오히려 자부심을 가져야 마땅해. 적어도 천하를 대표할 문파이기에 분원이 세워질 수 있었을 테니까."

"그러네요. 저도 어서 요지선궁의 분원을 보고 싶어요. 만일 형편없이 세워놓았다면 마국주를 만나 따져야겠어요. 자금은 넉넉히 줄 테니 요지선궁의 분원답게 지어놓으라고 말이에요, 호호!"

추가영은 스스럼없는 웃음을 터뜨렸다.

일검향은 그녀의 쾌활함과 낙천적인 성격이 부러웠다.

그녀에게 있어 갈등과 고민은 스쳐 가는 바람이었다. 울고 웃는 감정의 변화가 심했지만 심각할 때보다는 즐거울 때가 더 많았다. 구르는 돌만 봐도 까르르 웃은 아이처럼 그녀는 아직 순수함을 지닌 여인이었던 것이다.

일검향은 단애 끝을 밟고 섰다.

"교교가 속이지 않았다면 다훼는 생사철교 저편에 있을 거야. 과연 마국에서 춘추봉을 어떻게 만들어놓았는지 궁금하군."

그는 비로소 직접 가보라고 했던 교교의 의미심장한 말을 이해할 수 있었다. 무척 흥미로울 것이라는 조롱의 의미가 바로 이것이었다. 천예사원의 분원을 파악하는 순간 자신이 받을 충격과 분노를 그녀는 미리 즐기고 있었던 것이다.

그는 훌쩍 몸을 날려 생사철교를 밟고 섰다. 추가영이 곧바로 따라오려 하자 그는 손을 들어 제지시켰다.

"잠시 기다리고 있어. 동시에 생사철교를 건너게 되면 행여 기습을

당할 경우 아주 위험한 상황에 처하게 돼. 내가 먼저 건너간 후 신호를
보낼게."

"괜찮겠어요?"

"생사철교를 건너는 일은 어렵지 않아. 도중에 금살의 저지를 받게
된다면 곤란하겠지만 그럴 일은 없을 거야. 나와 갑영 형님, 을화 누님
이 천예사원 최후의 삼 인이니까."

일검향은 한 가닥 쇠사슬을 밟으며 운무 속으로 달려갔다. 천예사원
시절 출동과 귀환 때마다 생사철교를 밟고 건넜기에 운무로 인한 좁은
시야는 문제될 것이 없었다.

한데 이때였다. 그는 운무 속에서 엄습해 오는 두 가닥 살기를 감지
하였다.

'엇?'

지극히 빠른 암습이었다. 살기를 감지하고 대비했지만 이미 두 자루
칼이 그의 목과 심장으로 파고들었다.

그는 쾌검으로 응수하려던 생각을 바꾸어 범천강기로 몸을 보호했
다.

퍼—퍽!

두 줄기 도기는 강력한 호신강기로 인해 노렸던 부위를 꿰뚫지 못하
고 옆으로 비껴 나갔다.

일검향은 가까스로 위기를 모면했지만 목과 가슴 일부가 베이는 부
상을 당하고 말았다.

부상은 대단치 않지만 몹시 자존심이 상했다.

암습의 전문가인 그가 오히려 암습에 의해 부상을 입었다는 것은 상
당한 수치였다. 이미 갑영보다 높은 경지에 이른 그였기에 천예사원

최고의 자객으로 부족함이 없었다. 당대 최고의 자객 단체가 천예사원이기에 그는 명실공히 당대 최고의 자객이라 해도 과언이 아니었다.

그런 그가 암습을 방어하지 못한 것은 결코 방심 때문이 아니었다. 운무 속에 은신해 있었던 두 자객의 암습이 워낙 뛰어났다. 만일 그가 아닌 다른 사람이었지만 이미 목이 베이고 심장이 뚫린 채 생사철교에서 추락했을 것이다.

일검향은 바싹 경각심을 높이며 자청검을 뽑아 들었다.

'믿을 수가 없군. 대체 어느 자객 집단에서 이런 자객들을 키워냈단 말인가? 암습 능력만 본다면 갑영 형님보다 뛰어날 정도다.'

문득 그는 방금 접했던 살인 초식이 낯설지 않다는 생각에 젖게 되었다. 또한 복면을 한 두 자객의 눈빛조차 제대로 접하지 못했지만 이상하리 만큼 친근감이 느껴졌다.

'가만… 방금의 살인 초식은 분명 천예사원의 수법이다. 그 어떤 자객도 혈한망월식(血恨望月式)을 그처럼 정확하게 전개할 수 없다.'

생각이 여기에 미치자 그는 심장이 얼어붙는 것만 같았다.

'금살? 설마 금살 노형님들께서 생존해 계셨단 말인가?'

그의 뇌리 속으로 기억의 파편들이 섬전처럼 스쳐 지나갔다.

사대금살 중 일영과 월영은 영천왕부의 은룡왕자를 척살하기 위해 출동했다가 일도살의 기습에 의해 죽은 것으로 들었다. 다른 두 명은 생사철교를 지키던 중 은천마국의 수뇌급에 의해 살해된 것으로 알고 있다.

일검향은 짧게 숨을 들이켰다.

'일영과 월영, 두 금살 노형님이 생존해 있을 가능성은 절반이다. 하지만 경이적인 자객술과 혈한망월식을 감안하면 두 자객이 금살 노형

님일 가능성이 아주 높다.'

그는 쇠사슬을 타고 운무 안쪽으로 미끄러졌다.

상대가 금살이라면 절대적으로 불리한 대결이었다. 그들은 자신을 죽이는 데 한 치의 주저함도 없겠지만 그는 그들이 전혀 다치지 않게 제압해야 하는 상황이었다.

무공의 격차가 현저하다면 그리 어려운 일이 아니겠지만 금살의 신분이라면 누구라도 죽일 수 있는 특급 자객이다. 더군다나 한 가닥 쇠사슬에 의존해서 싸워야 했기에 더욱 어려운 싸움이었다.

그는 일단 한가닥 희망을 품고 자신의 신분을 밝혔다.

"금살 노형님! 저 천살자객 일검향입니다. 귀환할 때마다 인사를 드리지 않았습니까? 저를 기억하지 못하십니까?"

그의 음성이 운무 속으로 스며들었지만 어떤 대꾸도 들려오지 않았다. 그는 비감 어린 한숨을 내쉬었다.

'창비가 실혼인이 된 것처럼 금살 형님들도 온전한 정신이 아니다. 하기는 멀쩡한 정신을 지니고 이런 분원에서 지낼 천예사원의 자객은 없겠지.'

또다시 살기 어린 파공성이 엄습해 왔다. 이번 공격은 측면과 상방이었다.

일검향은 빠르게 생각을 굴렸다.

'천예사원에서 그래 왔듯 두 분 형님의 임무는 생사철교를 수호하는 것이다. 여기서도 마찬가지겠지. 그렇다면 내가 유리한 지형에서 겨뤄야 한다.'

그는 생사철교에서 훌쩍 뛰어내려 두 자객의 공격을 피해냈다.

생사철교 위로 내려선 두 자객은 의아한 표정으로 일검향에게 시선을 고정시켰다. 첫 번째 암습을 막아낸 절세고수가 스스로 생사철교 아래로 몸을 던지리라고는 미처 예상치 못한 것이다.

이 순간 운무 속으로 사라진 일검향이 구름을 뚫고 승천하는 용처럼 치솟아올랐다. 상승경공, 승극도허였다.

일검향은 눈을 감고도 생사철교를 건널 수 있을 만큼 지형에 대해 훤했다. 마국 내의 분원이 춘추봉을 본떠 만들었다면 자신의 예상과 지형이 크게 다르지 않을 것이라 확신했다.

과연 멀지 않은 곳에 생사철교가 감긴 첨봉이 세워져 있었다. 첨봉 위로 내려선 일검향은 생사철교를 밟고 서 있는 두 자객을 돌아보았다.

"하하, 유감입니다. 저를 막지 못했습니다."

그가 두 번째 생사철교를 밟고 안쪽으로 달려가자 두 자객이 득달같이 추격해 왔다. 아주 빠른 신법이었지만 일검향 또한 그들보다 느리지 않았다.

일검향은 이내 구름 속 분지로 내려섰다.

'가짜의 한계로군. 고작 두 개의 생사철교만으로 천예사원임을 흉내 냈단 말이냐?'

그는 바닥을 굳건히 딛고 선 채 운무 속 생사철교를 직시했다.

침입자를 통과시킨 두 자객이 무서운 살기를 발하며 돌진해 오고 있었다 좌우로 갈라진 그들은 일검향의 목과 몸통을 베어왔다. 여전히 기합성 한 번 지르지 않는 침묵의 공격이었다.

쐐애액—!

파공성이 날아들기도 전에 두 자루 칼이 먼저 파고들었다.

침입자를 사전에 저지하지 못했다는 수치심 때문인지 앞서 펼쳐진 혈한망월식보다 훨씬 쾌장한 초식이었다. 다행히 일검향은 두 자객의 살인 수법을 알고 있었다.

사대금살은 천예사원 내에서도 유령 같은 존재라 갑영과 을화 외에는 별로 교류가 없었다.

다른 자객들 중에서는 계도와 친분이 돈독했다. 귀환할 때마다 사대금살이 좋아하는 음식을 만들어주었기 때문이다. 덕분에 계도는 사대금살에게서 살인 초식 몇 가지를 전수받은 적이 있었고, 계도는 일검향에게 한두 번 시범을 보여준 적이 있었던 것이다.

'계도 형님께 감사드려야겠군.'

일검향은 몸을 훌쩍 뒤집어 몸통을 베어오는 수법을 피해냄과 동시에 목을 노리는 자객과 정면으로 부딪쳤다.

차아앙!

그의 자청검이 늦게 뽑혔지만 자객의 쾌도를 간신히 막아낼 수 있었다.

그는 재빨리 범천탄지를 발출해 자객의 혈도를 제압하고는 등 뒤로 자청검을 돌렸다. 또 다른 자객이 공격해 올 것이라는 예측 방어였다. 과연 그의 예상대로 배후의 자객은 명문혈을 노려왔고 그는 자객의 칼을 후려칠 수 있었다.

상대가 금살자객이라 해도 단독 대결에서는 일검향의 적수가 될 수 없었다. 자객은 대번에 금나술에 사로잡히고 말았다.

두 자객을 상처 하나 없이 제압한 일검향은 스스로 놀라고 말았다.

'내가 정말 강해진 것은 확실하군. 초년생 시절 우상처럼 여겼던 금살 노형님들을 너끈히 제압했으니 말이야.'

이때 바람을 타고 청명한 방울 소리가 들려왔다.

딸랑딸랑……!

방울 소리 쪽으로 고개를 돌린 일검향은 가슴이 뭉클해졌다.

방울이 달린 죽장을 짚은 채 조심스럽게 다가서는 한 여인이 눈에 들어왔다. 바싹 여윈 체구에 용모는 평범했지만 결코 속되지 않은 이지적인 분위기를 지닌 여인이었다.

바로 피를 나눈 혈족과 같은 동문, 다훼였다.

"다훼……!"

크기 않은 음성이었지만 다훼의 얼굴이 감격으로 물들었다.

"검향……? 검향, 역시 너였구나!"

한달음에 달려간 일검향은 그녀를 와락 끌어안았다.

"다훼!"

그는 감동의 눈물을 글썽였다.

너무도 비참한 창비의 모습을 보았기에 행여 그녀마저 지독한 형벌로 폐인이 된 것은 아닌지 몹시 우려했었다. 한데 그녀는 대번에 자신을 알아볼 만큼 온전한 정신을 지니고 있었다.

고마웠다. 그녀가 자신이 알아본 것이 고마웠고, 이렇게 함께 감격을 나눌 수 있다는 것이 고마웠다. 그러다 문득 그녀의 우묵한 눈두덩을 간파하고는 치를 떨었다.

"크으, 잔혹한 놈들! 다훼, 네가 앞을 볼 수 없는 몸이 되었어!"

다훼는 손끝으로 그의 얼굴을 더듬으며 잔잔한 미소를 지었다.

"진정해, 검향. 마국의 짓이 아니야. 내 스스로 눈을 훼손한 거야."

"뭐라고? 왜……?"

"귀상은 우리가 구주총련에서 천여 권의 장부를 입수한 사실을 알고 있었어. 그는 과연 그 장부를 통해 얼마만큼이나 은천마국에 대해 파악하고 있는지 내게 질문했어. 내가 상당 부분을 답변하자 귀상은 나를 제자로 삼겠다고 했어.”

“차라리… 귀상의 제자가 되지 그랬어?”

“나마저 배신하면… 검향이 너무 외롭잖아?”

다훼는 그의 체취를 한껏 들이키고는 다정하게 포옹했다.

“내가 스스로 두 눈을 훼손하자 귀상은 날 이곳 천예사원 분원으로 보냈어. 날 살려주는 조건으로 마국 내에 보관돼 있는 방대한 자료를 체계적으로 정리하라고 했어. 난 마국에 절대 협조하지 않으려 했지만 깊이 생각해 보니 굳이 고집을 부릴 필요가 없다는 것을 알게 되었지.”

그녀는 그와 함께 천천히 걸음을 옮겼다.

“이미 인질이 된 순간부터 사문에 죄를 지었지만, 그래도 내 자신의 떳떳한 죽음보다 사문을 보존하는 것이 더 중요했어. 당시는 갑영 오라버니와 을화 언니, 그리고 검향 너까지 아직 척살단에서 귀환하지 않은 상황이었지. 묵궁은 춘추봉에서 죽었고, 창비는 유명옥으로 끌려갔기에 어쩌면 내가 천예사원의 유일한 제자일 수도 있다는 생각이 들었어.”

“잘 생각했어, 다훼. 정말 슬기로운 판단이었어. 덕분에 우리가 이렇게 만날 수 있었잖아?”

일검향은 막상 그녀를 대하자 유명옥에서 그 자신의 손으로 죽일 수밖에 없었던 창비가 더욱 그리웠다.

“다훼… 용서를 빌 게 있어.”

“무슨 소리야?”

“유명옥에서 창비를 만났어.”

“오, 창비를 만났다고? 어떻게 지내고 있어? 유명옥의 형벌은 정말 고통스럽다고 하던데……."

"내가… 내 손으로 창비를 죽였어."

일검향이 괴로운 모습으로 실토하자 다훼는 길게 탄식했다.

"오오, 맙소사!"

그녀는 손을 뻗어 일검향의 손을 감싸 쥐었다.

"검향, 얼마나 가슴이 아팠겠어? 창비의 죽음은 이미 예상하고 있었어. 네 손에 죽은 창비는 오히려 행복한 거야."

그녀는 창비의 죽음을 애도하면서도 오히려 일검향을 위로했다.

그녀는 일검향이 창비를 얼마나 아끼고 동생처럼 위했는지 정확히 아는 여인이었다. 하기에 친동생 같은 동문을 죽여야 하는 일검향의 심적인 고뇌와 비통함을 누구보다 깊이 이해하고 있었다.

일검향은 풍마옥에 갇혀 있던 창비의 비참했던 상황에 대해 상세하게 말해주었다. 다훼는 두 손으로 얼굴을 가린 채 비통한 오열에 잠겼다.

이윽고 지극한 슬픔을 가라앉힌 그녀는 귀를 기울이며 주변을 살폈다.

"금살 오라버님들은 무사하지?"

"역시 금살 노형님들이었군. 물론 무사해. 경혈만 짚어놓았어."

"이제 혈도를 풀어드려."

"괜찮을까? 날 알아보지 못할 정도면 다시 공격해 올 텐데?"

"내가 해결할게."

다훼는 두 금살의 손을 쥐고는 기이한 주문을 외웠다.

마치 범문(梵文)을 암송하는 것 같아 일검향은 그 뜻을 이해할 수 없었다. 주문을 들은 두 금살의 눈빛에서 살기가 사라졌다. 대신 실성한 듯한 모호한 기운이 짙게 흘러나왔다.

일검향이 혈도를 풀어주자 두 금살은 어슬렁어슬렁 분지 안쪽으로 향했다.

다훼가 안쓰런 눈빛으로 그들을 바라보았다.

"일영금살과 월영금살 오라버님들이셔. 일도살과 함께 은룡왕자 척살에 나섰다가 마국 놈들에게 제압이 되셨지. 마국에서는 천예사원 분원을 창설할 생각으로 두 분을 살해하지 않고 기억을 말살한 거야. 하지만 워낙 사악한 대법에 당해 정신이 온전하시지 않아."

일검향은 지그시 이를 깨물었다.

"마국의 수뇌들을 어떻게 죽여야 이 원한을 씻을 수 있을까?"

다훼가 죽장을 짚으며 걸음을 옮겼다.

"할 얘기가 너무 많아. 어서 들어가."

"잠깐. 사실 동행이 있어."

"동행……? 갑영 오라버니와 을화 언니는 아닐 테고……."

일검향은 씁쓸한 표정을 지으며 대답했다.

"다훼를 정말 보고 싶어 하는 여인이야. 다훼에게 소개해 주고 싶기도 하고."

천예사원 분원은 의외로 협소했다.

절해고도와 같은 첨봉 위에 춘추봉처럼 터전을 형성했지만 천예사원에 비할 바가 못 되었다. 외부 세계와 차단된 채 생사철교로만 출입할 수 있다는 것이 유사할 뿐이었다.

상주 자객도 세 명뿐이었다. 과거를 말살당한 채 오로지 생사철교를 수호하는 금살자객 두 명과 다훼가 전부였다. 다훼는 맹인이 된 상태

라 자객 임무를 거의 수행할 수 없기에 자료를 정리하는 것이 주임무
였다. 하기에 이름만 천예사원 분원이었다.

그나마 석벽을 파서 만든 거처는 천예사원의 개인 처소와 유사했다.
창살이 없는 창밖으로 유유히 흐르는 구름을 볼 수 있어 문득 이곳이
춘추봉이 아닐까 하는 착각에 젖게 한다.

또 하나 비슷한 곳이 바로 커다란 서고였다.

춘추봉에서 그래 왔던 것처럼 다훼는 여전히 서고에서 지내고 있었
다. 서고의 벽에는 허리 높이로 대나무가 난간처럼 이어져 있어 맹인
인 그녀도 지팡이 없이 이동하는 데 어려움이 없었다.

추가영은 소탈한 성격의 소유자라 다훼를 마치 친언니처럼 여기며
스스럼없이 대했다. 두 여인이 얼굴을 맞대기는 이번이 처음이지만 일
검향을 통해 서로에 대해 많이 들었기 때문에 첫 대면인 데도 낯설지
가 않았다.

두 여인이 워낙 다정하게 얘기를 주고받는 바람에 일검향은 꿀 먹은
벙어리처럼 입을 다문 채 그녀들을 바라보기만 했다.

어느 정도 얘기가 정리되자 다훼가 수라계 전반의 상황을 얘기해 주
었다.

"유명계가 그렇듯 엄청난 타격을 입었어도 수라계는 별개야. 여전히
하루가 멀다 하고 싸움을 벌이고 있지. 검향과 가영 동생이 거쳐 온 여
정은 수라계 전체에 비하면 일부에 불과해. 그래도 소림과 무당, 화산
의 분원들을 거쳤으니 편안한 행로를 택한 셈이야. 사도나 녹림 쪽을
지나쳤다면 한바탕 혈전을 벌여야 했을 테니까."

"하지만 교활한 귀상이 교교를 미끼로 던지는 바람에 행적이 탄로
나고 말았어. 은마계로 침투하기가 더욱 힘들어졌지."

“교교는 단지 검향을 끌어내기 위한 미끼가 아니야.”

“미끼가 아니라고?”

“귀상은 실로 무시무시한 두뇌의 소유자야. 내가 듣기에 은천마국을 창건하게 된 계기도 그의 제안 때문이라고 하더군. 귀상은 교교를 이용해 어떤 계략을 펼칠 목적으로 미리 검향에게 접선을 시킨 것 같아. 물론 교교도 그런 흑막에 대해서는 전혀 몰랐겠지. 교교는 나름대로 자신이 태상전의 신임을 받아 순찰총감까지 되었다고 생각하겠지만, 그것은 커다란 착각이야. 태상전 마상들은 하나같이 냉철한 자들이지. 교교는 불쌍한 소모품일 뿐이야.”

일검향은 다훼의 놀라운 통찰력에 감탄을 금치 못했다.

그녀의 뛰어난 암기력과 지혜에 대해서는 수련생 시절부터 인정해왔지만 인질로 잡혀온 이후 더욱 지력이 높아진 것 같았다.

그는 우선적으로 그녀의 구출을 제안했다.

“수라계의 방대한 면이 때로는 우리에게 이점이기도 해. 활동이 비교적 자유롭고, 몇 사람이 사라져도 전혀 눈치 채지 못할 테니까. 일단 다훼를 안전하게 외부로 옮긴 후 다시 침투하겠어. 한 번 경험했으니 한결 수월할 거야.”

그는 다훼마저 잃고 싶지 않았다.

어차피 행적이 발각된 이상 은마계 침투는 촌각을 다투는 은밀함에서 멀어졌다. 다훼를 구출한 후 다시 잠입해도 충분할 것 같았다.

한데 다훼의 반응은 의외로 강경했다.

“검향, 은천마국을 너무 우습게보지 마. 저들은 구름 위에서 세상을 굽어보는 천신 같은 자들이야. 네가 교교를 만난 이상 이미 이곳 분원으로 뛰어들었다는 것도 짐작하고 있을 거야. 날 탈출시키려 한다면

검향은 절대 성공할 수 없어. 오히려 모두가 죽게 될 거야."

"다훼, 예전의 내가 아니야. 마국의 수뇌급인 혈마공들도 날 막지 못했어. 태상전의 칠대마상이란 놈들이 얼마나 강한지 몰라도 그들 역시 인간일 뿐이야. 인간이라면 누구라도 죽일 수 있어."

"검향이 천불성승의 불연에 힘입어 절세고수로 성장했다는 것은 나도 알아. 하지만 이곳은 마역이야. 저들이 만든 세상이고, 저들이 출동시킬 마국의 고수들은 헤아릴 수도 없이 많아. 장담컨대 나를 구출하려 한다면 수라계의 전 순찰대가 동원돼 널 저지할 거야."

일검향이 답답한 심정으로 분연히 외쳤다.

"그렇다면 내가 은마계로 진입하려 해도 마찬가지잖아? 아니, 놈들은 최강의 방어를 펼쳐 막으려 하겠지!"

다훼가 차분한 어조로 반박했다.

"아니야, 검향."

"아니라고?"

"저들은 검향이 은마계의 관문들을 통과해 태상전에 이르기를 기다리고 있어. 저들에게는 아주 흥미로운 관심사이니까."

"흥미롭다고?"

다훼는 탁자를 더듬어 찻잔을 집어 들었다.

"저들이 천하의 절반을 차지하고도 더 이상 지배 영역을 확대하지 않은 것은 의미가 없기 때문이야. 은천마국이 너무 강하기에 천하대전조차 흥미를 느끼지 못하고 있어. 무림천하를 시시하게 여긴 거지."

"그것은 놈들의 오만이며 커다란 착각이야. 소림이 치욕을 참고, 무당이 분노를 삼킨 것은 의천맹의 신중한 만류 때문이었어. 나서야 할 상황이 될 때까지 수모를 이겨내자는 감 소저의 간곡함을 수용했던 것이지. 정작 천하대전이 전개되면 은천마국도 승리를 낙관할 수 없어.”

“물론 그럴 수도 있겠지. 하지만 한 번의 천하대전으로 백도무림은 치명상을 입어도 은천마국은 또다시 창건될 거야.”

“……!”

일검향과 추가영은 잠시 할 말을 잃었다.

과연 그녀의 말을 액면 그대로 믿을 수 있단 말인가?

은천마국이 세상에 알려진 지는 십 년도 되지 않았다. 하지만 그 거대한 마국이 창건되기까지는 치밀한 계획과 어마어마한 물자와 인력이 동원되었을 것이다. 규모가 엄청난 만큼 절반만 파괴되어도 복구는 엄두도 낼 수 없는 게 당연하다.

한데 무림천하가 회복되기 전에 은천마국이 또다시 창건된다면 과연 무슨 방법으로 마국을 상대할 수 있단 말인가?

일검향이 엄청난 충격에서 벗어나기까지 상당한 시간이 흘렀다. 겨우 안정을 찾은 그가 침중한 어조로 물었다.

“다휘… 대체 내가 어떻게 하기를 바라?”

“나에 대한 구출은 잊어. 내가 세상 어디를 가도 어두운 것은 마찬가지야. 내 눈으로 세상을 볼 수 없어서 하는 소리가 아니야. 광명은 눈으로 보는 게 아니라 마음으로 보는 거니까.”

일검향은 가슴 뭉클한 감동을 느꼈다.

광명은 마음으로 본다!

그는 다휘가 두 눈을 잃은 대신 심안을 깨우쳤음을 확신할 수 있었다. 적어도 그녀는 자신보다 은천마국에 대해 백배는 더 분명히 알고 있었다. 정보를 통해 안 것이 아니라 경이적인 통찰력과 직감으로 꿰뚫어 본 것이다.

다훼는 손을 뻗어 나란히 앉아 있는 추가영의 손을 쥐었다.

"가영 동생, 검향은 너무도 무서운 적과 마주하고 있어. 저들은 볼 수도 없고 만질 수도 없는 신기루와 같은 자들이야. 이래서는 도저히 싸움이 되지 않지."

"방법은 있겠지요? 언니는 알고 있죠?"

"만일 저들에게 약점이 있다면, 지나친 오만과 무료함뿐이지. 저들은 모든 것을 알고 있어. 검향과 가영 동생의 침투, 갑영 오라버님과 을화 언니의 잠입, 그리고 감소채 군사의 은밀한 침입까지. 그것을 간파하고 있으면서 용인하는 이유는 무료함을 씻기 위함이야. 자신에게 있어 최강의 적이라 할 수 있는 사람들이 모든 난관을 물리치고 과연 태상전에 이를 수 있느냐를 저들은 흥미롭게 지켜보고 있는 것이지."

"어쨌든 희망은 있다는 얘기잖아요? 저들이 전력을 다해 우리를 막지 않는다면 칠대마상과 겨룰 순간이 찾아올 겁니다."

"그래, 그게 유일한 바람이야."

다훼는 추가영과 이마를 가까이 맞댔다.

"그때까지 검향을 지켜줘. 검향이 강한 것은 사실이지만 지나치게 감성적이지. 그게 약점이자 장점일 수 있겠지만, 지금은 무엇보다 정신력이 필요할 때야. 그래서 가영 동생이 그의 감정을 살펴줘야 돼."

"예, 언니. 명심할게요."

철그렁철그렁……!

바람에 흔들리는 생사철교의 쇳소리가 비장하다.

일검향과 추가영은 생사철교 앞에서 다훼와 작별을 고하고 있었다.

다훼를 안전한 외부로 탈출시켜 주지 못하는 것이 안타까웠지만 그녀의 말대로 세상 어디를 가든 광명은 기대할 수 없는 상황이었다.

은천마국이 붕괴되어야만 그녀는 비로소 밝은 세상을 보게 될 것이며 인질의 억압 속에서 풀려나게 될 것이다.

일검향은 그녀의 이마에 입을 맞추고는 안타까운 심정으로 포옹을 했다.

"약속할게. 반드시 광명을 보여주겠어."

"기다릴게. 천불성승은 전설적인 신인이서. 그분이 검향에게 불연을 전했다면 아직 세상에 희망이 있기 때문일 거야."

"내가 원하는 것은 사부님과 동문들의 복수, 그리고 다훼의 광명이야. 내가 세상을 구할 영웅이기를 바라지는 마."

"알고 있어. 검향은 누가 뭐래도 천예사원의 자객이니까."

다훼는 잔잔한 미소를 지으며 한 걸음 물러섰다.

일검향이 생사철교로 향하자 추가영은 한바탕 눈물겨운 이별을 고하고는 그의 뒤를 따랐다.

다훼는 조용히 무릎을 꿇으며 하늘을 향해 간절하게 기원했다.

"사부님, 검향에게 필요한 것은 고강한 무공이 아니라 사악한 자들의 음모와 계략을 간파할 수 있는 지혜와 안목입니다. 제발 그에게 어둠 속에서도 흔들리지 않을 냉철함을 주옵소서."

第56章
의혹의 금라마관(禁羅魔關)

하늘은 음울한 암회색 빛. 별 한 점 보이지 않고 실낱같은 초승달도 보이지 않는다. 마치 하늘 전체가 짙은 먹구름이라도 낀 듯 칙칙하기만 했다.

암회색 하늘과 달리 지상은 비교적 밝았다. 어느 곳에서 스며드는지 알 수 없지만 수많은 반사광 덕분에 풀과 꽃, 나무가 자라기에 충분했고 벌, 나비며 새까지 살고 있었다.

아담한 동산 기슭에 자리한 초옥은 마치 은자(隱者)의 거처인 양 고적함이 느껴졌다. 마당 한쪽으로 자그마한 정자가 세워져 있는데 기둥 위에 지붕을 씌웠을 뿐 난간조차 없었다.

정자 안에는 희디흰 백발을 무릎까지 드리운 사람이 단정하게 앉아 있었다. 백발을 지녔지만 뜻밖에도 청년이었다.

서른을 겨우 넘겼을 나이로 아직 주름 한 줄 없었고, 다소 창백한 안색 때문인지 피부가 관옥처럼 희었다. 눈썹은 먹을 듬뿍 묻힌 붓으로 그린 듯 선명한 검미였고, 입술 선이 분명한 붉은 입술은 기름을 바른 듯 윤기가 흘렀다.

이른바 단순호치의 미장부였다.

청년은 무릎 위에 한 자루 검을 올려놓고 있는데, 어느 대장간에서나 흔히 볼 수 있는 평범한 장검이었다.

청년은 눈을 반개한 채 참선에 든 고승처럼 미동도 하지 않았다. 주변 어디에도 방해할 사람이 없기에 그는 얼마든지 혼자만의 사색에 잠길 수 있었다. 간간이 찾아와 그에게 심적인 고통과 갈등을 안겨주는 몇몇 사람만 없다면 수련을 하기에 더없이 좋은 장소였다.

비록 맑은 하늘과 신선한 공기가 없다는 것이 흠이지만.

한데 이때였다. 예리한 파공성과 함께 세 줄기 광선이 청년을 향해 날아들었다.

쐐애액—!

전면과 좌우 측면으로 날아든 광선은 속도와 강도가 일정했다.

청년은 여전히 눈을 반개한 모습 그대로 무릎 위에 올려진 검의 손잡이만 가볍게 쥐었다.

파파팟!

아무런 섬광이나 파공성도 일지 않았지만 그를 향해 날아든 세 줄기 광선이 그대로 소멸되었다. 대신 바닥으로 먼지처럼 쪼개진 나뭇잎만 꽃가루처럼 뿌려졌다.

광선은 상승공력이 실린 적엽비화였기에 철판을 관통할 만큼 강력하건만, 마치 투명한 보호막에 부딪친 듯 아무런 위력도 발휘하지 못했다.

백발청년은 검의 손잡이를 쥐었던 손을 놓았다.

언뜻 보기에는 그가 그저 검의 손잡이를 쥐었다가 놓은 정도에 불과했다. 그러나 그사이 불가사의한 쾌검이 전개되면서 적엽비화로 날아든 나뭇잎이 수백 조각으로 쪼개졌고 이내 검이 회수되었다.

무검파천황(無劍破天荒)!

바로 쾌검의 전설로 불리는 절대쾌검이었던 것이다.

"하하하!"

호쾌한 웃음소리와 함께 한 사람이 얕은 시냇물 위를 가로지으며 마당으로 날아들었다. 마치 보이지 않는 다리를 밟고 다가서듯 유유한 행보였다.

마당으로 내려선 그는 뒷짐을 진 채 감상하듯 정원을 둘러보았다.

"흐음, 그다지 변한 것이 없군."

백발청년과 비슷한 연배로 보이는 청년이었다.

눈빛은 맑았지만 세상을 우습게볼 만큼 오만했고, 느릿한 걸음걸이에는 권태와 무료함이 배어 있었다. 유아독존(唯我獨尊)과 같은 태도였지만 이상하게도 그런 오만함이 자연스럽게 느껴졌다.

그 이유는 그의 독특한 기품 때문이었다. 여느 사람은 도저히 지닐 수 없는 도도한 기품이 그의 오만과 자신감을 자연스럽게 희석시켜 주었던 것이다. 그래서인지 화려한 자룡포가 잘 어울렸다.

자룡포청년은 천천히 계단을 밟고 정자 위로 올라섰다.

좁은 정자라 두 사람이 올라서는 것만으로 꽉 찬 느낌이었다. 둘 사이의 거리는 아주 가까워 만일 살의를 품고 병기를 휘두른다면 절세고수라도 피할 수 없을 정도였다.

자룡포청년은 정자 바닥에 뿌려진 나뭇잎 조각을 능공섭물로 끌어들이고는 세심하게 살폈다.

"대단하군. 검광도 보지 못했고 파공성도 전혀 감지하지 못했으며 어떤 기운도 느끼지 못했다. 한데 세 줄기 적엽비화 공격을 간단히 무산시켜 버렸어."

그는 손끝을 비벼 나뭇잎 조각을 날려 버렸다.

"이제 쾌검의 전설이라는 무검파천황의 경지에 이른 건가?"

백발청년은 비로소 시선을 들어 그를 올려보았다.

"대공자께서 친림하시다니 뜻밖이오."

"하하, 좀 더 반갑게 맞아줄 수 없는가? 내가 자네를 동생처럼 대하겠다고 하지 않았던가?"

"만일 바깥 세상이었다면 영광으로 여겼을 것이오. 하지만 이곳은 마역이며, 우리는 친구도 의형제도 될 수가 없소."

자룡포청년은 뒷짐을 진 채 정자 안을 걸었다.

"이미 삼 년이나 지났는데 아직도 고집을 부리는 건가? 자네의 고집이 무슨 의미가 있는가? 이미 세상은 본국에 의해 장악되었고, 실망스럽게도 본국의 적수조차 없는 상황일세."

"나를 내보내 준다면 그다지 실망스럽지 않을 것이오."

"유감스럽게도 자네와는 적이 되고 싶지 않아. 자네는 너무 강해. 솔직히 말하면 자네를 감당할 자신이 없어. 나도 위태로운 모험을 즐기는 성격이지만 무모함만큼은 절대적으로 경계하지."

"……."

자룡포청년은 백발청년과 마주 서며 은근한 어조로 물었다.

"진성, 조건을 조금 바꾼다면 내 제안을 수용할 용의가 있는가?"

백발청년은 다시 눈을 반개한 본래의 자세로 돌아갔다.

"예전에 밝힌 그대로요. 대공자의 제안은 절대 수용할 수 없소."

"대체 무엇이 정(正)이고, 무엇이 마(魔)란 말인가? 자네는 지나치게 편협해. 만일 세상이 온통 피로 물든다면 모두 자네의 책임일세."

"품위를 지키십시오. 어찌 자신의 책임을 남에게 돌리려 하십니까? 대공자의 신분으로 절대 그래서는 안 됩니다."

자룡포청년의 얼굴에 일순 은은한 노기가 감돌았다. 순간적으로 허리춤의 섭선을 쥔 그는 냉정을 되찾으며 분노를 해소했다.

"좋아. 자네에게 마지막으로 제안을 하지. 자네는 절대 거부해서도 안 되고, 거부할 수도 없네."

"별로 듣고 싶지 않소."

"자네의 사매가 본국에 잠입했네. 수라계에 있는 것은 확실한데 아직 찾아내지 못했어."

순간 백발청년은 벼락을 맞은 듯 세차게 떨었다. 창백한 안색이 해쓱하게 변했고, 득도한 선승처럼 차분했던 눈빛마저 심하게 흔들렸다.

자룡포청년을 올려보는 그의 동공에 적개심이 가득했다.

"그녀를… 어쩔 셈이오?"

자룡포청년은 동요하는 그의 모습을 보며 회심의 미소를 지었다.

"후훗, 그거야 자네의 답변 여하에 달려 있지."

"……."

"귀상은 그녀를 인질로 삼아 자네를 이용하려 하지만 나는 그런 치졸한 짓은 원치 않네. 태상전 마상들 모르게 그녀를 마국 밖으로 보내 줄 수 있지. 솜털 하나 다치지 않고 안전하게 말일세."

백발청년은 긴 한숨과 함께 깊은 고뇌 속에 빠져들었다.

그의 의지는 태산처럼 군건해 어떤 회유와 협박에도 끄덕하지 않았

다. 삼 년 세월을 마국에서 보냈지만 그의 의지와 정신력은 조금도 쇠
퇴하지 않았다. 오히려 천 일에 걸친 수련으로 절대쾌검까지 터득하는
쾌거를 이루었을 정도다.

그러나 그에게도 유일한 약점이 있었다. 그것은 유일한 동문이자 그
의 목숨보다 소중한 사매였다.

그녀가 마국으로 잠입한 이유를 그는 잘 알고 있었다. 자신을 구출
하기 위함이 분명했지만 그녀는 잠입하지 말았어야 했다.

은천마국은 그녀가 예상한 것보다 훨씬 광대하고 가공한 세상이다.
만일 그녀가 사로잡힌다면 여인으로서 차마 겪지 못할 치욕과 수모를
겪게 될 것이다.

오랜 시간을 고뇌하던 백발청년이 긴 한숨과 함께 입을 열었다.

"먼저 제안을 듣겠소. 하지만 인륜과 도리에 어긋나는 일이라면 결
코 수용할 수 없소. 사매도 내 고충을 이해해 줄 것이오."

자룡포청년은 최후까지 의를 고수하려는 그의 고결한 정신력에 내
심 경의를 표했다.

"물론일세. 자네의 명예와 자존심에 전혀 문제가 되지 않는 일일
세."

"말씀해 보시오."

"본국에 세 명의 자객이 침투했네. 두 명은 워낙 은밀하게 움직여
아직 행적을 찾아내지 못했지만 이미 은마계에 침투한 것으로 추정되
네."

"자객들의 표적은 누구요?"

"나를 포함한 태상전 마상들일세."

"그렇다면 자객이 아니라 영웅들이로군. 그들이 금라마관을 통과할

때 내가 막아야 할 이유가 없소."

자룡포청년은 섭선을 펼쳐 들고는 천천히 저었다.

"태상전 마상들은 자네의 능력을 보고 싶어 하네. 과연 이런 대우를 계속해 줄 만한 가치가 있는지 말일세."

"……."

"상대는 자객이지 의협이 아닐세. 자네가 자객을 죽인다 하여 양심에 저촉될 일은 전혀 없네."

"그들을 죽여야 한단 말이오?"

"앞서 당도할 두 명은 죽여도 무방하네. 하지만 죽이지 않고 제압한다면 더욱 좋지. 제대로 된 천예사원 분원을 만들 수 있으니까."

백발청년의 굵은 검미가 꿈틀거렸다.

"그들이 천예사원의 자객이란 말이오?"

"물론일세. 그만한 자객이 아니고서 어떻게 은마계까지 침투할 수 있었겠는가?"

"상대가 천예사원의 자객이라면 단지 쾌검만으로 상대할 수 없소. 어느 정도 내공이 필요하오."

"삼성 정도만 회복시켜 주면 되겠는가?"

"특급 자객이 두 명이라면 장담할 수 없소."

자룡포청년은 잠시 그를 굽어보다가 크게 생색을 냈다.

"좋아, 오성까지 회복시켜 주겠네. 그 이상은 요구하지 말게."

"알겠소."

"두 명에 이어 또 하나의 자객이 계집과 함께 금라마관에 당도할 것이네. 그자의 자객명은 일검향일세. 자객이 된 지 이 년도 안 되는 초년생이지만 지극히 위험한 자일세. 워낙 빠른 속도로 무공이 증진되기에 태상전 마상들도 대적을 꺼려할 정도이지."

"일검향……?"

"그자는 절대 죽여서는 안 되네. 반드시 생포해야 하네. 달리 보낼 곳이 있으니까."

백발청년은 그늘진 표정으로 고개를 끄덕였다.

"알겠소."

빠르게 주변을 쓸어본 자룡포청년이 그와 마주 앉았다.

"이제 마지막 조건일세."

"또 있소?"

"이것이 진정한 조건일세. 기밀을 요하는 사안이라 전음으로 말하겠네."

자룡포청년은 입술만 달싹여 극비의 제안을 전달했다.

얘기를 듣는 백발청년의 표정이 점점 심각해졌다. 그것은 단 한 마디도 외부로 새어 나가서는 안 되는 충격적인 제안이었던 것이다.

2

"정말 그냥 지나칠 거야?"

일검향의 물음에 추가영은 단호한 어조로 대답했다.

"그래요. 어차피 요지선궁 분원을 찾아가 봤자 사부님한테 좋은 소리도 못 들을 겁니다. 왜 쓸데없이 찾아왔냐고 하겠지요. 아마 태상전 마상들을 꼭 죽이라며 저를 닦달할 게 뻔해요."

그녀는 나무 기둥을 좌우로 걷어차며 빠르게 숲을 가로질렀다.

일검향도 더는 권유하지 않았다.

추가영이 요지선자에게 무공을 전수받아 제자가 된 것은 사실이지만 사제 간의 애틋한 정은 없었다. 그녀는 공연히 요지선궁 분원을 방문하려다 은천마국 순찰대의 추적을 받게 될 것을 우려하였다.

두 남녀는 능선 중턱에서 잠시 휴식을 취했다.

수라계로 들어선 지도 벌써 이틀째였다.

천예사원 분원을 나선 이후 그들은 수십 개 방파의 분원들을 둘러볼 수 있었다. 잔마대들은 수라계 전체에 퍼져 있기에 멀리서 지켜보면 곳곳이 싸움판이었다. 여기에 녹림 도적들과 사파의 악도들까지 가세되어 백도문파의 분원들을 위협하고 있었다.

두 남녀는 정말 어쩔 수 없는 경우에만 은밀한 살법을 펼쳐 잔마대와 악도들을 죽여 분원의 제자들을 지원했다. 무림세가들이 밀집된 구역에서는 그들이 나서야 할 상황이 많아져 자연히 행보가 늦어지게 되었다.

물론 그들의 행적이 이미 발각된 상황이라 굳이 서두르지 않은 이유도 있었다. 지금은 시간이 문제가 아니라 방법이 문제였다.

건량을 우물거리던 추가영이 아이처럼 투정을 부렸다.

"아유, 맛없어. 제대로 된 식사를 해본 게 언제였죠?"

"나흘도 안 됐어. 이렇게 물과 건량으로 배를 채울 수 있는 것을 다행으로 여겨. 난 수련 시절에……."

"알아요. 열흘 넘게 굶기도 했고, 스무 날 넘게 구정물과 나무 껍질로 연명했다는 거 잘 알아요. 하지만 난 자객이 아니에요. 대백랑 시절에도 얼마나 잘 먹고 다녔는데요?"

일검행은 피식 실소를 짓고는 몸을 일으켰다.

"아직 신세타령을 할 만큼 힘이 남아 있나 보군. 능선 두 개만 넘으면 은마계라 했으니 곧 당도할 수 있을 거야."

그들이 많은 시간을 수라계에 머무른 이유는 은마계에 대한 충분한
정보를 얻기 위함이었다.

그동안 수십 명의 은마령들이 그들에게 잡혀 단편적인 정보를 털어
놓았다. 금마장 직위를 지닌 순찰대주 세 명도 정보를 제공하고 풀려
나기까지 했다.

굳이 순찰대주를 죽이지 않은 이유는 그들의 행적이 노출될 것을 꺼
렸기 때문이다.

일검향은 순찰대주들이 자신들의 출현을 상부에 보고하지 않으리라
는 것을 확신하고 있었다. 공연히 보고를 했다가는 구역을 침범당한
죄로 소환되기 때문이다.

이것이 은천마국의 약점이었다.

워낙 방대한 지역을 다스리기에 구역장들의 보고가 없을 경우 태상
전에서는 상황 파악이 어렵다는 데 있었다. 규율이 엄격할수록 혹독한
벌을 피하기 위해 거짓을 보고할 수밖에 없는데, 이것이 태상전의 결정
에 중대한 영향을 미치기도 한다.

일검향은 일부러 힘들어하는 모습을 보이는 추가영의 손을 이끌고
높은 봉우리로 올라섰다.

"와아!"

추가영의 입에서 경이에 찬 탄성이 흘러나왔다.

내려다보이는 계곡은 아주 넓고 깊었으며, 계곡 저편으로 요새와 같
은 능선이 둘러져 있었다. 대부분 깎아지른 벼랑이라 접근이 불가능했
고, 가파른 비탈 위로는 방책이 세워져 있었다.

벼랑과 방책이 어우러진 방벽은 끝이 보이지 않았다. 방책 위로 주

변을 굽어볼 수 있는 망루가 설치돼 있어 외부의 접근과 침입에 대비했다.

추가영은 다소 질린 표정을 지었다.

"저게 은마계인가요?"

"맞아."

"대체 얼마나 넓은 거예요? 방벽이 끝도 없이 이어져 있군요."

"얼마나 넓은지는 나도 모르겠어. 어쨌든 은마계 안으로 침투해야 태상전에 이를 수 있으니 들어가 봐야지."

추가영은 안력을 집중해 방책을 두루 살폈다.

"저 안에 마귀들이 우글거리겠죠?"

"수천 명은 될 거야. 일반 병영(兵營)이라 생각하면 돼. 훈련과 병기 제작은 물론이고 식사와 빨래까지 철마병들이 당번을 정해 해결한다고 들었어. 하녀와 하인들은 태상전에만 있다고 하더군."

일검향은 범황천안술을 전개했다.

안력이 점점 강화되면서 십 리는 족히 떨어진 방책 위를 순시하는 마인들을 분명하게 살필 수 있었다.

은마계로 향하는 진입로는 잘 닦여 있었고 출입문은 철판을 덧댄 성문만큼이나 견고해 보였다. 출입문 좌우의 망루에는 수십 개의 연노가 설치돼 있어 무모한 돌격은 생각할 수도 없었다.

일검향은 벼랑을 타고 오르는 방법을 구상해 보았다가 포기했다.

침투에 있어 가장 중요한 것은 정확한 정보다. 내부의 경비 상태에 대해 얼마나 알고 있느냐에 따라 성공 여부가 갈라진다. 한데 그가 수라계에서 알아낸 정보로는 은마계의 경비와 순찰 상황을 전혀 짐작할 수 없었다.

추가영이 다소 시무룩한 표정으로 바위 위에 걸터앉았다.

"검랑, 갑영 오라버니와 을화 언니가 은마계에 잠입했을까요?"

"수라계 순찰대원들 중 누구도 형님과 언니에 대한 행적은 알지 못했어. 하지만 두 분은 우리보다 훨씬 빨리 당도했고, 유명계도 거치지 않았으니 이미 은마계 안으로 침투했을 거야."

"어떻게 저 안으로 들어갔을까요? 정말 물어보고 싶어요."

일검향은 능선 저편으로 저물어 가는 석양을 바라보았다.

"어두워지면 무슨 방도가 생길 거야. 철옹성이라는 영천왕부도 침투한 적이 있으니 너무 걱정할 것 없어."

"그때는 사전에 도면과 정보를 입수했다면서요? 지금은 아는 것보다 모르는 게 더 많잖아요?"

추가영이 따지듯 묻자 일검향은 답변이 궁해졌다.

그녀의 말대로 막연한 침투는 그 대가가 혹독하다. 만일 발각될 경우 피해는 자신들뿐만 아니라 이미 잠입해 있을 것으로 예상되는 갑영과 을화에게까지 미칠 수 있기 때문이다.

"좋아요. 나야 검랑만 따라가면 되니까 알아서 하세요."

추가영은 답답한 심정에 갈증이 난 듯 호리병을 꺼내 물을 한 모금 들이켰다.

잠시 그녀를 바라보던 그가 자신의 머리를 치며 실소를 지었다.

"그렇군. 내가 깜빡했어."

"뭘 말이에요?"

"은마계는 외부와 철저하게 차단된 절지야. 밭을 일궈 간단한 소채는 재배할 수 있겠지만 수천 명이 먹을 수 있는 양식과 부식은 외부에서 제공되어야 하지. 보급대는 은마계의 아홉 개 성문 중 세 곳을 통해 매일같이 반입된다고 했어.”

“그러니까 우리가 마귀들의 먹거리가 되어 침투하자는 말이죠?”

일검향은 그녀의 표현이 재미있어 빙그레 미소를 지었다.

“뭐, 반찬거리가 되는 방법도 있어.”

“흐음, 괜찮은 복안이지만 보급대에 대한 검색이 철저할 텐데 가능할까요?”

“일단 보급대가 출발하는 보급소를 찾아가자. 나머지 작전은 그곳에서 생각하면 돼.”

추가영은 입맛을 쩍 다셨다.

“보급소라면 먹을 게 지천이겠죠? 아, 신선한 과일부터 먹고 싶어요.”

보급소는 능선 하나 너머에 위치해 있었다.

크고 작은 건물이 백여 채는 되었고 간이 막사와 임시 창고도 오십 동은 되었다. 날이 어둑어둑했지만 넓은 마당에서는 마차에 보급품을 싣기 위한 작업이 분주하게 진행되고 있었다.

보급은 하루에 한 차례씩 새벽에 이루어진다.

하기에 저녁서부터 자정 무렵까지 보급품을 적재하고 은마령들의 검색을 마쳐야 한다. 최소한 세 번의 검색을 통과한 후에야 출발할 수 있기에 새벽까지 은마계에 보급품을 배달하려면 초저녁부터 적재를 서둘러야 했다.

이미 보급소에 침투한 일검향과 추가영은 창고 지붕에 몸을 숨긴 채 작업 과정을 지켜보고 있었다.

추가영은 어디서 구했는지 사과 두 알을 손에 쥔 채 아삭아삭 씹고 있었다. 스무 대의 마차에 보급품을 싣는 작업이 워낙 소란스러워 굳이 소리를 삼킬 필요도 없었다.

부식은 일정한 크기의 궤짝에 실렸고, 짐칸에 올려지기 전에 일단 동마사들의 검수를 받아야 했다. 부식의 내용물을 꼼꼼하게 살핀 동마사가 장부에 서명을 해야 비로소 적재가 허용된다.

작업 과정을 지켜본 일검향은 난감한 표정을 지었다.

'곤란하군. 부식을 싣는 궤짝에 몸을 숨기기는 불가능해.'

그는 길게 도열해 있는 마차 쪽으로 시선을 돌렸다. 짐칸 바닥에 몸을 붙여 침투하면 손쉽겠지만 그것은 희망사항일 뿐이다. 출발 전에 은마령들의 검색을 받게 되기에 여지없이 발각된다.

'가만, 굳이 보급소부터 몸을 숨길 필요는 없잖아?

그는 보급대가 이동하는 도중에 마차 짐칸 밑으로 뛰어들어 몸을 숨기는 방법도 생각해 보았다. 하지만 은마계 성문을 지켜서고 있을 철마병과 동마사들의 검색이 문제였다.

그들 역시 마차를 철저히 검색할 것이기에 짐칸 밑에 몸을 숨기는 은신은 날 잡으라는 숨바꼭질과 다름이 없었다.

추가영은 씨도 남기지 않고 사과 두 알을 깨끗하게 먹어치웠다.

유명계와 수라계를 두루 거쳐서인지 그녀는 두려움 따위는 아예 잊고 있었다. 발각되면 싸우고, 싸우다 힘에 부치면 죽으면 그뿐이라는 단순한 생각이 전부였다.

"어때요? 이제 묘안이 섰어요?"

"아직……."

"정말 난감하네? 검랑이라면 침투의 천재인 줄 알았는데 아니었나?"

그녀는 무료한 모습으로 등을 대고 누웠다.

“잠시 눈 좀 붙여도 되죠?”

“물론.”

일검향은 실소를 지으며 그녀의 눈을 감겨주었다.

마국의 중지에서 이렇듯 태연할 수 있는 그녀가 대견했다. 아직 동안을 벗지 못한 앳된 모습이었지만 그녀의 대담함은 사내 이상이었다. 하기는 어지간한 여인이었다면 사내들도 힘겨운 현상범 추적자 생활을 유지할 수 없었을 것이다.

추가영은 그에게 있어 단순한 동반자 이상이었다.

그가 분노할 때는 감정을 진정시켜 주었고, 슬퍼할 때는 따뜻하게 감싸주었으며, 갈등에 빠져 있을 때는 명쾌한 길을 제시해 주었다.

무엇보다 그녀가 곁에 있어 오랜 침투 생활이 외롭지 않았다. 만일 그 혼자 은천마국에 침투했다면 진정 외롭고 고통스런 시간을 보내야 했을 것이다.

짐칸에 부식과 일용품을 싣는 작업은 빠른 속도로 진행되었다.

대부분의 일꾼은 철마병이었고, 바쁠 때는 동마사도 함께 거들었다. 비교적 높은 신분인 은마령들도 마차를 모는 말에게 여물을 먹여야 할 정도로 보급소는 정신없이 돌아가고 있었다.

어지간히 물품이 적재되자 일차 검색이 시작되었다.

은마령들은 장부를 손에 쥐고 궤짝의 내용물을 일일이 확인했다. 확인이 끝나서야 궤짝은 단단히 봉해졌다. 짐칸의 검색이 끝나면 마차의 바퀴를 점검하고 횃불을 들이대 짐칸 밑바닥을 철저하게 살폈다.

두 시진 넘게 작업 과정을 지켜보던 일검향은 문득 한 가지 복안을 떠올리게 되었다.

‘그래, 이들 보급대는 물품을 중시할 뿐 사람은 신경 쓰지 않는다. 누구도 마부가 바뀌리라고는 생각지 않아.’

확신이 선 그는 잠시 눈을 붙이고 있는 추가영을 들쳐업었다.

추가영이 눈을 게슴츠레 떴다.

“뭐예요?”

“내가 업고 갈 테니 조금 더 자.”

“저야 좋죠.”

추가영은 그의 목을 끌어안으며 등에 바싹 밀착했다.

“검랑이 잠을 너무 못 자서 어쩌죠?”

“괜찮아. 난…….”

“알아요. 자객은 열흘을 안 자도 끄떡없다면서요?”

추가영은 잠꼬대를 하듯 옹알대다가 깊은 잠에 빠져들었다. 일검향의 등은 세상 어떤 곳보다 안전하고 편안했기에 그녀는 자신이 은천마국 내에 있는지도 몰랐다.

다가다각……!

대략 스무 대의 마차가 짐을 잔뜩 실은 채 산길을 오르고 있었다. 마차는 은마계에 보급품을 배달하는 보급대였다.

보급은 중대한 임무이기에 금마장 직위의 보급대주가 직접 동행한다. 선두에는 십여 명의 은마령들이 선발대로 나섰고, 혹시나 있을 기습에 대비해 좌우 측면에도 은마령들이 배치돼 있었다. 보급대주는 은마령 호위들과 함께 보급대 후미의 경계를 담당했다.

보급품 배달은 아주 까다로운 임무이지만 한 번 배달을 마치면 이틀은 비교적 편히 쉴 수 있기에 보급대원들은 사고에 대해 철저히 대비했다. 짐마차를 끄는 말의 상태, 마차 바퀴, 짐칸 등은 그들이 점검해야 할 필수 사항이었다.

산길은 무거운 보급품을 실은 보급대의 편의를 위해 완만하게 닦여 있었다. 경사도를 줄이려다 보니 능선 부근은 사행천처럼 구불구불하게 굽어져 있었다.

보급대주는 마차의 속도에 맞춰 말을 몰아가면서 즐거운 상상에 빠져 있었다.

'새벽 보급이 끝나며 곧바로 마작을 즐길 수 있겠군. 이번에는 지난번 잃은 은자를 배로 거둬들이겠다.'

한데 이때였다.

이히히힝!

구슬픈 말 울음소리와 함께 보급대가 일제히 정지했다. 선두에서 짐을 끌던 말이 무릎을 꿇으며 주저앉은 것이다.

"무슨 일이냐?"

보급대주는 은마령 호위들을 대동해 급히 선두 쪽으로 달려갔다.

이 순간 보급대의 마지막 마차의 마부석에 앉아 있던 동마사가 급살을 맞은 듯 고개를 꺾었다.

곧이어 산길 옆의 숲에서 날아든 검은 그림자가 동마사를 안고 반대편 숲으로 날아들었다. 죽은 동마사를 내다 버린 검은 그림자는 이내 마부석으로 내려앉으며 태연하게 옷매무새를 가다듬었다.

동마사로 변장한 마부는 다름 아닌 추가영이었다.

끝에서 두 번째 마부석에서도 똑같은 과정이 전개되었다. 죽은 동마사 대신 일검향이 자리를 차지한 것이다.

이것이 그가 고안해 낸 침투 작전이었다.

그는 산길 모퉁이에 숨어 있다가 범천탄지를 날려 선두 마차의 말 다리뼈를 부러뜨렸다. 내가강기가 실린 범천탄지이기에 말은 외상이 전혀 없이 앞다리 뼈만 분질러졌다.

선두의 짐마차가 멈춰 섰으니 뒤따르던 보급 마차들이 잇달아 멈춰 서는 것은 당연한 일이었다.

배후에서 경계를 펼치던 보급대주와 호위들마저 사고 경위를 파악 하기 위해 선두 쪽으로 달려갔기에 한순간 경계망이 허물어졌다. 맨 끝의 보급 마차와 끝에서 두 번째 보급 마차의 마부들은 무슨 일인가 싶어 목을 빼고 구경하다가 그만 목숨을 잃게 되었다.

모두의 시선이 선두 쪽으로 쏠려 있었기에 보급대 후미에서 일어난 변괴에 대해서는 누구도 눈치 채지 못했다.

보급대주는 선두 보급 마차를 이끌던 동마사를 호되게 질책했다.

"이놈, 대체 점검을 어떻게 한 것이냐?"

"소… 송구하오이다, 대주. 속하가 점검할 때까지 아무 이상이 없었 소이다."

"그럼 멀쩡한 말이 앞다리가 부러져 주저앉았단 말이냐?"

동마사는 급히 부복을 하며 고개를 조아렸다.

"죽을죄를 지었소이다. 그저 목숨만 살려주십시오."

"닥쳐라! 네놈의 허술한 점검 때문에 우리 보급대가 문책을 받게 되 면 모두의 손실이다."

보급대주는 가차없이 동마사의 머리통을 내려쳤다. 머리가 으스러 진 동마사는 그대로 즉사했다.

보급대주는 은마령 수좌에게 지시를 내렸다.

"이놈을 내다 버리고 네가 탄 말로 마차를 끌게 하라. 시간이 지체

되면 안 되니 서둘러라."

"예, 대주."

선두 마차의 말이 교체되는 작업이 진행되었다. 작업이 완료되자 마부석에 앉은 은마령 수좌가 급히 채찍을 휘둘렀다.

"이랴!"

보급대가 다시 움직이기 시작했다.

측면 경계를 담당했던 은마령들이 돌아왔고, 보급대주도 호위들과 함께 배후로 말을 몰아왔다. 보급대주는 추가영을 힐끗 보고는 그대로 지나쳤다. 마부가 바뀐 것을 전혀 눈치 채지 못한 것이다.

일검향과 추가영은 역용약을 바르고 앞서 동마사 복장을 구해 입고 있었기에 나름대로 완벽한 변장이었다. 물론 어두운 밤이기에 더욱 안전할 수 있었다.

다각다각……!

잠시 지체된 만큼 서둘러야 했기에 보급 마차의 속도가 빨라졌다.

보급대는 여명이 밝아올 무렵 은마계 제3문 앞에 이르렀다. 다시 앞으로 달려나간 보급대주가 신분을 밝히고 표찰을 건네자 방책문이 열리기 시작했다.

그그긍……!

육중한 굉음과 함께 방책문이 절반쯤 열렸다. 그 정도만으로도 보급 마차가 통과하기에 충분했다. 스무 대의 보급 마차가 들어서자 방책문은 굉음과 함께 다시 닫혔다.

한데 방책문 안쪽에도 또 하나의 방책문이 있었다. 보급대는 두 개의 방책문 사이에 멈춰 선 상태였다.

추가영이 불안한 어조로 전음을 보냈다.

"갇혔어요. 혹시 탄로 난 것은 아닐까요?"

일검향은 보급대를 향해 대거 다가서는 은마령들을 살피고는 전음으로 일러주었다.

"검색을 위한 절차일 뿐이야. 놈들은 물건만 조사할 뿐이니 안심해도 돼."

검색 담당 은마령들은 짐칸의 포장을 들추고 궤짝의 숫자를 꼼꼼하게 헤아렸다. 그들은 손에 쥔 장부와 궤짝을 일일이 대조하고는 행여 실수가 없는지 확인했다.

짐칸 확인이 끝나자 이번에는 짐칸 밑바닥을 조사하기 시작했다. 짐칸 밑까지 직접 기어 들어간 그들은 횃불을 비춰 이상 유무를 자신의 눈으로 직접 확인했다.

추가영은 그들의 철저한 검색 절차에 가볍게 진저리를 쳤다.

'아, 행여 짐칸 밑바닥에 붙어 침투하려 했다가는 꼼짝없이 발각되었을 거야.'

보급 마차에 대한 모든 검색 절차가 무사히 완료되자 비로소 안쪽의 방책문이 열렸다.

그그긍!

열린 방책문 사이로 보급 마차가 한 대씩 빠져나갔다. 일검향이 예상한 대로 방책의 경비들은 보급품만 검색할 뿐 마차를 몰고 온 마부나 호위대에 대한 확인 작업은 일체 없었다.

방책문으로 향하는 일검향은 고삐를 꼭 쥔 채 숨을 들이켰다. 절로 흥분이 되었고 팽팽한 긴장감에 심장이 세차게 뛰었다.

마침내 은천마국의 삼계 중 은마계에 당도한 것이다.

3

금라마관(禁羅魔關)!

관문 현판에 새겨진 글씨는 붉은색을 칠해놓았기에 아주 선명했다. 좌우 성벽이 높고 관문 위에 세워진 성루는 웅장했으며 성곽에는 무수한 깃발이 꽂혀 있었다.

한데 명색이 관문이지만 문은 아예 달려 있지 않았다. 이 장 높이의 관문은 누구라도 드나들 수 있게 개방돼 있었던 것이다. 개방된 관문이기에 지켜 서는 보초 한 명 없었다.

그렇다 해도 은마계 내에서 금라마관을 통행할 수 있는 사람은 극히 일부에 불과하다. 금마장 중에서는 특별한 자격이 주어진 자만이 관문을 지날 수 있고, 혈마공이라도 공적인 업무 외에는 함부로 출입할 수 없는 곳이 바로 금라마관이다.

은천마국을 관장하는 마상들의 거처 태상전.

그곳에 이르는 유일한 통로가 금라마관이기에 관문은 금역이며, 성역이었다.

이때 두 명의 금마장이 금라마관을 향해 다가서고 있었다.

완만한 경사로를 따라 관문 앞에 이른 그들은 다소 긴장된 눈빛으로 서로를 바라보았다. 사내는 수염이 희끗희끗한 초로의 나이였고, 여인은 사십대 후반으로 화장이 다소 짙었다.

붉은 옥홀(玉笏)을 두 손으로 감싸 쥔 여인은 희미하게 고개를 끄덕이자 초로의 사내가 힘차게 외쳤다.

"제7구역 구관주의 전령이 태상전에 들기를 청합니다!"

그들은 관문을 향해 정중히 예를 올리고는 안으로 들어섰다.

관문은 아주 넓었고 비교적 밝았다.

바닥에는 일곱 가지 색깔의 인도석이 일 장 간격으로 박혀 있었다. 각각의 색깔은 태상전 칠대마상의 전각으로 이어지는 통로로, 만약 혈상각을 방문하려면 붉은색 돌을 따라가야 한다.

초로의 금마장이 검은색 돌을 따라 걸으며 전음으로 말했다.

"칠대마상 중 무공이 가장 약한 자가 귀상이지만 은천마국의 핵심이야. 그자의 계획에 의해 은천마국이 창건되었다고 했어. 일단 귀상을 제압하면 마국의 전모를 알아낼 수 있어. 어차피 놈들 모두를 죽일 수 없으니 꼭 죽여야 할 놈들만 척살하면 돼."

화장이 짙은 여인은 빠르게 통로 주변을 살폈다.

"너무 쉽게 태상전에 침투할 수 있다는 게 오히려 수상하군. 중간에 경비들 하나 없는 게 확실해?"

"혈린마공의 말에 의하면, 금라마관에는 신비로운 마력이 깃들어 있어 침입자를 알아서 가려낸다고 했어. 은마계의 마인들이 아닌 자는 절대 태상전에 당도할 수 없다 하더군."

"흥, 그게 말이나 돼? 놈들이 이 관문에 마법이라도 걸어놓았단 말이야?"

"아마도 마법진(魔法陣)이 설치돼 있겠지. 그게 사실이라면 우리는 절대 태상전에 당도할 수 없을 거야."

화장이 짙은 여인이 눈썹을 한껏 치켜올렸다.

"설마 유명옥으로 직행하는 것은 아니겠지?"

"글쎄, 어딘가에 이르게 되겠지."

초로의 금마장은 바닥에 펼쳐진 일곱 색깔의 돌을 살펴보았다.

　다른 색깔의 돌은 색깔을 잃고 흐릿해져 있기에 오직 검은색 돌만 선명하게 보였다. 아마도 처음에 한번 길을 선택하면 다른 곳으로 이동할 수 없도록 조치해 놓은 듯싶었다.

　두 명의 금마장은 다름 아닌 천예사원의 자객, 갑영과 을화였다. 일검향의 예상대로 그들은 이미 은마계 내로 침투해 있었던 것이다.

　사흘 전 은천마국 내로 들어선 그들은 유명계를 거치지 않고 곧바로 수라계에 이르렀다. 그곳에서 천예사원의 분원이 존재하고 일부 자객이 생사철교를 지키고 있다는 정보를 입수했지만 그들은 끝내 천예사원 분원을 찾아가지 않았다.

　그들의 표적은 태상전 칠대마상이었다.

　최고의 자객답게 그들은 냉철했고, 감정적으로 조금의 흔들림도 없었다. 천행으로 목숨을 부지한다면 천예사원 분원을 찾아가 비로소 동문들과 해후의 감격에 젖게 될 것이다.

　수라계에서 충분한 정보를 입수한 그들은 은마계에 이르렀다.

　은마계로 침투할 수 있는 방법은 오직 두 가지였다.

　매일같이 반입되는 보급대를 이용하는 방법과 방벽을 통한 침투였다. 그들은 보급대를 이용한 침투 방법이 마땅치 않자 방벽을 통한 침투에 승부를 걸었다.

　비록 어두운 야간 침투였지만 백 장에 달하는 깎아지른 수직 벼랑을 기어오르기란 쉽지 않았다. 벼랑의 높이는 일정하지가 않아 낮은 곳에는 방책과 망루가 세워져 있어 외부의 침입을 철저하게 감시했다.

　그들은 무려 네 시진에 걸친 이동과 잠복 끝에 겨우 은마계 내로 침투할 수 있었다.

은마계는 거대한 분지로, 수천의 마인들이 병영처럼 막사를 세워 거주하고 있었다. 막사는 아홉 개 구역으로 나뉘어져 있는데 아홉 개 방책을 관장하는 혈마공들이 구역의 책임자였다.

갑영과 을화는 제7구역 구관주(區關主)인 혈마공을 가까스로 제압해 대략적인 정보를 입수할 수 있었다.

사실 그들이 혈마공을 제압할 수 있었던 것은 상당한 행운이었다. 무공으로 논하면 갑영조차 단독 대결로 혈마공을 감당할 수 없다. 하기에 은밀한 척살로 죽이려 하지 않는 한 제압은 거의 불가능에 가까운 일이었다.

한데 그들이 혈마공의 전각에 잠입했을 때 혈마공은 만취 상태에 있었다. 을화는 옷을 벗어 그를 유혹했고 술에 취해 있던 그는 을화를 범하려다가 그만 경혈이 찍혀 제압되고 말았던 것이다.

혈마공은 의외로 모든 정보를 술술 털어놓았다. 그가 말한 은천마국의 전모는 이러했다.

은천마국은 유명십팔옥, 수라백계(修羅百界), 은마십계(殷魔十界)로 이루어져 있다. 그중 은마십계는 혈마공들이 관장하며 아홉 구역과 중앙에 위치한 총마각(總魔閣)으로 구성돼 있다.

총마각은 은마계를 총괄하는 총상의 집무실이지만 거의 비어 있다. 총상은 대부분 태상전 총상각에서 지내며 마국을 떠나 있을 때가 많기 때문이다.

태상전에 이르기 위해서는 반드시 금라마관을 거쳐야 한다.

금라마관은 신비로운 마력이 깃든 금역으로, 외부의 어떠한 침입도 막아낸다. 마관의 바닥에는 일곱 색깔의 돌이 길게 뻗어 있는데, 반드시 한 가지 색깔의 돌을 선택해 밟고 가야만 원하는 마상의 집무실에 이를 수 있다.

태상전에 출입할 수 있는 자격은 금마장 급 이상이며, 혈마공들이 하사한 옥홀이 표식이다. 옥홀이 없는 자는 무조건 침입자로 간주된다.

태상전에는 칠대마상이 있으며 그중 귀상, 혈상, 총상이 은천마국의 삼계를 관장하는 최고의 수뇌들이다. 은천마국은 태상전 마상들의 합의에 의해 모든 사안이 결정되며, 마국주는 거의 상징적인 존재다.

이밖에도 다양한 정보가 입수되었다.

갑영과 을화는 혈마공을 죽이지 않고 혈도를 풀어주었다. 그들 역시 일검향처럼 은천마국의 최대 약점을 간파하고 있었다.

혈마공은 침입자에 대한 보고를 절대 하지 않을 것이다. 보고가 접수되면 태상전에서는 그에게 침입자를 죽이지 못한 죄를 물어 오히려 중벌을 내릴 것이기 때문이다. 하기에 그는 침입자에게 제압돼 정보까지 누설한 비밀을 무덤까지 안고 갈 수밖에 없는 일이었다.

갑영과 을화는 일단 혈마공의 반응을 보기 위해 총마각에 숨어 은마계의 동향을 살폈다.

총마각은 총상의 집무실이 있는 곳이기에 출입이 엄격히 통제된다.

하지만 갑영과 을화에게 있어서는 더없이 좋은 은신처였다. 총상이 집무실에 없는 상태이기에 전각 내부는 그들만의 세계였다. 함부로 뛰어들 자도 없기에 하루를 푹 쉬면서 기력을 회복할 수 있었다.

과연 예상대로 은마계 내에는 어떤 경보도 울리지 않았고, 경계도 강화되지 않았다. 혈마공이 침입자에 대해 입을 다물고 있음이 확인된 것이다.

그들은 비로소 행동을 개시할 수 있었다.

금마장의 복장으로 변장하여 옥홀을 입수한 그들은 금라마관으로

향했다. 칠마로(七魔路)에 이르면 그들이 척살을 목표로 하는 태상전이
목전이다.

그동안 두 차례에 걸쳐 천예사원이 침범당했다는 것은 도저히 감내
할 수 없는 치욕이었다.

이제 그 수모를 갚아줄 때가 온 것이다. 마음껏 천하를 조롱하고 우
습게보던 저들에게 천예사원을 침범한 대가를 톡톡히 치르게 해줄 것
이라 그들은 살의를 강하게 다졌다.

검은색 돌은 완만하게 상승하면서 나선형으로 비틀어져 있었다.

갑영과 을화는 길을 따라 걷다 보니 수평으로 걷다가 거꾸로 매달려
걷는 상황까지 경험하게 되었다. 한데도 피가 전혀 쏠리지 않고 중심
도 흔들리지 않았다.

을화가 신기하다는 표정을 지으며 물었다.

"대살, 우리가 지금 착각 속에 빠져 있는 거야?"

"진세에 의한 환각이겠지. 어쨌거나 귀상각에 이르게 되면 곧바로
행동을 개시해야 하니까 정신 바싹 차려."

갑영은 시력보다는 청각과 감각으로 주변 상황을 헤아리는 데 주력
했다.

본능적인 직감으로 위험한 기운은 거의 느낄 수 없었다. 그렇다면
그들이 길을 잘못 든 것은 아니며, 침입자를 스스로 막아낸다는 금라마
관의 마법은 과장일 수 있었다.

그들이 나선형의 길을 따라 크게 선회하다가 당도한 곳은 얕은 시냇
가였다.

그들은 마침내 금라마관을 통과해 태상전에 이르렀다 판단하며 각

기 병기를 움켜쥐었다. 갑작스럽게 펼쳐질 외부의 기습에 대비하기 위해서였다.

한데 눈앞에 드러난 광경은 전혀 의외였다.

혈린마공의 말에 의하면 귀상각은 온통 흑색과 백색으로 이루어진 전각이라 하였다. 그들이 칠마로 중 귀마로(鬼魔路)를 선택해 걸었으니 다른 전각에 이를 수는 없었다. 그러나 그들은 귀상각이 아닌 전혀 다른 장소에 이르고 말았다.

시냇가 건너편으로 보이는 아담한 초옥과 작은 정자는 태상전의 호화로운 전각과는 거리가 멀었다.

갑영은 고개를 들어 하늘을 올려보았다.

암회색 하늘이었다. 그들이 금라마관에 들어서기 전의 하늘은 맑고 청명했지만 이곳의 하늘은 흰 구름 한 점 보이지 않았다.

잠시 하늘을 응시한 그는 암회색 하늘이 진짜 하늘이 아님을 간파하게 되었다. 그들은 여전히 금라마관 관문 안에 있으며, 암회색 하늘도 마법진에 의한 착시임을 깨닫게 된 것이다.

시냇가 건너편 기슭으로 아담한 초옥의 지붕이 보였다.

키 작은 소나무 위에는 백로가 둥지를 틀고 있었고, 냇가를 따라 핀 야생화 군락 위로 벌과 나비들이 춤을 추고 있었다. 암회색 하늘과 달리 반사광에 의해 환한 지상은 묘한 신비감을 주었다.

을화가 의아한 눈빛을 지으며 물었다.

"여기가 대체 어디야?"

"나도 모르겠어. 태상전은 확실히 아니다."

"우리가 길을 잘못 들었나? 분명 검은색 돌을 따라 걸어왔는데?"

"누가 있군."

갑영이 시냇가 아래쪽을 가리켰다.

한 사람이 냇가에 쭈그려 앉아 빨래를 하고 있었다. 거리가 멀어 용모를 구별할 수 없었지만 여인은 아니었다. 하얀 머리카락으로 미루어 노인으로 보였다.

을화가 냇가를 따라 걸음을 옮겼다.

"일단 물어보자고. 어쨌든 이곳을 나가야 하니까."

갑영은 자신들이 들어온 통로를 찾으려 했지만 검은색 돌은 어디에도 보이지 않았다. 그저 고적함이 느껴지는 야산 기슭일 뿐이었다.

을화는 장난삼아 조약돌을 빨래하는 사람의 앞으로 던졌다.

퐁……!

가볍게 물이 튀자 백발인이 빨래하던 손을 멈추고 고개를 들었다.

을화가 팔짱을 끼며 오만하게 물었다.

"영감, 대체 여기가 어디……."

갑자기 그녀가 입을 다물었다. 백발 때문에 노인네로 생각했던 사람은 뜻밖에도 청년이었다. 백발의 청년이기에 기이할 수 있지만 그녀가 감탄에 젖은 이유는 백발청년의 단아한 용모 때문이었다.

'와아, 세상에 이런 근사한 사내가 있단 말인가? 수려할 뿐만 아니라 사내로서의 매력이 물씬 풍기는군. 정말 영웅의 기상이야.'

그녀는 갑자기 열아홉 순정을 지닌 소녀가 되었다. 나이로 비교해도 청년보다 열 살 이상은 많은 연상이었지만 방심이 흔들리는 바람에 함부로 하대를 할 수 없었다.

"이, 이봐요. 대체 이곳은 어디예요? 그리고 당신은 누구죠?"

백발청년은 그녀와 갑영을 보고는 호의적인 미소를 지었다.

"금라원(禁羅園)에 오신 것을 환영하오. 빨래를 널기만 하면 되니 정자에서 잠시만 기다려 주시오."

그는 가볍게 목례를 취하고는 빨랫감이 든 광주리를 옆에 끼고 초옥으로 올랐다.

"……?"

영문을 몰라 눈을 깜빡이던 을화가 갑영을 돌아보았다.

"대살, 이해가 돼? 분명 우리가 올 것을 알고 있다는 태도였어. 혹시 칠대마상 중 한 놈이 변장을 하고 우리를 속이려는 것은 아닐까?"

"그럴 수도 있지만 그는 절대 마인일 수 없어. 눈빛은 정기로 가득하고, 전신에서 의로운 서기가 느껴져. 마상은 아닌 것 같아."

"그래… 저런 사람이 마인일 수는 없지."

갑영은 앞서 냇물을 건너며 한마디 던졌다.

"한데 이살이 갑자기 여자가 된 것 같군."

속내를 들킨 을화의 얼굴이 화끈 달아올랐다. 그녀는 난생처음 대한 사내에게 첫눈에 매료된 자신이 부끄러웠다.

'젠장, 불혹의 나이를 넘어선 내가 지금 무슨 생각을 하는 거야?'

그녀는 흔들렸던 방심을 질책하고는 갑영의 뒤를 따랐다.

'이곳을 금라원이라 했지? 대체 이 사람은 왜 마역의 중지에 있는 것일까? 대체 어떻게 우리가 찾아올 것을 알고 있었던 거야? 악인일까, 선인일까?

모옥으로 향하는 돌계단을 오르는 짧은 시간 동안 그녀는 무수한 의혹에 휩싸였다. 그러던 중 가장 커다란 고민을 떠올리며 내심 한숨을 쉬었다.

'죽여야 할 사람이라면… 진정 죽여야 한단 말인가?

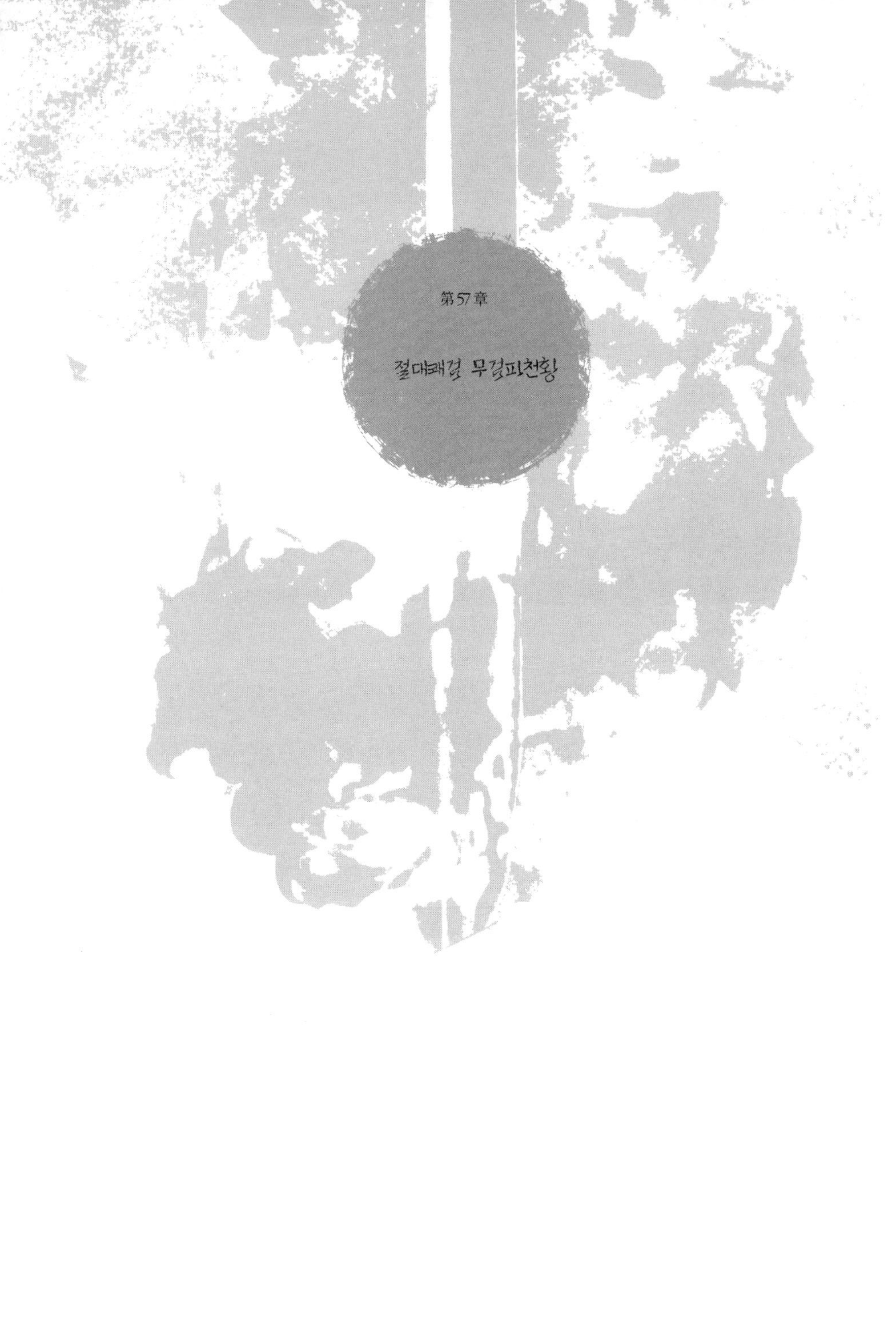

第57章
절대쾌검 무걸피천황

백발청년은 처마 사이에 걸린 줄에 빨래를 널고는 소매를 털었다.

"차를 한잔하시겠소, 아니면 곧바로 싸우겠소?"

상대를 우습게보는 조롱이 아니라 진지함이 담긴 제안이었다.

갑영은 잠시 그를 응시하다가 포권을 취했다.

"수고스럽지 않다면 차를 한잔 부탁드리겠소."

"차라도 한잔 나눌 수 있어 다행이오."

백발청년은 가볍게 목례를 취하고는 초옥에 딸린 주방으로 들어갔다.

을화는 잔뜩 미간을 찌푸렸다.

"마국의 졸개도 아닌데 정말 싸울 거야?"

"그가 싸워야 한다면 피할 수 없어."

"왜?"

"이곳은 금라원이야. 아마도 그의 영역인 것 같아. 주인인 그가 싸워야 한다면 우리는 선택의 권한이 없어."

"적이 아니라면 동료가 될 수 있잖아? 굉장한 고수 같은데 함께 태상전으로 쳐들어가면 큰 힘이 될 거야."

"희망 사항일 뿐이다."

갑영은 냉담하게 일축하고는 몸을 돌렸다.

백발청년이 차를 내오자 세 사람은 투박스런 통나무 탁자를 사이에 두고 둘러앉았다.

"차는 상품이 아니지만 물이 좋아서 향기보다는 차 맛이 일품이오."

차를 한 모금 마신 갑영이 가볍게 고개를 끄덕였다.

"그렇군. 향기보다는 차 맛이 아주 좋소."

"두 분이 천예사원에서 오신 자객이 분명하오?"

"그렇소."

"유감스럽게도 태상전에 이르지 못하고 금라원에 당도했으니 나로서는 두 분과 싸울 수밖에 없소."

을화가 그를 쏘아보며 따지듯 물었다.

"누구라도 금라원에 이르면 당신과 싸워야 한단 말인가요?"

"그렇지는 않소. 얼마 전 총상이 찾아와 당신들의 방문을 예고하고는 제압해 줄 것을 요구했소. 나로서는 피치 못할 사정 때문에 그와 약조했기에 그의 요구를 들어줄 수밖에 없소."

"호홋, 자신감이 대단하군. 우리가 천예사원의 자객임을 알면서도 전혀 두렵지 않단 말인가요?"

"만일 당신들이 금라원에 당도한 즉시 은신술을 펼친 후 기습을 노렸다면 내가 당할 수밖에 없었을 것이오. 하지만 이렇게 대면한 이상

당신들은 기회를 절반쯤 상실했소. 건방진 장담일 수 있지만 당신들은 날 이길 수 없소."

"호호호!"

한바탕 웃음을 터뜨린 을화는 그에 대한 호감을 싹 지웠다.

"이봐, 우리가 기습 따위에나 능한 하급 자객인 줄 알아? 도대체 네가 얼마나 강한지 내가 꼭 겨뤄봐야겠다."

그녀가 벌떡 일어서자 갑영이 손을 쳐들어 그녀의 도발을 막았다.

"기다려. 아직 얘기가 끝나지 않았어."

갑영은 찻잔을 마저 비우고는 백발청년을 향해 물었다.

"두 가지만 묻겠소."

"좋소. 그 정도라면 답변해 주겠소."

"우리가 왜 태상전 귀상각에 이르지 못한 거요?"

"귀상이 칠마로에 변화를 주었소. 이곳 금라마관은 하나의 거대한 진세요. 단순한 진법이 아니라 강력한 마기가 배합된 마법진이기에 천지 조화를 일으키는 위력을 지녔소."

"그래서 실내가 이렇게 밝을 수 있는 거요?"

"그런 것은 아니오. 수백 개의 동경을 통해 외부의 햇살을 끌어들인 반사광 때문에 밝은 것이지 마법진과는 무관하오. 이 마법진의 이름은 천지묘현대환마진(天地妙玄大幻魔陣)이오. 유감스럽게도 난 이 진세의 모든 변화를 알지 못하오. 하지만 당신들이 날 격파한다면 귀상각에 이르는 길을 알려드릴 수 있소."

곧 격돌을 벌일 사람들의 대화치고는 너무도 진솔했다.

갑영은 그의 상세한 답변에 목례를 취해 감사를 표하고는 다시 물었다.

"우리는 칠대마상을 척살하러 왔소. 죽일 수 있는 자들이오?"

"물론 그들도 인간이오. 의도적으로 신비감을 조성해 마신(魔神)처럼 위장했지만 분명 죽일 수 있는 자들이오. 은천마국에 침투해 이곳 금라원까지 이른 당신들의 능력이라면 두세 명도 죽일 수 있을 것이오. 하지만 총상은 절대 해치지 마시오."

"……."

"총상이 죽게 되면 은천마국이 분열되기에 마국의 마인들이 곧바로 세상으로 쏟아져 나갈 것이오. 그로 인한 천하대혈겁은 상상할 수도 없소."

을화가 냉소를 치며 반박했다.

"흥, 알고 보니 마국의 주구였군. 우리의 목적은 은천마국의 괴멸이야. 세상이 피로 잠기든 말든 우리는 복수만 하면 그뿐이라고! 총상이란 놈을 반드시 죽여야겠군."

백발청년이 몸을 일으키며 공손히 예를 취했다.

"두 건의 답변을 해드렸으니 나로서도 성의를 다한 셈이오. 나로 인해 뜻을 이루지 못한다 하여 너무 원망하지 마시오."

갑영도 그를 따라 자리에서 일어섰다.

"만일 우리가 당신을 제압하면 우리를 도와 함께 싸우겠소?"

백발청년은 비감한 표정을 지었다.

"당신들과 함께 칠대마상과 싸우고 싶은 게 내 솔직한 심정이오. 만일 패한다면 난 총상과의 약조를 파기할 수밖에 없소. 하지만 내 사문의 명예와 자존심 때문에 일부러 져줄 수는 없소."

"당신은 진정 의인(義人)이오. 당신의 신분이 궁금하지만 묻지 않겠소. 당신 스스로 밝히지 않았다면 밝힐 수 없는 고충이 있기 때문일 것이오.”

“이해해 준다니 고맙소. 그럼, 검을 갖고 나오겠소.”

백발청년이 몸을 돌리는 순간 을화가 그의 목을 향해 칼을 휘둘렀다.

“건방떨지 마!”

쐐애액―!

잔뜩 벼르던 와중에 펼쳐진 쾌도라 지극히 빨랐다. 한데 백발청년은 발을 헛디딘 사람처럼 비틀하면서 간단히 피해냈다. 그리고는 아무런 일도 없었던 듯 모옥으로 들어갔다.

을화는 황당한 표정으로 갑영을 돌아보았다.

“뭐, 뭐야? 내 탈명쾌섬을 피해냈어.”

갑영이 드물게 진지한 표정을 지었다.

“이살, 상대는 여태 우리가 싸웠던 자들과 그 차원이 달라. 상대가 무도(武道)를 터득했다면 우리는 정말 최강의 적을 만난 거다. 최선을 다하지 않으면 원수들을 목전에 두고 쓰러지는 천추의 한을 남기게 될 거야.”

을화는 바싹 긴장된 표정으로 마른침을 꿀꺽 삼켰다.

“아, 알았어.”

잠시 후 백발청년이 무복 차림으로 나섰다. 평범한 장검을 쥔 그는 갑영과 을화의 앞에 서며 포권을 취했다.

“그럼 한 수 지도를 바라겠소.”

갑영도 마주 예를 표했다.

“우리가 자객의 비술을 구사해도 양해 바라겠소.”

“물론이오.”

백발청년은 한 걸음 물러서며 장검을 어깨에 걸쳤다.

선공을 펼칠 자세가 아니었기에 갑영과 을화가 그를 가운데 둔 채 좌우로 흩어졌다.

그들은 이십 년 동안 함께 척살을 수행해 왔기에 합격술에 관한 한 최고의 경지에 이르렀다고 할 수 있다. 그들이 함께 출동해 실패한 척살이 한 건도 없을 만큼 완벽한 한 쌍이었다. 하기에 그들은 공격을 펼치면서 서로 전음을 주고받을 필요가 없었다. 서로가 어떤 수법을 전개해야 할지 본능적으로 알고 있기 때문이다.

스스슥!

갑영의 신형이 연기처럼 사라졌다. 자객 특유의 은신술. 어느새 백발청년의 머리 위로 솟구친 그는 소리없이 내리꽂혔다. 동시에 을화는 나선형으로 회전하며 백발청년을 향해 날아들었다.

을화의 공격은 갑영의 척살을 지원하기 위한 수단이었지만 단순한 위협이 아니었다. 상대가 머리 위의 갑영을 방어하느라 주의를 기울이지 않으면 그대로 상대의 목을 벨 수 있는 무서운 살인 초식이 숨겨져 있었다.

백발청년은 두 특급 살수의 공격을 받는 와중에도 눈을 반개한 자세로 서 있었다. 피하거나 반격을 펼칠 기미는 전혀 보이지 않았다.

갑영과 을화의 공격은 찰나지간 그의 백회혈과 견정혈로 날아들었다.

순간 백발청년이 어깨에 눕혔던 검집을 바로 세웠다.

섬광이나 파공성 하나 들려오지 않았다. 병기가 충돌하는 금속성도 없었다.

그러나 갑영과 을화는 전신을 쪼개오는 무형의 기운에 정신이 아득해졌다. 무형의 기운은 눈으로도 볼 수 없고 귀로도 들을 수 없었다. 그저 감각으로 느껴질 뿐이었다.

"……?"

본능적으로 위기를 감지한 그들은 최대한 몸을 보호하며 급히 후퇴했다.

몸을 살펴보니 말이 아니었다. 깊은 상처는 아니었지만 예리한 검기에 의해 옷 십여 곳이 베어져 있었다. 만일 그들의 반응이 조금만 늦었다면 살인 초식을 채 펼쳐 내기도 전에 몸이 쪼개졌을 것이다.

백발청년은 약간 뽑혔던 검을 마저 꽂고는 어깨 위로 세웠던 검집을 다시 눕혔다.

그것이 그가 보여준 행동의 전부였다.

을화는 경악에 젖어 입을 다물 수가 없었다. 자객의 특기는 쾌속한 살인 수법에 있었고, 그녀 역시 누구에게도 뒤지지 않을 쾌도를 연마했다. 갑영 역시 쾌검의 달인으로 불리기에 손색이 없는 고수였다.

한데 그들이 훨씬 앞서 공격을 펼쳤음에도 불구하고 상대에게 접근하는 순간 그들의 모든 공격이 무산되었다. 오히려 목숨을 부지하기 위해 피신을 하는 데 급급해야 했다.

갑영 또한 충격이 상당한 듯 눈 한 번 깜빡이지 못했다. 그의 안목으로도 상대의 검법을 전혀 감지할 수 없었던 것이다. 잠시 백발청년을 직시하던 그가 경이에 찬 탄성을 발했다.

"무형무음(無形無音)의 쾌검식! 설마… 절대쾌검?"

백발청년은 쓸쓸한 미소를 지었다.

"그렇소. 전설의 쾌검이라는 무검파천황을 연마했지만 아직 완벽한 경지에 이르지는 못했소."

을화는 갑자기 숨이 턱, 막혔다.

"마, 맙소사! 방금 전 무형의 검법이… 무검파천황이었단 말이야?"

그녀는 당대 최고의 자객이자 부친인 천사명왕을 떠올렸다.

천사명왕은 쾌검의 극치로 무검파천황을 꼽았다.

무검파천황은 너무도 빨라 형체도 없고 파공성도 없기에 검법이라기보다 환술에 가까운 수법이었다. 또한 내공이 없어도 펼칠 수 있기에 무인이 지닐 수 있는 최고의 절기라 해도 과언이 아니었다.

그러나 전설의 쾌검으로 불리는 절기였기에 천사명왕조차 평생 터득하지 못한 검법이었다. 그런 절기가 백발청년에 의해 전개되었던 것이다.

갑영은 마치 거대한 산을 대하는 심정이었다.

자객이 되기까지 십 년의 수련 과정, 그리고 이십 년간의 자객 생활을 지내오면서 그 누구를 두려워한 적이 없던 그였다. 아무리 강한 적이라도 죽일 수 있다는 신념이 있었으며, 그가 목표한 척살을 성공시켰다.

무림사 이래 존재한 적이 없었던 초거대마단 은천마국.

그 거대한 조직을 관장하는 태상전 마상들을 척살하기 위해 잠입했지만 일말의 두려움이나 주저함도 없었다. 그만큼 그의 의지는 굳건했고, 정신력은 금철과 같았다.

한데 그는 난생처음 자신의 한계를 절감했다.

'절대쾌검 무검파천황… 그 전설이 현실로 재현될 줄이야. 스스로 완벽하지 않다고 했지만 감히 접근할 수 없었다. 나의 어떤 살인 수법과 쾌초도 이자의 쾌검보다 빠를 순 없다.'

을화는 떨리는 걸음을 옮겨 갑영에게 다가섰다. 그녀는 가슴이 답답해 제대로 입술이 떨어지지 않았다.

"대살, 어, 어떻게 해야 되지? 무, 무슨 수로 저자의 절대쾌검을 상대할 수 있는 거야?"

갑영은 지그시 이를 깨문 채 백발청년을 직시했다. 그의 시선이 점차 백발청년의 어깨에 걸쳐진 장검으로 옮겨졌다.

어느 병기점에서나 구입할 수 있는 평범한 장검이지만 지금 그 장검은 세상의 어떤 보검보다 예리하고 강력한 병기였다. 무형의 검을 막을 도리가 없기에 어떤 상대이건 장검의 사정권 안에 들어가는 순간 쪼개질 수밖에 없다.

백발청년은 참선에 든 사람처럼 여전히 눈을 반개하고 있었다.

상대를 무시하는 태도가 아니었다. 무검파천황은 인간의 한계를 넘어서는 극쾌의 검법이기에 무념무상의 상태를 유지해야만 출수가 가능했던 것이다.

갑영은 한동안 고뇌하다가 절대쾌검을 상대할 수 있는 최후의 수법을 생각해 냈다.

"이살, 천중잠형폭(天重潛形暴)을 펼칠 생각이다. 어서 준비해."

을화의 안색이 하얗게 질렸다.

"대살……?"

"기회는 한 번뿐이다. 저자가 사문의 명예를 걸고 싸우듯 우리도 마찬가지다. 여기서 무너지면 사부님과 동문들을 위한 복수조차 할 수 없어."

갑영의 단호한 어조에 을화는 소리없는 한숨을 내쉬었다.

갑영이 검을 비스듬히 비껴 세우자 을화가 그의 등 뒤로 바싹 붙어

섰다. 갑영이 좌우로 움직여도 그녀의 모습은 그에게 가려 전혀 보이지 않는다. 그녀의 존재는 사라진 채 하나의 몸이 되는 것이다.

이것이 바로 천중잠형폭이었다.

천중잠형폭은 두 사람이 공동으로 창안한 합격술이었다. 그들의 능력으로 도저히 상대할 수 없는 강적을 만났을 때를 대비한 최후의 비술이었다. 물론 아직 그만한 강적을 만난 적이 없기에 천중잠형폭은 한 번도 정식으로 펼쳐진 적이 없었다.

두 사람이 한 몸이 되어 서서히 접근해 오자 백발청년이 천천히 고개를 쳐들었다.

"……."

그는 갑영을 잠시 응시하고는 고개를 끄덕였다.

두 명의 특급 살수 중 갑자기 한 명의 기운이 스러지자 그는 의아함을 금할 수 없었다. 그는 어찌 된 상황인지 자신의 눈으로 직접 확인하기 위해 갑영을 주시하다가 그 이유를 알아냈다.

'이형합일(異形合一)이로군. 비록 자객이지만 죽이기에 너무 아까운 사람들이다.'

그는 어깨에 걸친 검을 가볍게 감싸 쥐고는 다시 눈을 반개한 자세를 취했다.

갑영은 검극에 혼신의 공력을 기울였다.

이번이 그 최후의 공격일 수 있었다. 천중잠형폭이 펼쳐지면 그는 동귀어진의 수법으로 백발청년과 대결하게 된다. 워낙 폭발적인 공격이기에 상대는 자신의 등 뒤에 바싹 밀착해 있는 을화의 존재를 인식하지 못한다. 미처 파악치 못했다면 기습에 당할 수밖에 없고, 알고 있더라도 피해내기가 힘들다.

‘아무리 절대쾌검이라도 거의 동시에 전개되는 살초를 연속적으로 감당할 수는 없을 것이다. 나를 벨 수는 있어도 을화를 벨 수는 없다.’

숨을 멈춘 그는 힘차게 바닥을 걷어차며 전음으로 공격을 지시했다.

"간다, 이살!"

그는 신검합일과 유사한 쾌검을 발휘하며 백발청년에게 정면으로 부딪쳐 갔다.

번—쩍!

세상의 모든 빛을 소멸시킬 강렬한 섬광이 작렬했다.

동귀어진을 작심했기에 갑영의 기세는 벼락과 같았다. 그는 모든 신경을 백발청년의 장검에 쏟고 있었다. 상대가 절대쾌검을 펼치는 순간 한 번만이라도 병기끼리 마주치기를 바랐다. 그럼으로써 상대의 절대쾌검이 또다시 펼쳐지기 전에 을화의 잠형폭이 성공하기를 기대했다.

한데 백발청년의 대응은 전혀 의외였다.

그는 단지 왼손을 앞세워 갑영의 공격을 막았다. 그의 손이 팔꿈치까지 바닷물처럼 푸르게 변색되었다. 놀랍게도 천상삼비 중 천맹무선의 독문절기인 천강수였다.

차차창—!

갑영의 쾌검식은 천강수와 충돌하며 무수한 검화를 피워냈다. 거의 동시에 갑영의 등 뒤에서 날아든 을화의 쾌도가 백발청년의 천돌혈로 날아들었다.

순간 백발청년은 어깨에 걸쳤던 검집을 바로 세웠다.

무형무음의 절대쾌검인 무검파천황이 펼쳐진 것이다. 갑영의 선제공격이 저지당하면서 두 사람은 동시에 무검파천황의 사정권에 휩싸였다.

절망이었다.

갑영의 의도는 여지없이 빗나갔고 을화의 쾌도는 채 펼쳐지지 못했다. 예상대로라면 두 사람의 몸은 그대로 쪼개졌어야 마땅했다.

한데 백발청년은 신속하게 무검파천황을 회수하며 천강지를 발출했다.

피피핑—!

푸른 광선과 같은 천강지가 두 사람의 혈도로 파고들었다.

갑영이 바닥으로 엎어지고 그 위로 을화가 풀썩 떨어져 내렸다. 그들은 자신들이 죽지 않았다는 사실에 심한 모욕과 수치를 느꼈다. 평생토록 남에게 제압을 당해본 적이 없던 그들이기에 분노마저 치밀었다.

을화가 독기를 뿜으며 외쳤다.

"왜 죽이지 않은 것이냐? 우리는 마국의 개가 될 생각이 전혀 없으니 어서 죽여라!"

백발청년은 장검을 내려놓고는 옷자락을 찢어 왼손을 친친 동여맸다. 비록 천고의 절기인 천강수를 펼쳐 갑영의 쾌검을 막아냈지만 워낙 예리한 쾌검식이라 피부와 근육이 베어지는 부상을 입고 말았다.

백발청년은 두 사람을 제압했지만 전혀 오만한 기색을 띠지 않았다.

"당신들이 죽음을 두려워하지 않는다는 것을 잘 알고 있소. 하지만 때로는 치욕과 수모를 견디는 것도 중요한 일이오. 생명은 소중하기에 지킬 수 있는 한 가벼이 여기지 마시오. 이것은 구차하게 사는 것과는 다른 상황이오."

"닥쳐라! 그따위 궤변에 회유당할 우리가 아니다, 이 머리 흰 놈아. 당장 우리를 죽여!"

을화는 연신 욕설을 퍼부으며 백발청년의 감정을 자극했다.

이때 갑영이 침통한 표정으로 물었다.

"우리의 패배를 인정하겠소. 한데 귀하는 혹시 천맹무선의 제자가 아니오?"

"……."

"삼 년 전 실종됐다는 의천맹의 맹주 사도진성! 귀하가 아니고서 누가 절대쾌검을 터득할 수 있겠소?"

백발청년은 길게 탄식을 지으며 자신의 신분을 밝혔다.

"그렇소. 당신 말대로 내가 바로 사도진성이오."

2

총마각에서 내려다보이는 은마계의 전경은 장관이었다.

넓은 분지는 아홉 개 구역으로 나뉘어져 있고, 각 구역마다 막사들이 정연하게 세워져 있었다. 수천의 마인들을 수용하기에는 은마계가 다소 협소하기에 은마령 이하의 마인들은 막사에서 지낼 수밖에 없었다.

금마장 급 이상만 사택이 주어졌는데 규모는 아주 협소했다.

각 구역의 책임자를 구관주(區羈主)라 하며 혈마공 직위에 있는 구관주에게만 정원이 딸린 전각이 주어진다. 하지만 혈마공이라 해도 은마계에서는 개인적으로 부릴 수 있는 하녀나 하인 한 명 둘 수 없었다. 철마병이나 동마사를 부려 청소와 빨래, 정원을 관리할 뿐이다.

은마계 중앙에 약간 높은 언덕이 위치하며, 총마각은 바로 언덕 위에 세워져 있었다.

총마각은 분지 내에서 가장 높은 곳에 위치하기에 아홉 개 구역을 모두 내려다보며 관찰할 수 있는 이점이 있다. 그리고 은마계 총수의 집무청사답게 아주 화려하게 꾸며져 있었다.

총상이 총마각에 일 년에 삼십 일도 머물지 않는 것을 감안한다면 지나친 사치였다.

"아함, 잘 잤다."

추가영은 기지개를 쭉 켜며 사지를 바들바들 떨었다. 모처럼 푹신한 침상에서 잠을 자서인지 몸이 개운하고 정신도 맑았다.

그녀가 잠시 눈을 붙인 곳은 총상의 침상이었다. 침상의 뼈대는 상아로 제작되었고, 바닥에는 열두 겹의 서역산 융단이 깔려 있어 아주 푹신했다.

아무리 주인이 없는 총마각이라 해도 은마계의 중지에서 달게 잠을 잘 수 있으니 그녀의 배짱은 정말 두둑한 편이었다.

그녀는 부드러운 비단의 감촉을 온몸으로 느끼며 새벽녘에 있었던 절묘한 침투를 떠올렸다.

보급대의 마부로 변장한 그들은 무사히 은마계로 들어설 수 있었다. 보급대는 세 곳의 구역에 보급품을 배달하고 은마계를 나섰다.

한데 두 명의 동마사가 실종됐으니 보급대주로서는 난감한 상황이 아닐 수 없었다. 즉각 보고를 올리고 실종자를 찾는 게 규정이었지만 보급대주는 규정을 무시했다.

공연히 보고를 올리고 실종자를 수색하게 되면 그는 관리 소홀로 중벌을 면할 수 없다. 이럴 때는 최대한 사실을 숨기는 것이 현명한 처사였다.

　보급대주는 은마령 호위 중 두 명을 동마사로 변장시켜 마차를 끌게 했다. 방책문에서 검색을 담당하는 자도 마차의 숫자만 헤아렸기에 마부 두 명이 바뀌었다는 사실은 죽었다 깨도 모를 일이었다.

　은마계를 나선 보급대주는 두 동마사의 실종에 대해 깊은 고민을 하게 되었다. 분명 누군가의 침투에 의한 바꿔치기임이 명백했지만 끝까지 입을 다물기로 작심했다.

　'실종된 놈들은 없다. 귀환에 즉시 참가하지 못했을 뿐이다.'

　일검향은 추가영과 함께 은마계를 관찰하던 중 참으로 반가운 표식을 보게 되었다.

　그것은 바로 을화가 남긴 천예사원의 암호였다.

　을화는 일검향이 은마계로 침투할 것을 예상해 곳곳에 암호문을 남겨두었다. 암호문은 천예사원 자객만이 알 수 있기에 일검향 외에는 누구도 그 뜻을 알 수 없다.

　암호문은 모두 자연적인 물건을 이용해 만들어내게 되어 있다. 나뭇잎, 조약돌, 담장의 기와 조각, 단청의 색깔 등을 약간씩만 변조하기에 세심한 주의를 기울이지 않으면 놓치기가 쉽다.

　일검향은 갑영과 을화가 앞서 침투하며 수집한 정보를 접수한 덕분에 많은 시간을 절약할 수 있었다.

　그들 역시 호위대의 경계를 뚫고 총마각 안으로 숨어들었다.

　총마각은 은마계 내에서 가장 안전한 곳이기에 편안히 휴식을 취하면서 작전을 구상할 수 있었다. 보급대 마부로 변장을 해서 침투하는 바람에 하룻밤을 꼬박 세운 추가영은 총상의 침상을 차지하고 이내 잠이 들어버렸다.

하룻밤 정도는 잠을 자지 않아도 끄떡없는 일검향이 있기에 그녀는 깊은 잠에도 아무런 걱정이 없었던 것이다.

침상을 나선 그녀는 옷을 걸쳐 입었다. 창문을 통해 스머드는 햇살로 미루어 신시 무렵으로 생각되었다.

그녀는 마치 자신의 별장이라도 되는 듯 총마각 이곳저곳을 돌아다녔다. 진귀한 골동품을 보면 가지고 나갈 수 없는 아쉬움에 쓰다듬어 보는 정도로 마음을 달래기도 했다.

일검향은 정원석에 걸터앉아 골똘히 생각에 잠겨 있었다.

추가영은 장난기 어린 미소를 지으며 도둑고양이처럼 살금살금 그 뒤로 다가섰다. 갑작스럽게 그를 놀려줄 생각이었다. 한데 그가 먼저 그녀의 멱살을 덥석 잡는 바람에 오히려 그녀의 가슴이 철렁 내려앉고 말았다.

총마각 내에서의 행동은 자유로웠지만 함부로 소리를 내서는 안 된다. 공연히 담장 밖을 지키고 있는 호위대의 의심을 살 우려가 있기 때문이다.

토라진 추가영이 그의 어깨를 토닥이며 나직이 투정을 부렸다.

"그렇게 놀라게 하면 어떻게 해요? 하마터면 비명을 지를 뻔했잖아요."

"잠은 잘 잤어?"

"아주 늘어지게 잤죠. 한데 왜 깨우지 않았어요? 검랑도 잠시 쉬어야지요?"

"난 괜찮아."

일검향은 연못 위의 수련을 가리켰다.

"을화 누님이 남긴 암호야. 무슨 뜻인지 알겠어?"

추가영은 수면 위에 떠 있는 수련을 두루 살피고는 고개를 저었다.

"그냥 수련일 뿐인데 무슨 암호라는 거죠?"

"잎사귀의 방향과 꽃잎의 숫자와 기울어진 형태가 모두 암호지."

"아유, 골치 아파. 자객도 머리가 좋아야겠군요? 어떻게 그 많은 암호를 다 기억할 수 있어요?"

"기억을 못하면 탈락되니까 집중할 수밖에 없어."

추가영은 수련으로 쓰여진 암호를 해독해 주었다.

"태상전에 오르려면 금라마관을 통과해야 한다. 금마장 신분이어야 하며, 구관주인 혈마공의 표찰이 필요하다. 집무실을 수색하면 얻을 수 있다는 내용이야."

"일단 집무실로 가야겠군요?"

일검향은 정원석 사이에서 붉은 옥홀을 꺼내 들었다.

"이미 찾아두었어."

"어머나, 벌써요?"

"을화 누님이 남긴 암호문이 아주 많았어. 그것을 모두 찾아 해독하느라 가영을 미처 깨우지 못한 거야."

추가영은 서쪽으로 기울어 가는 태양을 가리켰다.

"금라마관에는 언제 침투하죠? 역시 해가 저문 밤인가요?"

"아니야. 금라마관은 해가 지면 자연적으로 닫힌다고 했어. 먼저 금마장들의 옷을 구해 입자고."

"어디서 구하죠?"

"금마장들의 사택이 널려 있는데 무슨 걱정이야? 구역을 지나다 보니 금마장 중에도 여인이 여럿 있더군. 가급적 몸에 잘 맞는 옷을 골라

입어."

추가영이 다소 걱정스런 표정을 지었다.

"옷이 도난당한 사실이 밝혀지면 곤란하잖아요?"

"금마장쯤 되는 자들의 관복이 한두 벌이겠어? 그리고 옷 한 벌 없어졌다고 침입자의 소행으로 생각하지는 않아. 설사 도난을 알았다 해도 그것을 공개할 바보는 없어. 누가 옷 한 벌 때문에 문책을 당하고 싶겠어?"

"그럼 문제없군요? 출출한데 놈들의 사택에서 실컷 먹고 가야겠어요."

일검향이 피식 실소를 지었다.

"생각보다 먹성이 좋군."

추가영은 입술을 비죽이며 눈을 흘겼다.

"그래요. 나 보기보다 속살도 많아요. 날 품을 때는 제정신이 아니라 그것도 몰랐죠?"

수라계나 유명계였다면 금마장의 신분은 상당히 높기에 위세를 부릴 수 있었을 것이다. 하지만 은마계 내에서 금마장은 사오십 명이나 되기에 그저 높은 신분에 불과할 뿐이었다.

금마장으로 변장한 일검향과 추가영은 제4구역과 제5구역 사이에 위치한 완만한 경사로를 따라 올라가고 있었다. 구역 사이를 순시하는 순찰조가 지나가다 그들에게 예를 표했다.

일검향이 그들을 거들떠보지도 않았기에 추가영도 그들을 무시한 채 일검향의 뒤를 따랐다.

순찰조가 지나가자 추가영이 속삭이듯 물었다.

"그래도 수고하라는 격려의 말 정도는 해줘야 하는 거 아니에요?"

"은마계는 무료할 만큼 권태로운 곳이야. 수라계처럼 싸움이 있는 것도 아니고, 습격이나 다툼이 있는 곳도 아니잖아? 고작해야 단체 무술 수련이 전부야. 하급 마인들이 그 정도라면 금마장들의 심정이 어떻겠어?"

"짜증이 나겠지요. 유명계라면 옥주의 신분이고, 수라계라면 순찰대주의 신분인데 이곳에서는 널린 게 금마장이니까요."

"그런 금마장이 순시하는 졸개들에게 격려의 말 한마디 해주겠어?"

일검향이 권태로운 걸음걸이로 앞서 걷자 추가영이 감탄을 발했다.

"검랑은 변장에도 천재군요. 어떻게 걸음걸이까지 배워뒀어요?"

"이왕 변장을 하려면 철저해야 하니까."

"하지만 난 검랑처럼 걷지 못하잖아요?"

"가영은 평소처럼 걷는 것만으로 충분해."

추가영의 입가에 묘한 미소가 배어 나왔다.

"어째 칭찬이 아니라 날 비웃는 것 같은데요?"

일검향은 가벼운 웃음으로 대답을 대신했다.

그들은 이내 금라마관 앞에 이르렀다. 굳건한 성벽과 위용에 찬 성루, 그리고 성곽 위에서 휘날리는 검은 깃발이 기이한 위축감을 주었다.

추가영은 옥홀을 가슴 앞에 바싹 댔다.

"검랑, 그냥 성곽을 넘어 침투하는 게 어때요? 금라마관에 어떤 위험이 도사리고 있을지 모르잖아요?"

"성곽을 넘어가면 텅 빈 계곡만 나와. 누님이 남긴 암호문에 의하면 태상전에 이르려면 반드시 금라마관을 통과해야 된다고 했어."

“어떻게 그럴 수 있죠? 관문을 통해 당도하는 세상과 성곽 너머의 세상이 서로 다르단 말이에요?”

“사실이야.”

추가영은 주변을 살피다가 고개를 갸웃거렸다.

“한데 명색이 은천마국 최고의 수뇌들이 거주하는 태상전인데 경비가 너무 허술한 것 아니에요?”

“누가 은마계까지 외부인이 침투할 것이라 생각이나 하겠어? 게다가 금라마관은 스스로 침입자를 막아내는 관문이기에 마인들은 절대적으로 안심하고 있어.”

“스스로 침입자를 막아낸다고요?”

“아마도 진법이 펼쳐져 있는 것 같아.”

일검향은 추가영을 대동하고 관문 입구로 들어섰다. 그는 관문 안을 향해 예를 올리며 크게 외쳤다.

“제3구역 구관주의 전령이 태상전에 오르고자 하오니 윤허해 주십시오.”

추가영은 그저 옥홀을 쥔 채 허리만 굽실거렸다. 그러다 통로 바닥에 깔린 일곱 가지 색깔의 돌을 보고는 눈을 동그랗게 떴다.

“저건 뭐죠?”

“칠마로라는 거야. 태상전 칠대마상의 전각과 연결돼 있지. 한 가지 색깔을 선택해야만 마상의 전각에 당도할 수 있어.”

“정말 신기하군요. 거의 마법 수준이에요. 한데 어떤 색깔을 택할 생각이에요?”

“가영이 선택해 봐. 칠대마상 중 어떤 놈을 가장 먼저 죽이고 싶어?”

추가영은 문득 한 사람을 떠올렸다.

"혈상이요! 사부님을 위해서라도 반드시 그 색마를 죽여 복수를 해야겠어요."

"혈상이라면 칠대마상 중에서도 수라계를 관장할 만큼 지고한 신분인데 색마라고?"

일검향이 의아한 표정을 짓자 추가영은 양 볼을 붉게 물들였다. 사부인 요지선자가 두 번씩이나 혈상에게 능욕을 당한 과거가 떠올랐다. 하지만 요지선궁의 명예와도 직결되기에 차마 밝힐 수가 없었다.

"그, 그런 일이 있었어요. 혈상은 내 손으로 때려죽이겠어요."

"좋아. 혈상각으로 가자고."

일검향은 붉은색 돌을 따라 걸음을 옮겼다.

추가영은 부챗살처럼 서서히 갈라지는 색색의 돌을 주시하며 물었다.

"저 색깔의 의미도 알아요?"

일검향은 암호문을 통해 접수한 정보를 토대로 상세하게 설명해 주었다.

"붉은색은 혈상각, 검은색은 귀상각, 금색은 총상각으로 이어지지. 그리고 푸른색은 잔상각(殘相閣), 흰색은 요상각(妖相閣), 녹색은 패상각(覇相閣), 은색은 보상각(寶相閣)으로 연결된다고 생각하면 돼."

추가영은 나직이 한숨을 쉬었다.

"뭐가 그렇게 복잡하죠? 대체 그 마귀들은 어떤 자들이에요?"

"글쎄, 만나 보면 알게 되겠지."

"설마 기껏 찾아갔는데 없는 것은 아니겠지요?"

"사실 나도 그게 가장 걱정이 돼."

일검향은 나선형으로 크게 선회하는 붉은 돌을 힘있게 직시했다.

"정말 허망할 거야. 내가 원수라고 확신했던 귀견쌍살이 정작 원수가 아닌 것을 알았을 때보다 더 허탈한 심정이겠지."

그는 추가영의 손을 잡아끌며 옆으로 바싹 붙었다.

"조심해. 길이 변하고 있어."

평지를 걷던 그들은 벽을 따라 수평으로 걷다가 천장에 두 발을 두게 되었다.

추가영은 놀라워하기보다 오히려 재미있어 했다.

"어마, 마치 어디론가 서서히 빨려 들어가는 기분이에요. 한데 거꾸로 매달려도 떨어지지 않는 건 무슨 이유죠?"

"환각이거나 착시 때문이겠지. 태상전의 상황에 대해서는 전혀 모르니 단단히 각오해야 돼."

"걱정 말아요. 언제든 천지쌍검을 발출할 수 있으니까."

추가영은 양 손목에 채워진 팔찌를 감싸 쥐었다.

일검향 역시 내심 긴장과 흥분에 젖고 있었다.

태상전 마상들의 존재는 마치 구름 위에서 세상을 굽어보는 마신과 같다. 천하무림인들은 물론이고 은천마국 마인들조차 그 실체를 모르기에 신비감에 싸여 있는 칠대마상. 이제 그들과 대면한다는 생각에 가슴 한자락이 서늘해졌다.

붉은 돌로 이루어진 인도석이 빠르게 나선형으로 선회했다.

마치 그들 몸이 빙빙 도는 것 같기도 하고, 아니면 그들은 고정된 채 세상이 빙빙 도는 것 같기도 했다. 어느 쪽이든 그들은 순식간에 새로운 세상으로 들어서게 되었다.

하늘은 온통 암회색이었고, 지상은 낙조에 물든 세상처럼 붉은빛을 띠고 있었다.

졸졸 흐르는 시냇물의 건너편으로 아담한 초옥이 보였다. 초옥 주변으로 키 작은 소나무들이 병풍처럼 늘어섰고, 진입로 좌우로는 이름 모를 야생화가 활짝 피어 있었다.

잔뜩 긴장하고 있던 추가영이 팔찌에 얹은 손을 뗐다.

"이곳이 태상전 총상각인가요? 생각보다 초라하네?"

일검향은 주변의 정경을 쓸어보고는 고개를 저었다.

"아무래도 태상전이 아닌 것 같아."

"아니라고요? 우리는 분명 금라마관의 칠마로 중 붉은 돌을 따라 걸어왔잖아요?"

"나도 뭐가 잘못됐는지는 알지 못해. 분명한 것은 이곳이 혈상각이 아니라는 사실이야. 을화 누님이 남긴 암호문에 의하면 마상들의 거처는 색깔로 분명히 구분된다고 했어. 총상각이라면 핏빛으로 물들어 있다고 했는데, 지금 보이는 것은 허름한 초옥이잖아?"

추가영은 다소 실망스런 표정으로 투덜거렸다.

"쳇, 결국 태상전을 향한 침투가 실패한 거군요?"

"금라마관은 분명 태상전으로 통하는 출입 관문이야. 우리가 제대로 길을 따라 걸었는 데도 당도하지 못했다면, 진세 스스로 침입자를 가려낸다는 말이 사실인 것 같아."

"난 믿지 않아요. 세상에 그런 진법이 어디 있어요? 마법이라면 모를까?"

"마법? 그래, 이곳이 은천마국이라면 어떤 마법이라도 펼쳐졌겠지."

일검향은 길 좌우로 야생화가 핀 완만한 경사를 올라 작은 마당에 이르렀다.

초옥은 아담했고 마당 한 귀퉁이에 세워진 정자는 초라했다. 하지만 은자의 처소처럼 고적한 이곳에도 보석처럼 빛나는 존재가 있었다.

키 작은 소나무를 등지고 한 사람이 서 있었다.

청년의 모습인데 머리카락은 특이하게도 백발이었다. 장검을 어깨에 걸치고 있는데 마치 태양을 등지고 있는 것처럼 기이한 후광을 발했다.

추가영은 백발청년의 수려한 용모에 절로 매료되고 말았다.

'아아, 정말 매력적인 사내야. 세상에 이토록 멋진 사내가 있을 줄이야!'

그녀는 백발청년의 모습에 잠시 눈을 떼지 못하다가 옆의 일검향을 의식하고는 잔뜩 목을 움츠렸다.

'어마나, 내가 지금 무슨 생각을 하고 있는 거야? 검랑을 옆에 두고 딴 사내한테 매료되다니?'

백발청년은 포권을 대신해 붕대를 감은 왼손을 가슴에 댔다.

"반갑네. 예상보다 빨리 왔군."

그는 호의적인 미소를 지으며 일검향과 추가영을 번갈아 보았다. 일말의 사심이나 악의도 없는 순수한 눈빛이었다.

의천맹주 사도진성!

이것이 백발청년의 진정한 신분이며, 마침내 일검향과 운명적인 대면을 하게 된 것이다.

第58章

영웅의 안배

'사도진성?'

일검향은 백발청년을 대하는 순간 직감적으로 상대의 정체를 짐작했다. 감소채를 통해 얘기만 들었을 뿐 직접 대면하기는 처음이었지만 그의 직감은 확신에 가까웠다.

그는 정중히 포권을 취하며 물었다.

"귀하는 태상전 칠대마상 중 한 사람이오?"

"아닐세."

"그렇다면 혹시 의천맹의 사도진성 맹주가 아니시오?"

사도진성은 상대가 자신에 대해 알고 있다는 사실에 내심 놀라워하면서도 전혀 내색하지 않았다.

"연배를 감안하면 자네가 먼저 신분을 밝히는 것이 도리가 아닐까?"

"난 천예사원의 자객 일검향이오. 동행한 여인은 대백랑 추가영이라

하오."

"일검향! 역시 내 예상대로 자네가 일검향이었군."

사도진성은 자연스럽게 한 걸음 다가섰다.

"내가 누구인지 알고 싶다면 나를 꺾어야 할 것이네."

"……?"

"자네보다 앞서 이곳을 찾아온 두 사람이 있었네."

"갑영 형님과 을화 누님?"

"맞네. 그들 두 사람이 이곳 금라원에 당도했지만 그만 내게 제압되고 말았네."

일검향의 가슴이 덜컥 내려앉았다. 상대의 정체보다는 갑영과 을화의 생사를 확인하는 게 더 급했다.

"두 분은… 어찌 되었소?"

"총상에게 인계되었네. 총상은 천예사원의 분원이 허술하다며 그들을 회유할 생각이네. 하지만 끝내 고집을 부린다면 유명옥으로 떨어지게 되겠지."

"……!"

일검향은 순간적으로 충격과 혼란에 휩싸였다.

풍마옥에서 어쩔 수 없이 그의 손으로 고통없는 죽음을 안겨야 했던 창비가 떠올랐다. 당시 가슴이 찢기는 듯한 비통함은 평생 잊지 못할 것이다. 한데 어쩌면 갑영과 을화마저 창비와 같은 신세가 될 수 있기에 전신의 피가 싸늘하게 식는 심정이었다.

일검향의 눈빛이 분노와 증오로 싸늘하게 가라앉았다.

상대가 태상전 칠대마상 중 하나가 아니라도 상관없었다. 소중한 동문을 제압한 상대라면 그에게 있어서도 적일 뿐이었다. 결코 용서할 수 없는 적!

사도진성은 눈빛을 통해 그의 심정을 헤아리고는 차분하게 말을 이었다.

"진정하게. 앞서 싸우게 된 자네의 동문은 물론이고 자네와 어떤 원한이 있어 거루려는 것이 아닐세. 오히려 무림천하의 공적인 마국의 마상들을 척살하기 위해 침투한 자네들의 의기와 용기에 경의를 표하고 싶은 심정일세. 하지만 내게 피치 못할 사정이 있어 검을 맞대야 하는 것이 안타깝기만 하네. 자네의 깊은 양해를 바라네."

일검향은 그를 직시하며 냉담하게 응수했다.

"귀하가 악인이 아님은 알겠지만 내 동문 형님과 누님에게 해를 입힌 이상 그 대가를 치러야 할 것이오."

"총상의 말에 의하면 자네가 천예사원 최강의 자객이라 하던데, 사실인가?"

"틀렸소. 천예사원 최고의 자객은 대살이신 갑영 형님이고, 그 다음이 을화 누님이며, 내가 세 번째요."

"자네의 말이 단지 동문들을 배려한 겸손의 표현이기를 바라네. 만일 자네가 진짜 세 번째 자객이라면 결코 나를 이길 수 없네. 자네의 선배 둘이 합공을 펼쳤어도 내게 패했으니까."

일검향은 자존심까지 상처를 입었다.

상대가 거만을 떠는 것이 아니라 진심으로 자신을 위한 우려임을 알면서도 갑영과 을화의 패배를 인정하고 싶지 않았다. 그들의 패배는 천예사원의 패배이며, 수치였기 때문이다.

'사문의 명예는 내가 지키겠다!'

일검향은 추가영에게 잠시 물러서 있으라는 눈짓을 보내고는 사도진성과 마주 섰다.

사도진성은 여전히 검을 어깨에 걸친 채로 눈을 반개한 자세를 취하고 있었다.

"자객인 자네의 검도 빠르겠지만 내 검은 아주 빠른 쾌검일세. 조심하게."

어쩔 수 없이 싸워야 하는 상황이지만 그는 일검향에게 최대한 배려를 베풀었다. 서로의 무공에 대해 전혀 모르는 상황이지만 가급적 공평한 대결을 펼치겠다는 의도였다.

일검향은 허리춤의 자청검을 가볍게 쥐었다.

소림 참회동에서 불연을 입은 이후 그는 일약 절세고수로 성장하면서 엄청난 싸움을 겪어왔다.

은천마국의 자객 집단인 척살단을 격파했으며, 오천 군병들이 둘러싼 영천왕부까지 침투했다가 무사히 탈출했다. 또한 은천마국에 침투해 무서운 강적인 염라혈공을 물리쳤고, 은마계까지 침투하는 쾌거를 이루었다.

한데 그런 그도 사도진성과 맞서는 순간 거대한 산악을 대한 듯 심한 위축감에 젖고 말았다. 그의 눈에 비친 사도진성은 거인이었다. 어깨에 걸쳐진 평범한 장검조차 천신의 검처럼 느껴졌다.

'이럴 수가!'

일검향은 절로 호흡이 막혔다.

가장 상대하기 힘겨웠던 풍류제일공자 화운악과 대결하면서도 이렇듯 위축감에 젖지는 않았다.

화운악은 확실히 강적이었고 화경에 이른 공력의 소유자였다. 그러나 죽이지 못할 상대는 아니었다. 일검향이 독하게 마음을 먹는다면 죽일 수 있는 상대였다. 하지만 사도진성과 맞선 일검향은 제대로 검을 뽑을 수가 없었다. 자신이 베기에 상대가 너무 거대했던 것이다.

'무도를 수련한 자다. 세상에 이런 고수가 있었단 말인가?'

일검향은 잠시 사도진성을 직시하다가 눈을 감았다.

눈을 뜬 상태에서는 도저히 사도진성을 향해 검을 휘두를 자신이 없었다. 눈을 감으면 일단 산악에 눌리는 듯한 위축감에서 벗어날 수 있기에 가슴을 안정시킬 수 있었다.

그는 격돌에 앞서 현 상황에 대해 깊이 숙고했다.

'이자는 자신의 쾌검에 대한 자부심이 대단하다. 하기는 갑영 형님과 을화 누님의 합격술을 격파했다면 당대 최고의 쾌검이라 해도 부족함이 없겠지. 그런 쾌검이라면 눈으로 움직임을 좇을 수 없다. 차라리 눈을 감고 청력에 의존하는 것이 더 효과적이다.'

아직 심안을 터득하진 못했지만 그는 초인적인 감각으로 상대의 움직임을 정확히 파악할 자신이 있었다.

그와 사도진성과의 거리는 이 장 남짓.

초고수들에게 있어서는 오히려 가까운 거리다. 눈을 감아도 청력과 후각, 감각으로 충분히 상대의 존재를 감지할 수 있을 정도이다.

번—쩍!

일검향은 무의식에 가까운 상태에서 쾌검을 발출했다. 순간적으로 보법을 펼쳐 접근했기에 검을 뽑는 것만으로도 상대를 찌를 수 있었다.

그러나 그는 검초를 펼치기도 전에 엄습해 오는 예기에 전신의 피가 싸늘하게 식었다. 상대가 어떤 검초를 펼쳤는지는 알 수 없지만 자신보다 배는 빨랐다. 그가 오기를 부려 쾌검을 마저 펼치려 했다가는 그대로 몸이 쪼개질 것 같았다.

'극쾌다!'

그는 급히 범천강기를 펼쳐 몸을 보호하며 뒤로 미끄러졌다. 감았던 눈을 떴지만 이미 예기는 사라진 상태였다.

사도진성은 검을 뽑으려다 만 상태에서 다시 검을 꽂으며 검집을 옆으로 눕히고 있었다. 그것이 그가 취한 행동의 전부였다.

일검향은 내심 경악하고 말았다.

'섬광도 없었다. 파공성도 전혀 들리지 않았다. 무형무음이며 극치에 이른 쾌검……'

문득 그의 뇌리로 쾌검의 전설이 번갯불처럼 스쳐 지나갔다.

'설마… 절대쾌검 무검파천황?'

그는 눈을 부릅뜬 채 사도진성을 직시했다.

사도진성은 그의 속내를 헤아리고는 가볍게 고개를 끄덕였다.

"자네의 판단이 틀리지 않았네. 비록 미흡하지만 난 무검파천황을 수련했네."

"진정… 절대쾌검을 수련했단 말이오?"

일검향은 자신도 모르게 두 걸음을 물러서고 말았다.

그는 수련생 시절부터 쾌검을 연구했기에 쾌검의 전설에 대해 잘 알고 있었다. 소리보다 빠르고, 빛보다 빠른 절대쾌검. 그 쾌검은 무검파천황이라 불리는 전설의 절기였다.

당시 그로서는 무검파천황에 대한 수련은 꿈도 꿀 수 없었기에 한번 견식하기를 원했다. 하지만 갑영은 물론이고 천사명왕까지 무검파천황을 터득하지 못한 상태였기에 절대쾌검에 대한 견식은 단지 막연한 동경으로 끝나고 말았다. 한데 그런 전설의 절기가 실제로 존재했던 것이다.

일검향은 감각으로 느낀 절대쾌검을 되새기며 그것을 상대할 수법에 대해 고심했다.

상대가 무검파천황을 지녔다면 그의 쾌검으로는 절대 적수가 될 수 없었다. 어떤 신법과 은신술도 절대쾌검보다 빠를 수 없기에 접근하는 순간 패배하고 만다.

보이지도 않고 들을 수도 없는 쾌검을 무슨 수로 감당한단 말인가?

한참을 고심하던 그가 사도진성에게 뜻밖의 제안을 했다.

"솔직히 나 혼자의 능력으로는 귀하를 이길 자신이 없소. 부끄럽지만 동행과 합공을 펼쳐도 양해해 주시오."

사도진성은 눈을 반개한 자세를 해소하며 쾌히 수락했다.

"좋을 대로 하게."

"고맙소."

일검향은 급히 추가영을 향해 다가섰다.

"보았어?"

"뭘요?"

"내가 공격을 펼치는 순간 상대가 쾌검으로 반격을 펼쳐 왔어. 당시 나는 눈을 감고 있었기에 감각으로 느낄 수 있었지. 덕분에 부상을 피할 수 있었던 거야."

추가영은 이해가 되지 않는 듯 아미를 곱게 찡그렸다.

"검랑, 저 사람은 그저 어깨에 눕혀 있던 검집을 바로 세웠을 뿐이에요. 전 그가 검을 뽑는 모습을 전혀 보지 못했어요. 오히려 검랑이 왜 중도에 공격을 철회하고 물러섰는지 알 수가 없었어요."

"단지 검집을 바로 세웠을 뿐이라고?"

"그래요. 그러고는 검을 뽑을 듯하다가 다시 눕히더군요."

"저자는 절대쾌검의 소유자야."

일검향은 추가영에게 쾌검의 전설에 대해 간략하게 설명해 주었다.

추가영은 눈을 동그랗게 뜨며 황급히 고개를 저었다.

"맙소사! 대결은 그만둬요. 빛보다 빠른 검을 무슨 수로 감당한단 말이에요? 오라버님과 언니에게는 미안한 일이지만… 다른 길을 찾아 태상전에 당도하는 게 순리예요."

"가영, 우리가 이곳 금라원으로 들어선 것은 결코 우연이 아니야. 갑영 형님과 을화 누님 역시 우연이 아니라 태상전의 계책에 의해 금라원으로 빠져들었어. 즉, 절대쾌검의 소유자를 이용해 침입자를 제압하겠다는 계책이지."

추가영은 힐끗 사도진성 쪽으로 눈길을 돌렸다.

"그럼 저 사람의 가공할 쾌검과 대결해야 하는 것이 필연이란 말이에요?"

"그래, 게다가 반드시 이겨야 돼. 그렇지 않고서는 결코 태상전으로 침투할 수 없어."

일검향의 결연한 어조에 추가영은 탄식 어린 한숨을 내쉬었다.

"제 무공은 검랑의 절반에도 미치지 못하는데 무슨 힘이 되겠어요?"

"그렇지 않아. 가영의 천지무환검법은 천지성후께서 창안한 당대 최강의 검법 절기야. 풍마옥에서 은마령들을 격살한 수법은 실로 강력했어."

"천지황홀 초식 말이에요? 천지무환검법의 삼대절초 중 하나죠. 하지만 전설의 쾌검과 상대가 될지 모르겠군요."

일검향은 그녀의 어깨에 손을 얹었다.

"날 믿지?"

"당연하죠. 당신을 믿지 않았다면 제가 미쳤다고 마국의 중지에까지 뛰어들었겠어요?"

"그렇다면 가영이 선제공격을 펼쳐. 난 가영의 등 뒤에서 기습을 노리겠어."

"저더러… 앞장서라고요?"

추가영이 황당한 표정을 짓자 일검향은 힘있게 고개를 끄덕였다.

"저자는 절대 가영을 해치지 못해. 절대쾌검을 한순간만 정지시킬 수 있다면 승부를 낼 수 있어."

"알았어요. 검랑이 실수하는 일은 없으니 그대로 따르겠어요."

"만에 하나……."

"됐어요."

추가영은 상큼한 미소를 지으며 그의 입술에 손가락을 댔다.

"자객은 가정을 하지 않는다고 들었어요. 오직 결과로 말해줄 뿐이죠."

그녀는 씩씩한 걸음으로 나서며 양 손목의 팔찌를 감싸 쥐었다.

창—창!

맑은 금속성과 함께 천상검과 지환검이 화려한 검화를 뿌리며 모습을 드러냈다.

두 자루의 검을 응시하는 사도진성의 눈에 짙은 감회 어린 기운이 감돌았다.

"아, 천지쌍검! 성후의 신검을 보게 되다니……."

추가영은 쌍검을 열십자로 교차시켰다.

"감탄하기는 아직 일러요. 천지무환검법까지 견식시켜 주겠어요."

그녀는 곧바로 달려들며 천지쌍검을 휘둘렀다.

"천지황홀!"

천지무환검법의 절초가 전개되자 검형과 검화가 동시에 피어올랐다. 검형은 번갯불처럼 내리꽂히고 검화가 눈꽃처럼 흩뿌려졌다. 꼬리를 물고 이어지는 검형은 소용돌이처럼 회전하며 쏟아져 지극히 현란했다.

사도진성은 진귀한 구경거리라도 감상하듯 추가영의 검법 절기를 지켜보다가 비로소 눕혔던 검집을 바로 세웠다.

차차차창―!

잇단 금속성과 함께 초식의 이름만큼 황홀한 검형과 검화가 순식간에 소멸되었다.

"흐윽!"

추가영은 손아귀가 터질 듯한 고통을 느끼며 천지쌍검을 회수했다.

어찌 된 영문인지 몰라도 무형의 검기가 허공에 거미줄같이 퍼지며 그녀의 쌍검을 봉쇄한 것이다. 다행히 무형의 검기는 그녀의 쌍검만 쳐냈을 뿐 그녀의 몸에는 상처 하나 입히지 않았다.

행여 그녀가 다칠 수도 있기에 사도진성은 무검파천황의 속도를 현저하게 늦출 수밖에 없었다. 덕분에 추가영은 무사했지만 그의 장검이 처음으로 검신을 드러내게 되었다.

순간 추가영의 등 뒤에서 그림자처럼 붙어 있던 일검향이 벼락처럼 날아들며 쾌검을 전개했다.

"귀명참살!"

그가 전개할 수 있는 가장 빠른 쾌검이었다. 범천강기가 주입되었기에 쾌검이 허공을 가르면서 검강까지 뿌려냈다.

사도진성은 매서운 기습을 받고도 전혀 당황하지 않았다.

사실 일검향이 펼친 수법은 갑영과 을화가 창안한 천중잠형폭을 흉내 낸 것에 불과했다.

앞선 대결에서 갑영의 동귀어진을 무산시키고 절묘한 수법으로 두 사람을 제압했던 터라 사도진성은 일검향이 추가영을 앞세울 때부터 기습에 대비하고 있었다. 하지만 검신을 드러낸 상태였기에 무형무음의 무검파천황은 제대로 전개될 수 없었다.

차앙!

두 사람의 검이 교차하며 검기의 파편이 사위로 비산되었다.

계산대로 사도진성의 절대쾌검을 일시적으로 정지시킨 일검향은 즉시 일장을 내질렀다.

"차앗!"

그의 장심이 금빛으로 물들면서 폭발적인 섬광과 함께 장력이 뿜어져 나왔다. 금마오절기 중 가장 강력한 위력을 지닌 범황통천장이었다.

흠칫 놀란 사도진성은 급히 왼손을 뻗어 응수했다.

그의 왼손은 갑영의 동귀어진 공세로 인해 부상을 당한 상태였다. 손을 감싼 천이 터지며 바닷물처럼 푸른 강기가 급격히 확산되었다. 천맹무선의 독문절학인 천강수였다.

쾌아앙!

굉음이 터지며 금빛과 푸른빛이 혼합된 강기가 대지를 할퀴고 암회색 허공을 갈랐다. 강력한 강기의 충돌로 인해 정자와 모옥이 삽시간에 주저앉았다. 마당은 일 장 깊이로 파였고, 자욱한 흙먼지가 회오리 속으로 솟구쳐 올랐다.

"으음……!"

사도진성이 나직한 신음과 함께 뒤로 미끄러지자 일검향은 지체없이 접근하여 쾌검을 전개했다. 섬뜩한 섬광에 사도진성은 반사적으로 무검파천황을 펼쳤지만 그 위력은 십분지 일에 불과했다.

차아앙!

또 한 번 검이 마주치며 용 울음소리와 같은 금속성을 일으켰다. 연속된 공격에 상당한 내상을 입은 사도진성의 안색이 해쓱하게 변했다. 기혈이 역류하며 입가로 피가 흘러나왔다.

일검향은 기회를 놓치지 않고 최후의 일격을 가했다.

"범황승천!"

금마오절기 중 가장 변화무쌍한 범황운룡권이었다.

퍼퍼펑—!

가슴과 어깨, 옆구리를 얻어맞은 사도진성은 울컥 피를 토하며 삼장 밖으로 나동그라졌다. 그 바람에 소나무 몇 그루가 그의 몸과 충돌하며 허리를 꺾었다.

일방적인 일검향의 완승에 추가영은 입을 딱 벌렸다. 일검향이 아무리 자신을 이용한 기습을 펼쳤다 해도 이렇듯 절대쾌검의 소유자를 격파할 줄은 미처 생각지 못한 것이다.

"와아, 검랑이… 이겼어!"

자청검을 거둔 일검향은 조용히 사도진성을 바라보았다. 결과로 본다면 그의 승리였지만 추가영을 내세워 상대의 심리를 이용한 대결이었기에 부끄럽기만 했다.

사도진성은 몸을 추슬러 앉으며 운기조식을 취했다.

추가영이 일검향의 옆으로 다가섰다. 그녀는 사도진성을 가리키며 나직하게 물었다.

"왜 보고만 있어요? 마저 숨통을 끊어야죠?"

"……."

"당신의 동문 선배들을 마국 놈들에게 넘긴 악적이잖아요?"

일검향은 옆으로 몸을 돌렸다.

"일단 그의 신분을 확인해야 돼. 우리가 이곳을 벗어나 태상전으로 갈 수 있는 방법도 모색해야 되고."

사도진성의 몸에 푸른 기운이 감돌았다. 그의 몸을 휘감은 푸른 기운이 서서히 회전하다가 콧속으로 스며들었다.

운공을 마치고 눈을 뜬 사도진성이 천천히 몸을 일으켰다.

어떤 상황이든 패배의 심정은 침통하다. 계략에 의해 당했든 실력에 의해 당했든 패배는 씁쓸할 수밖에 없다. 그의 입가에도 어색한 미소가 감돌았다.

"과연 총상의 말이 사실이로군. 자네는 진정 천하제일의 자객일세."

"과찬이오. 누가 감히 천하제일임을 자부할 수 있겠소? 냉정하게 판단하면 이 대결은 공평하지 못했소. 당신은 여전히 내가 감당할 수 없는 최강의 절대고수요."

"아닐세. 자네는 날 죽일 수 있었지만 죽이지 않았네. 나로서는 목숨을 빚진 셈이네."

일검향은 몸을 돌려 그와 마주 섰다.

"난 귀하가 누구인지 짐작하고 있소. 하기에 당신이 가영을 절대 죽일 수 없음을 확신하고 가영을 앞세우는 부끄러운 술수를 부렸던 것이오. 솔직히 정면 대결로서는 귀하를 이길 자신이 없었소."

“내 신분에 대해 알고 있는 사람은 많지 않네. 더군다나 자네는 내 이름까지 정확히 알고 있더군. 어떻게 나에 대해 알고 있는지 몹시 궁금하네.”

“난 귀하의 사매를 알고 있소.”

일순 사도진성의 검미가 힘차게 솟구쳤다. 그는 다소 경이에 찬 눈빛으로 일검향을 세심하게 뜯어보았다.

“사매를… 내 사매를 알고 있단 말인가?”

“그녀의 이름은 감소채. 의천맹의 군사이며, 귀하와 같은 천맹무선의 제자요.”

“대체 어떻게 그 모든 비밀을?”

“난 그녀와 함께 귀하의 실종을 탐색하기 위해 영천왕부에 잠입하기도 했소. 그곳에서 귀하가 삼 년 전에 제압돼 은천마국으로 압송됐음을 알게 되었소. 난 그 사실을 의천맹에 통보했고, 그녀는 귀하를 구출하기 위해 은천마국에 직접 잠입하였소. 만일 그녀에게 불상사가 생긴다면, 모두 내 책임이오.”

일검향은 그를 향해 가볍게 포권을 취해 보였다.

“난 감소채 군사의 옛 친구요. 천예사원에 입문해 자객이 되기 전의 이름은 태사린이오.”

“태사린? 자네가… 자네가 바로 태사린이라고?”

사도진성의 입가에 감격의 웃음이 활짝 피어올랐다. 성큼 다가선 그는 일검향의 손을 덥석 쥐었다.

“이럴 수가! 자네가 바로 폭설 속에서 소채를 구한 소공자 태사린이란 말인가?”

그는 마치 오랜 세월 헤어졌던 친아우를 만난 듯 기쁨과 감동에 젖었다. 잠시 전 서로 검을 겨눈 대결만 없었다면 기꺼이 부둥켜안고 해후의 감격을 만끽하였을 것이다.

지켜보던 추가영은 한 손으로 턱을 괴며 입맛을 다셨다.

'뭐야? 이럴 것을 왜 살벌한 대결을 벌였던 거야?'

일검향은 사도진성처럼 스스럼없이 대할 심정이 아니었기에 한 걸음 물러섰다.

"이제 사도 맹주임을 인정하시는 거요?"

"그러하네. 내가 바로 사도진성일세."

사도진성은 후회스런 표정을 지으며 한숨을 내쉬었다.

"정말 미안하네. 일검향, 자네가 소채의 은인이며 옛 친구인 줄 알았다면 자네의 동문 선배들과 싸우는 일은 결코 없었을 것이네."

"사도 맹주, 두 분은 내게 있어 정말 소중한 동문 선배요. 친형님과 친누님이라 할 수 있소. 두 분을 구할 방도가 없겠소?"

"……."

"아직 총상전에 감금돼 있다면 그분들을 구할 수 있게 도와주시오."

사도진성은 그늘진 모습으로 고개를 저었다.

"돕고는 싶네만… 나 역시 저들의 대법에 제압돼 있는 몸일세. 내 마음대로 금라원을 벗어날 수 없네."

일검향은 그의 도움이 절실했기에 재차 청했다.

"사도 맹주, 그렇다면 총상각에 이를 수 있는 길을 가르쳐 주시오. 그리만 해준다면 갑영 형님과 을화 누님을 제압해 저들에게 넘긴 과오를 묻지 않겠소. 난 맹주에게 그만한 요구를 할 자격이 있는 사람이오."

"인정하네. 날 구하기 위해 소채를 데리고 영천왕부에 다녀왔으니 자네는 충분히 그럴 자격이 있어."

사도진성은 고심하는 모습으로 마당을 가로질렀다.

해가 이미 저물었는지 반사광도 스며들지 않아 사위가 어둑어둑해졌다. 그는 비단처럼 펼쳐진 실개천을 내려다보며 깊은 생각에 잠겼다.

추가영은 향후 어떤 상황이 전개될지 한 치 앞도 예측할 수 없었다. 일검향과 사도진성을 번갈아 보던 그녀는 답답한 심정에 고개를 쳐들어 암회색 하늘을 올려보았다.

문득 그녀의 입에서 절로 탄성이 터져 나왔다.

"맙소사… 별이 있어!"

착시가 아니었다. 사위가 어두워지면서 암회색 하늘에 별들이 모습을 드러내며 밝은 빛을 발하고 있었다. 마치 중천을 가로지는 은하수처럼 총총한 별무리였다.

일검향도 금라원 상공에 드러난 별을 보고는 감탄을 금치 못했다.

'정말 놀랍군. 별이 아니라 수많은 야명주를 박아놓았지만 하늘의 별자리까지 흉내를 냈어. 외부에서 스며드는 반사광이 어두워지면 낮에 빛을 머금었던 야명주가 자연스럽게 빛을 발하게 되지. 마국의 조화는 정말 상상을 초월하는군.'

이때 사도진성이 부싯돌을 부딪쳐 마당 주변의 유등에 불을 밝혔다.

격돌의 여파로 정자와 모옥이 폭삭 주저앉아 쉴 곳 하나 없는 폐허가 되었지만 동산 아래 밝혀진 유등이라 묘한 운치가 느껴졌다.

사도진성은 고민을 해소한 밝은 표정으로 추가영에게 말을 건넸다.

"추 낭자는 요지선궁의 제자인가?"

이제는 적이 아니었기에 경계할 필요가 없었다. 추가영은 활달한 어조로 대답했다.

"그래요. 사부님이 요지선자이세요. 그분의 진전을 이어받아 요지선궁의 제5대 궁주가 되었지요."

사도진성은 정중히 예를 표했다.

"이런, 결례를 하고 말았소. 궁주의 신분인 줄은 몰랐소."

"괜찮아요. 요지선궁은 폐쇄되었고 궁도들도 몇 남지 않았어요. 그저 명맥만 잇고 있는 상태이죠."

"알겠소. 한데 잠시 전 전개한 천지무환검법은 언제부터 수련했소?"

"사부님께서 심환전승대법으로 내공과 초식을 고스란히 전수해 주셨어요. 하지만 스스로 수련한 기간은 얼마 되지 않았어요."

사도진성은 수긍이 간 듯 고개를 끄덕였다.

"천지무환검법은 백 년을 수련해도 완벽하게 터득할 수 없는 최고의 검법이오. 심환전승대법 덕분에 요지선자의 심득을 단기간 내에 얻었다면 엄청난 행운이지만, 수련의 한계 때문에 초식을 구사하는 데 결함이 있었던 것 같소."

"결함이요? 맹주도 천지무환검법을 아십니까?"

"내 사부님과 천지성후께서는 검법에 대해 많은 시간을 함께 연구하셨소. 천지무환검법의 삼대절초는 두 분이 함께 창안하신 절기요. 내가 다른 변화는 모르지만 삼대절초에 대해서는 어느 정도 알고 있소. 괜찮다면 추 궁주에게 그 요결을 알려주고 싶소."

"아!"

추가영은 자신의 부족함을 익히 인정하고 있었기에 사도진성의 제안이 너무도 고맙기만 했다. 그녀 혼자 수련하는 데 한계를 느꼈던 참이라 사도진성의 지도는 감로수와 같았다.

그녀는 한쪽 무릎을 꿇으며 공손히 예를 올렸다.

"맹주의 지도에 감사드립니다. 부디 우매한 소녀를 깨우쳐 주십시오."

"하하, 어서 일어나시오."

사도진성은 그녀와 나란히 서며 삼대절초에 대한 구결을 일러주고 맨손으로 초식의 변화를 시전해 주었다.

일검향은 팔짱을 낀 채 묵묵히 지켜보기만 했다.

사도진성이 갑자기 추가영에게 검법을 지도해 주는 이유가 궁금했지만 굳이 개입하고 싶진 않았다. 어떤 의도이든 추가영에게 있어서는 기연과도 같은 행운이었기 때문이다.

추가영은 천지쌍검을 뽑아 들고는 사도진성의 지도에 따라 보법과 신법을 펼치며 한 단계씩 초식을 펼쳤다.

요지선자의 심환전승대법은 단시간에 내공과 심득을 전수해 줄 수 있는 이점이 있지만 심오한 깨달음까지 전달하기에는 무리였다. 요결의 정수는 수련으로 터득해야 하는데 추가영은 독학으로 검법을 연마해야 했기에 부족함이 많았던 것이다.

"차앗!"

사도진성의 지도를 받은 추가영은 신이 난 듯 너울너울 검무를 추듯 삼대절초를 반복해서 연마했다.

지도를 마친 사도진성이 일검향과 어깨를 나란히 하고 섰다. 그는 추가영의 검법 수련을 응시하면서 나직이 말했다.

"검향, 자네와 긴밀한 얘기를 나누고 싶지만 추 소저를 따돌리는 것 같아 검법 요결을 전수해 주었네. 추 소저가 검법을 연마하는 동안은 방해가 되지 않을 테니 허심탄회하게 얘기를 나누세."

일검향은 그의 세심한 배려에 내심 감탄하고 말았다.

'진정 생각이 깊은 사람이로군.'

사도진성은 일검향과 대화를 나누면서도 눈은 추가영의 움직임에 고정시키고 있었다.

"세상은 어떤가?"

"하늘은 맑고 푸르며 대지는 풍요롭소. 한참 가을을 맞이해 농부들이 추수를 하느라 여념이 없소."

일검향의 한가한 답변에 사도진성은 씁쓸한 미소를 지었다.

"천하무림에 대해 말해주게나."

"세상에 낮과 밤이 있듯이 강호무림도 선과 악이 어우러져 있소. 정마의 대결은 무림의 오랜 관행이며, 향후 무림이 유지되는 한 변치 않는 싸움을 계속할 것이오."

"검향 자객, 그렇게 세상을 관조하듯 말하지 말게나. 자객도 무림계의 한 구성원으로 책임을 져야 할 부분이 있네. 천하가 마국의 손아귀에 들어간다면 자객이 존재할 수 없는 세상이 될 것이네."

"천하는 이미 마국의 지배하에 들어갔소. 다만 저들은 강호의 허약함에 실망해 더 이상 영역을 넓히지 않을 뿐이오. 지독한 오만이지만 인정할 수밖에 없는 게 현실이오."

사도진성은 음울한 표정으로 야명주가 박힌 허공을 바라보았다.

"내 책임을 통감하네. 의천맹의 맹주로서 포로가 되었으니 어찌 세상에 낯을 들 수 있겠는가? 내가 죽지 못한 것은 내 책임을 다하지 못했기 때문일세. 자네가 사문의 명예를 중시하듯 나 역시 무선의 문하생으로 긍지를 지니고 있네. 사부님께서 기초를 닦아놓은 의천맹이기에 은천마국과의 대결에 신중을 기했어야 했는데 경솔함 때문에 이런 신세가 되고 말았네."

"맹주의 절대쾌검은 무적이오. 태상전 마상들이 마신이 아닌 인간이
라면 누구도 맹주의 쾌검을 감당할 수 없을 거요. 한데 왜 저들과 대결
하지 않는 거요?"

"난 사악한 대법에 걸려 있네. 저들은 그동안 내 공력을 완전히 제
압해 두었네. 이번 대결을 위해 잠시 오성 정도의 공력만 해제시켜 준
상태일세."

일검향은 사도진성의 경이적인 무공에 또 한 번 놀라고 말았다.

'단지 오성의 공력만으로 날 상대했단 말인가? 만일 이 사람이 자유
로운 몸이었지만 난 절대 상대가 되지 못했을 것이다.'

사도진성은 열심히 검법을 연마하는 추가영을 바라보며 빙그레 미
소를 지었다.

"뛰어난 자질과 오성을 지닌 여인이로군. 요지선자가 훌륭한 제자를
두었어."

그는 일검향에게 시선을 돌렸다.

"죽음의 마역에 함께 뛰어들 정도면 아주 가까운 관계겠군."

"연인 사이오. 가영은 내가 자객이기에 그 이상 밀접한 관계가 될
수 없다고 했소."

"자객을 사랑할 수 있는 여인은 극히 드물지. 자네와는 천생연분인
것 같군."

"그렇소. 정말 좋은 동료이며 사랑스런 여인이오. 솔직히 내게 과분
하다고 생각하오."

사도진성은 호의적인 눈빛으로 추가영을 바라보았다.

"소채 사매가 자네 얘기를 많이 했네. 단 하룻밤의 만남이지만 사매
는 평생 잊지 못할 추억을 가슴에 담고 살았지. 자네는 사매를 잊었는

지 모르지만."

"……."

"사매는 자네가 자객이 되지 않기를 수없이 기원했네. 훌륭한 사문을 찾아 의협이 되어 원수를 갚고 세상의 영웅이 되기를 바랐지."

일검향은 감소채를 떠올리며 말을 받았다.

"난 천예사원이라는 훌륭한 사문을 찾았소. 내 사부님은 자객이 살인병기가 아니라 인간임을 강조하셨소. 자객에 대한 편견은 버리시오."

"이런, 그리하겠네. 자네를 대하고 자객에 대한 나의 편견이 얼마나 잘못됐는지 다시 생각하게 되었네."

사도진성은 천천히 걸음을 옮기면서 화제를 돌렸다.

"검향, 소채 사매가 마국에 잠입해 있는 것이 사실인가?"

"내 눈으로 확인하지는 못했소. 하지만 교교의 말이 사실이라면 침투한 것이 확실하오. 태상전에서 그녀를 추적하고는 있지만 아직 찾아내지 못한 것 같소."

"자네에게 한 가지 제안을 하겠네."

그는 작은 바위 위에 걸터앉으며 추가영에게로 시선을 고정시켰다.

"자네가 태상전의 마상들보다 먼저 사매를 찾아내게. 나에 대한 구출을 포기하라 이르고 마국 밖으로 안전하게 데려다 주게. 이미 마국의 실체를 모두 보았을 테니 사매라면 마국을 격파할 복안을 세울 수 있을 것이네."

"태상전이 목전이오. 난 놈들을 모두 죽여 복수할 때까지 마국을 떠날 수 없소."

"내 얘기를 마저 듣게. 칠대마상 중에서 총상은 절대 죽여서는 안

되네. 또한 자네의 능력으로는 지금 태상전에 침투해도 척살을 장담할 수 없네. 그들은 이미 만반의 준비를 갖추고 있는 상태이니까.”

사도진성은 반박하려는 그를 제지하며 말을 계속했다.

“소채 사매는 백도의 마지막 희망일세. 그녀마저 마국에 잡히면 의천맹은 와해될 것이며, 무림천하는 오랜 세월을 광명을 보지 못하게 될 것이네. 물론 자네는 자신과 무관한 일이라 말하겠지만, 지금 마상들과 무모한 대결을 벌이는 것에 비하면 훨씬 현명한 방법일세.”

“사도 맹주, 자객은 항상 무모하오. 그리고 그 무모한 척살을 성공시켜야만 진정한 자객이라 할 수 있소. 적어도 칠대마상 중 절반은 내 손에 죽게 될 것이오.”

“그래서 자네가 얻을 수 있는 게 뭔가? 사문을 위한 명예로운 죽음인가? 아니야. 원수를 갚지 못한 회한만 남게 될 것이네.”

사도진성은 진지한 눈빛으로 그를 직시했다.

“자네의 동문 선배들을 구하고 싶지 않은가?”

“……!”

“자네 동문들 역시 세상에 드문 특급 자객들일세. 둘이 협력한다면 마상 한 명 정도는 상대할 수 있을 정도이지. 물론 살아서 마국을 탈출한다면 말일세.”

일검향은 맥이 탁, 풀렸다. 결코 거부할 수 없는 제안이었다.

태상전의 마상들 모두를 죽이는 것보다 갑영과 을화를 구출하는 것이 그에게는 더욱 중요했다. 칠대마상은 훗날에라도 죽일 수 있지만 갑영과 을화가 유명옥으로 떨어진다면 절망이었다.

그는 창비의 비참한 모습을 떠올리며 진저리를 쳤다.

‘안 돼! 형님과 누님을 구해야 한다!’

지그시 입술을 깨문 그는 사도진성의 제안을 수용했다.

"그들을 구할 자신은 있소?"

"오로지 나만 가능한 일일세. 오히려 자네가 소채 사매를 찾아낼 수 있을지가 걱정이네."

"내가 책임져야 할 문제라면 어떻게든 해결할 자신이 있소."

"그럼 서로 합의가 된 셈이군."

사도진성은 자리를 털고 일어서며 일검향의 손을 쥐었다.

"소채 사매를 부탁하네. 천맹무선 사문의 명맥이 끊어져서는 안 되니까."

타협을 마친 그는 검법을 연마하고 있는 추가영에게 다가서며 낭랑히 외쳤다.

"추 궁주, 천지무환검법은 천지쌍검의 조화를 얼마나 깨우치느냐에 따라 그 위력이 달라지는 거요. 천기(天氣)는 유하고 지기(地氣)는 강하니 그 힘을 다스려야만 천지 조화를 연성할 수 있소. 보법과 신법은 충분하니 이제 검극에 마음을 실으시오."

추가영은 그의 지침을 곧바로 이해하고는 진기의 운용을 바꾸었다. 지나친 패(覇)를 경계하고 변화와 부드러움으로 조화를 이루는 데 정신을 집중했다.

일검향은 대화를 나누는 외중에도 추가영의 수련을 정확히 파악한 사도진성의 뛰어난 안목에 또 한 번 감탄하고 말았다.

잠시 추가영의 수련을 지켜보던 사도진성이 발걸음을 돌려 일검향에게 다가섰다.

"한 가지 부탁이 있네."

"말씀하시오."

“무검파천황은 사부님께서 평생 연구하셨던 절기일세. 내가 이 정도라도 무검파천황을 전개할 수 있는 것은 사부님께서 남긴 구결 덕분일세. 내가 의천맹으로 귀환하지 못한다면 사장될 것이기에 너무 아깝네. 자네가 대신 사매에게 전해주었으면 하네.”

“……”

일검향은 그의 깊은 배려에 감동하지 않을 수 없었다.

무검파천황은 쾌검의 전설로 불리는 불세출의 절기이다. 사도진성은 그것을 자신에게 전수하려는 의도를 지녔지만 혹시 자신의 자존심을 상하게 할 우려가 있어 우회적으로 감소채를 끌어들였다. 감소채 역시 천맹무선의 제자로서 무검파천황의 구결을 모를 리 없을 것이다.

사도진성 역시 일검향이 자신의 심중을 간파했다는 것을 알았지만 끝내 절기 전수에 대한 의도를 드러내지 않았다.

“구결은 모두 마흔아홉 개의 글자로 길지 않네. 자네는 쾌검에 관한 한 전문가이기에 쉽게 이해할 수 있을 것일세.”

그는 구결을 불러주고는 한 대목씩 상세하게 해석해 주었다.

일검향은 묵묵히 그의 설명을 들었다. 예상치 못하게 불세출의 절기를 터득하는 기연을 만나게 되었지만 상대가 전혀 내색을 하지 않기에 자신 역시 표현을 자제할 수밖에 없었다.

“사매는 여인의 몸이라 쾌검에 다소 약하니 이런 면에서 주의해야 하네.”

사도진성은 마치 감소채를 위한 배려인 듯 무검파천황을 펼치는 데 명심해야 할 사소한 부분까지 설명해 주었다. 덕분에 일검향은 쾌검에 대한 새로운 세계를 접할 수 있게 되었다.

무검파천황은 그가 여태 추구해 왔던 극쾌의 수법과는 차원이 다른 절기였다. 비록 검을 손에 쥐었지만 손으로 검법을 펼치는 것이 아니라 마음으로 검법을 펼치는 심검(心劍)의 기초 단계가 바로 무검파천황이었던 것이다.

일검향이 기본적인 진기 운용을 터득하자 사도진성은 동산 중턱을 가리켰다.

"지금은 어두워서 보이지 않지만 중턱에 낮은 벼랑이 형성돼 있네. 거리는 대략 삼십 장 정도일세. 내가 처음 무검파천황을 터득하고 호기에 젖어 검극으로 글씨를 새겨두었네."

야명주에 의한 별은 암회색 허공을 밝힐 뿐 지상까지 그 빛이 미치지 못해 동산은 그저 어슴푸레 보일 뿐이었다. 한데 일검향은 범황천안술로 어둠을 꿰뚫어 보고는 고개를 끄덕였네.

"분명 무검(無劍), 두 글자가 새겨져 있소."

사도진성은 경이에 찬 표정으로 웃음을 지었다.

"하하, 신안까지 지녔을 줄은 몰랐네. 자네 말대로 무검, 두 글자가 새겨져 있네. 자네도 한번 연습 삼아 그 옆에 파천황이란 세 글자를 새겨보게나."

"내 능력으로는 불가한 일이오. 무려 삼십 장이나 떨어져 있는 곳에 어떻게 글자를 새길 수 있단 말이오?"

"나 같은 둔재도 글자를 새겼네. 자네는 나보다 훨씬 뛰어난 오성과 근골을 지닌 기재일세. 분명 성공할 것이네."

"난 평범한 사람이오. 맹주야말로 천하기재가 아니오?"

"하하, 우리 공치사는 그만 하기로 하세. 내 잠시 다녀올 곳이 있으니 그동안 구결을 좀 더 연구하도록 하게나."

일검향은 본능적으로 불길함에 젖었다.

"맹주는 금라원에 묶여 있는 몸이라 하지 않았소?"

사도진성은 어둠으로 둘러싸여 있는 주변을 쓸어보았다.

"금라마관은 은마계와 태상전을 연결하는 유일한 통로로, 천지묘현대환마진이라는 신기한 마법진이 펼쳐져 있네. 통로에는 칠대마상의 전각과 이어지는 칠마로가 깔려 있는데, 한번 색깔을 선택하면 중도에는 바꿀 수가 없지."

"나도 그렇게 알고 있는데 총상각에 이르지 못하고 이곳 금마원으로 떨어지게 되었소."

"그것은 귀상이 대환마진을 약간 변형시켰기 때문일세. 자네의 두 동문 선배와 자네의 침투에 대비해 침입자가 어떤 길을 택하든 금라마관의 중간에 위치한 이곳 금마원에 이르도록 진세를 바꿔놓은 것일세."

일검향은 비로소 자신과 추가영이 왜 금마원에 당도하게 되었는지 이해가 되었다.

"세상에 이런 마법진이 있는 줄은 몰랐소."

"칠대마상은 태상전에서 세상을 굽어보다 보니 스스로 마신이라도 된 듯 착각에 빠져 있네. 그래서 가당치 않게도 신성함에 젖어 태상전을 별개의 세상처럼 생각하고 있지. 그들은 은마계까지는 몰라도 태상전의 침범은 절대적으로 용납지 않네. 천지묘현대환마진은 그런 의도에서 설치되었기에 자네가 통과할 수 없었던 것일세."

"전설의 쾌검을 터득한 맹주도 파훼법을 모른단 말이오?"

사도진성은 그늘진 표정으로 고개를 저었다.

"귀상이란 자를 아직 만나 본 적은 없지만 귀계와 천재적 지략의 소유자라 들었네. 천지묘현대환마진은 내가 파훼할 수 있는 진법이 아닐세."

그는 여전히 검법 수련에 몰두해 있는 추가영을 힐끗 보고는 걸음을 옮겼다.

"난 자네들이 금마원에서 다시 은마계로 나갈 출로를 열어주려는 것일세. 오래 걸리지 않을 테니 자네는 파천황, 세 글자를 새기고 있게나."

시냇가로 향하는 완만한 비탈길을 내려간 그는 이내 어둠 속으로 사라져 버렸다.

일검향은 다소 석연치 않았지만 너무도 태연한 걸음걸이라 의혹과 불안을 해소했다. 어둠 속의 동산을 향해 돌아선 그는 자청검을 어깨에 걸쳤다.

무검파천황은 어떤 자세에서도 불가사의한 쾌검을 전개할 수 있지만 검을 어깨 위에 올려놓은 것이 가장 안정된 자세였다.

그는 사도진성이 그랬던 것처럼 눈을 반개한 채 화두를 돌리는 선승처럼 부동자세를 취했다. 무념무상의 마음가짐이 중요했다. 무검파천황은 심검에 이르는 초보 단계이기에 진기 운용부터가 달랐다.

천불성승의 금마오절기에 이어 또 하나의 절기인 무검파천황.

두 가지 절예 모두 그가 전혀 예상치 못한 상황에서 운명적으로 주어졌다. 단순한 행운이라 하기에는 너무 엄청난 기연이었다. 그러나 주어진 기연에는 반드시 책임이 따르는 법이다.

그가 자객이든 무림영웅이든 적어도 그 책임은 완수해야 한다. 그것이 바로 무림인으로서의 운명인 것이다.

第59章

슬퍼할 수 없는 죽음

일곱 개의 전각으로 둘러싸인 태상전은 밤이 깊어도 여전히 밝게 빛
나고 있었다.

일곱 빛깔 대리석 벽돌로 쌓아올린 반구형 의사청은 유등의 불빛을
받아 신비로움을 더했고, 저마다 독특한 색을 자랑하는 칠대마상들의
전각 역시 화려함을 자랑하고 있었다.

귀상각은 온통 검은색과 흰색으로만 채색돼 있어 검은색 기둥 위에
걸린 유등은 마치 허공에 둥실 떠 있는 듯 귀기스런 분위기를 연출해
주었다.

귀상은 해가 저물고 사위가 어두워져야 더욱 정신이 맑아지고 기력
이 회복된다. 체질상 밤 도깨비였기에 그의 업무 처리는 대부분 밤에
이루어진다.

귀상은 집무실의 책상 위에 가득한 보고서와 결재 서류를 하나씩 검

토하며 밤참 삼아 교자를 맛있게 먹고 있었다.

교교는 책상 옆에 서서 조용히 먹을 갈고 있었다.

귀상의 돈독한 신임을 받게 되면서 그녀는 하녀처럼 부복한 채 대기하지 않아도 되었다. 눈치 빠르게 그의 수발을 들다가도 보고서에 대한 의문이 제기되면 조언을 아끼지 않는다. 이제 혈마공이나 금마장이 귀상을 접견하려면 그녀의 허락부터 받아야 할 정도였다.

교교는 귀상이 교자를 말끔히 비우자 공손히 물었다.

"더 올릴까요, 사부님?"

"이번 교자는 네가 빚었느냐?"

"네, 사부님."

"솜씨가 좋구나."

"감사하옵니다, 사부님."

귀상의 칭찬에 교교는 입이 헤벌어졌다.

'훗, 춘추봉 시절 계도천살에게 요리를 배워둔 보람이 있군.'

한데 귀상은 차를 한 모금 마시며 건조한 음성으로 말을 이었다.

"교자는 모양보다 소가 중요한 법이다. 너는 교자를 예쁘게 빚는 방법만 알았지 맛있게 만드는 방법을 모른다. 그것은 너의 요리 실력이 부족해서가 아니라 심성이 부족해서이다."

일순 교교의 안색이 해쓱해졌다. 그녀는 털썩 무릎을 꿇으며 고개를 조아렸다.

"송구하옵니다, 사부님. 부족한 저를 꾸짖어주십시오."

"난 담백한 맛을 좋아한다. 달아서도 안 되고 짜서도 안 되고 매워서도 안 된다. 그러나 맛은 있어야 한다. 담백한 맛은 여간해서 제대로 내기가 힘들지. 넌 그저 싱거웠을 뿐이다."

"며, 명심하겠습니다."

교교는 황송한 심정에 연신 구슬땀을 흘렸다. 칭찬과 신임을 받으려다 공연히 면박만 당하게 된 것이다.

귀상은 결재 서류에 서명을 하다가 지나가는 투로 물었다.

"네 동문이었던 갑영과 을화가 제압돼 태상전 뇌옥에 투옥되었다는 얘기는 들었느냐?"

"잠시 전에야 들었습니다."

"녀석들이 천사명왕의 수제자라 해도 사도진성의 상대는 될 수 없지. 이미 전설의 쾌검을 터득한 그는 당대제일이라 해도 과언이 아니다."

귀상은 교교에게 붓을 건넸다.

"한데 말이다, 총상이 사도진성과 은밀하게 독대를 했다. 대다수 마상들이 그 사실을 알고 있는 데도 그는 이번 회의에서 그 내용을 전혀 밝히지 않았어. 대체 무슨 얘기를 나눈 것일까?"

붓에 먹물을 묻히는 교교의 손이 가늘게 떨린다.

귀상의 물음은 언제나 시험이다. 그는 은천마국뿐만 아니라 세상의 모든 일을 거의 알고 있는 사람이다. 그런 그가 정말 몰라서 아랫사람에게 하문하는 경우는 거의 없다.

교교는 마른침을 꿀꺽 삼키며 빠르게 생각을 굴렸다.

귀상이 하문하면 어떤 경우에도 자신의 의견을 피력해야 한다. 모르겠다는 답변은 최악의 결과를 가져다준다. 단 한 번의 과오로 하루아침에 유명옥으로 떨어지는 게 태상전에 종사하는 자들의 운명이었다.

교교가 조심스런 어조로 대답했다.

“총상께서는 일검향을 제압할 방법을 심각하게 논의했을 것입니다.”

“흐음, 사도진성의 무공으로도 어렵다고 생각했단 말이냐?”

“사도진성이 전설의 쾌검을 터득했다면 확실히 무공 면에서는 앞섭니다. 하지만 공력이 제압된 상태이기에 그는 절세적 절기를 지니고도 패할 가능성이 있습니다. 더군다나 일검향은 천불성승의 절기를 전수받은 당대 최고의 자객입니다. 그의 무서움은 어떤 상대라도 죽일 수 있다는 데 있습니다.”

귀상은 냉랭한 미소를 흘렸다.

“크훗, 너도 천예사원 출신이라고 놈을 과대평가하는 것 아니냐?”

“아닙니다, 사부님. 저는 일검향과 세 번을 겨뤄봤습니다. 어찌 된 연유인지 그는 갈수록 강해지고 있습니다. 만일 그가 태상전까지 침투한다면…….”

“말해라.”

“외람되오나 사부님께서는 대적을 삼가고 피신하셔야 할 것입니다.”

“발칙한 년! 날더러 도주하란 말이냐?”

귀상의 엄한 눈빛에 교교는 황급히 고개를 조아렸다.

“송구하옵니다, 사부님.”

귀상은 자리에서 일어서며 천천히 실내를 걸었다.

“아니다. 놈이 만일 태상전까지 침투한다면 네 말대로 피신하는 것이 상책이다. 하지만 그럴 가능성은 전혀 없다. 천지묘현대환마진이 펼쳐진 금라마관을 절대 통과할 수 없을 테니까.”

“그렇다면 안심입니다.”

“교교야, 네 판단으로 과연 누가 이길 것 같으냐?”

교교는 일말의 주저함도 없이 대답했다.

"일검향입니다."

"이유는?"

"저는 사도진성에 대해 잘 모릅니다. 그가 터득했다는 무검파천황의 위력에 대해서도 알지 못합니다. 하지만 일검향에 대해서는 누구보다 잘 알고 있습니다. 그는 자객입니다. 자객은 어떤 고수와도 겨룰 수 있고, 그 결과는 예측하기 힘듭니다. 게다가 그는 소림 참회동과 영천왕부까지 침투해서 탈출한 자객입니다. 저는 그가 패할 것이라는 생각은 전혀 할 수가 없습니다."

귀상은 희미하게 고개를 끄덕이고는 화제를 돌렸다.

"얘기가 조금 빗나갔구나. 총상이 정말 일검향을 제압하는 방법을 논의하고자 사도진성과 독대했단 말이냐?"

그가 다시 질문의 핵심을 찔러오자 교교는 난감해졌다.

사실 그녀는 마땅한 답변을 댈 수가 없어 일검향을 제압하기 위한 논의라는 회피성 답변으로 넘어가려 한 것이다. 하지만 귀상에게 그런 잔머리는 통하지 않았다.

'모르겠다는 말을 할 수는 없다. 어떻게든 귀상이 관심을 가질 만한 답변을 생각해야 돼!'

그녀는 잠시 고민하다가 실로 엄청난 추측을 제시했다.

"총상께서는 사도진성에게 일검향의 역량을 시험해 보라는 지시를 내렸을 것입니다. 만일 사도진성마저 그를 제압할 수 없다면, 총상은 그를 태상전으로 끌어들일 계획을 세웠을 것입니다."

귀상은 어처구니가 없는 듯 교교를 물끄러미 바라보았다.

"놈을 끌어들여서 어쩌겠다는 거냐?"

“마상들을 척살토록 유도할 것입니다. 그래야 단독으로 은천마국을 장악할 수 있으니까요.”

“크흣, 재미있는 추론이구나?”

귀상은 싸늘한 냉소를 흘리며 그녀의 앞으로 다가섰다.

“그러나 네년은 큰 실수를 했다. 총상의 존엄성을 훼손했으니 그 죄가 결코 가볍지 않다. 내가 너를 총상과 대면시킨다면, 그 앞에서도 과연 지금 네가 한 말을 자신있게 내뱉을 수 있겠느냐?”

“사, 사부님……?”

“만일 네가 말할 수 없다면 감히 날 농락한 죄로 너를 처단할 것이다.”

귀상의 세모꼴 눈에서 섬뜩한 살기가 발출되었다.

교교는 턱을 달달 떨었다.

그녀의 기구한 운명에 또 한 번 위기가 찾아온 것이다. 냉철한 판단이 중요했다. 말 한마디 실수했다가는 유명십팔옥에서 참혹한 고통을 당하다 죽게 될 상황이었다.

그녀는 마음을 독하게 먹고 자신의 추측을 강하게 밀어붙였다.

“총상께서는 특별한 신분입니다. 처음에는 은천마국의 광대한 세상을 진귀한 볼거리로 생각했겠지만 이제는 권태로울 만큼 싫증을 느끼고 계십니다. 하지만 너무도 커져 버린 마국이기에 독단으로 해체할 수도 없는 상황입니다. 그런 총상의 입장에서 일검향 같은 최고의 자객은 아주 바람직한 지원군일 수 있습니다.”

그녀는 잠시 말을 끊고 귀상의 반응을 살폈다.

귀상은 세모꼴 눈을 가늘게 뜬 채 자신을 직시하고 있었다. 워낙 냉혹한 눈빛이기에 속내를 측정할 수는 없지만 자신의 말을 막을 의도는 없어 보였다.

그녀는 또렷한 어조로 말을 이었다.

"총상은 일검향의 복수심을 이용해 마상들을 하나씩 제거할 계획으로 사도진성과 모종의 합의를 했을 것입니다."

귀상은 칼날 같은 어조로 물었다.

"너도 잘 알다시피 일검향은 천예사원의 자객이다. 놈들은 워낙 고집스러워 절대 협력하지 않는다. 총상이 과연 무슨 수로 놈을 회유할 수 있겠느냐?"

"일검향은 자객 중에서도 변종입니다. 풍부한 감성과 냉철함을 동시에 지니고 있는 자입니다. 사부님의 말씀대로 그는 어떤 협박에도 굴복하지 않고, 어떤 회유에도 넘어가지 않습니다. 하지만 그의 목숨이 아니라 타인의 목숨이 걸렸다면 얘기가 달라집니다."

"타인의 목숨?"

"갑영과 을화의 목숨을 담보로 삼는다면 일검향도 타협할 수밖에 없습니다. 그럼으로써 총상은 자신을 제외한 모든 마상들을 제거할 수 있는 살인병기를 손에 넣을 수 있습니다."

그녀의 엄청난 추측을 모두 들은 귀상은 몸을 돌리며 기괴한 웃음을 터뜨렸다.

"크하핫!"

교교는 그 웃음의 의미를 파악할 수 없었다.

만일 그녀의 추측이 너무 얼토당토않은 비약으로 간주된다면 그녀는 유명옥으로 떨어지게 된다. 생각만 해도 끔찍한 일이며 차라리 혀를 깨물고 자결을 택할 것이다.

그러나 그녀는 자신의 추측에 어느 정도 확신을 갖고 있었다.

그녀의 추측은 단지 위기를 모면하기 위한 즉흥적인 발상에서 나온 것이 아니었다. 태상전에서 지내는 동안 얻은 정보와 귀상을 수행하면서 직접 본 총상과 다른 마상들과의 마찰을 감안하면 아주 근거없는 추측은 아니었던 것이다.

'다소 과장일 수 있지만 터무니없는 추측은 아니다.'

그녀는 바싹 긴장된 눈빛으로 귀상의 판결을 기다렸다.

귀상은 집무 의자에 앉으며 그녀를 호출했다.

"다가오너라."

"예, 사부님."

교교는 무릎걸음으로 귀상의 앞으로 다가갔다.

귀상은 긴 손톱으로 교교의 미간을 찍었다. 손톱은 콧등을 타고 천천히 흘러내렸다.

"네년의 머리를 쪼개 그 속에 든 것을 보고 싶구나."

"사, 사부님……?"

"네 자객명이 교교라 했지? 과연 천사명왕은 뛰어난 안목을 지녔다. 너의 교활함을 깊이 파악해 교활하고 또 교활하다는 자객명을 지어주었으니 말이다."

귀상은 그녀의 턱을 받쳐 들고는 음침한 어조로 말을 이었다.

"방금 네가 내뱉은 말을 절대 발설해서는 안 된다. 너 스스로도 잊어라. 무슨 말인지 알겠느냐?"

교교는 자신의 추측이 적중했음을 확신할 수 있었다. 또다시 위기를 모면한 것이다.

그녀는 절로 쏟아지려는 눈물을 애써 참았다.

"명심하겠습니다, 사부님."

“가서 쉬어도 좋다. 새벽에 들거라.”

“예, 사부님.”

교교는 공손히 고개를 조아렸다. 위기를 넘기고 더욱 깊은 신임을 얻었다는 생각에 피가 뜨거워졌다.

‘난 반드시 살아남겠어!’

그녀는 깊이 허리를 굽히고는 뒷걸음질로 단하로 내려섰다.

한데 이때였다.

퍼―퍼펑!

요란한 폭음과 함께 소란스런 함성이 의사청 방향에서 들려왔다. 태상전 내에서 있을 수 없는 변괴였다.

깜짝 놀란 교교가 귀상을 돌아보았다.

“사부님……?”

귀상은 두루마리를 펼쳐 태연하게 보고서를 읽었다.

“잠시 더 머물러 있거라.”

곧바로 문밖에서 호위금마장의 음성이 들려왔다.

“귀상께 아룁니다.”

귀상이 턱짓을 보내자 교교가 문을 열어주었다.

“무슨 일이냐?”

호위금마장이 집무실로 들어서며 한쪽 무릎을 꿇었다.

“태상전 뇌옥이 침범당했습니다.”

“몇 놈이냐?”

“한 명입니다. 발칙하게도 금라원주가 반기를 들었습니다.”

금라원주는 사도진성을 말한다. 그는 마국 내에서 금라마관을 지키는 금라원주로 대우받고 있던 것이다.

교교는 경악을 금치 못했지만 귀상은 무심한 표정으로 보고서에 서명을 했다.

"무슨 목적이더냐?"

"태상전 뇌옥으로 뛰어들어 앞서 투옥된 두 명의 자객을 빼냈습니다."

"왜 막지 못했느냐?"

호위금마장은 바싹 목을 움츠렸다.

"세 분의 혈마공을 비롯한 다수의 금마장들이 놈의 검에 쓰러졌습니다. 보이지도 않고 소리도 들리지 않는 무형무음의 검이기에 놈을 저지할 방법이 없었습니다."

"마상들 중 누가 나섰느냐?"

"혈상과 잔상이십니다."

"알겠다."

비로소 결재를 마친 귀상이 자리에서 일어섰다.

그는 옥홀을 손에 쥐고 교교를 대동해 천천히 귀상각을 나섰다. 각 마상들의 전각에서 태상전 의사청에 이르기 위해서는 긴 회랑을 거쳐야 한다. 회랑은 지붕이 씌워진 복도이기에 비가 오거나 눈이 와도 옷에 물 한 점 적시지 않을 수 있다.

들려오는 폭음은 조금씩 멀어지고 있었다.

태상전 칠대마상의 거처에는 무공을 전혀 모르는 하인과 하녀들이 다수 있을 뿐 경비를 서는 마인들이 많지 않았다.

태상전을 줄입할 수 있는 신분이 최하 금마장 급 이상이기에 상수하는 호위대는 삼십여 명에 불과하다. 물론 그들의 무공은 하나같이 절정급 이상이기에 더 많은 호위대는 필요가 없었다. 더군다나 그 어떤 침입자도 침투할 수 없다는 태상전이 아니던가?

교교가 폭음 소리를 헤아리고는 조심스럽게 아뢰었다.

"뇌옥의 방어망이 뚫린 것 같습니다."

"당연하다. 누가 사도진성의 무검파천황을 막아낼 수 있겠느냐?"

"혈상과 잔상이 나섰다고 하지 않았습니까?"

"총상이 사도진성의 공력을 얼마나 회복시켜 주었는지가 관건이다. 칠성 정도라면 대등한 싸움이 되겠지만 그 이상이라면 혈상과 잔상이라도 놈의 적수가 될 수 없다."

교교는 내심 경악을 금치 못했다.

"사도진성의 무공 수위가 그 정도란 말입니까?"

"명색이 천맹무선의 직전제자가 아니더냐? 더군다나 무검파천황을 터득했기에 상대하기가 정말 까다롭다. 만일 놈이 온전한 몸이라면 국주 외에는 누구도 적수가 되지 못할 것이다."

태상전 분수대 광장은 흉물스럽게 파헤쳐져 있었다.

싸움이 종료된 듯 금마장들이 죽은 동료와 혈마공의 시체를 옮기는 중이었다. 훼손된 기물과 조경수를 처리하는 일손도 바빴다.

온통 핏빛 일색인 혈상이 뒷짐을 진 채 서 있었다.

핏빛 장포의 여러 곳이 베어진 것으로 미루어 한바탕 격전을 치른 듯싶었다. 멀리 어둠을 직시하는 그의 붉은 눈에 무시무시한 광기가 번득이고 있었다.

귀상은 혈상을 훑어보고는 무심한 어조로 물었다.

"부상을 당했는가?"

"대수롭지 않소."

"그렇지가 않네. 무검파천황은 심검에 버금가는 전설의 쾌검일세.

단순한 외상이 아니라 내상을 경계해야 하네."

"알고 있소."

혈상은 퉁명스럽게 응수하고는 교교를 직시했다. 교교가 황급히 예를 올리자 그는 다시 귀상에게 눈길을 돌렸다.

"대체 어찌 된 일이오? 귀상이 자부하던 천지묘현대환마진이 파훼된 것이 아니오?"

"아직 진세를 점검해 보지 않아 판단할 수 없네. 한데 총상은 납셨는가?"

"아니오. 사도진성이 끝내 반기를 들었다는 보고를 접하고는 아예 총상각에서 나서지도 않았소. 율법에 따라 처리하라는 지시만 내렸소."

귀상은 멀리서 들려오는 폭음 소리에 귀를 기울였다.

"놈은 잔상과 대결 중인가?"

혈상은 자신의 손으로 사도진성을 제압하지 못했기에 몹시 자존심이 상한 모습이었다.

"흥, 나와의 대결에서 중상을 입었지만 잔상 따위에게 제압될 놈이 아니오."

그는 냉소를 치고는 혈상각 쪽으로 걸음을 옮겼다.

귀상은 교교와 함께 폭음이 들려오는 격전장으로 향했다.

"어떻게 진세가 파훼됐는지 궁금하군. 태상전으로 향하는 칠마로를 모두 금라원으로 연결시켜 두었는데 말이다."

"사부님, 괜찮겠습니까? 혈상조차 제압하지 못할 자라면……."

"괜찮다. 잔상의 마공은 지극히 패도적이지만 단 삼 합만 겨룬다는 원칙이 있다. 방금 세 번째 폭음이 터졌으니 이미 승부는 끝났다."

"삼 합만 겨룬다고요?"

"그래, 그것이 잔상의 오만한 규칙이다."

그들이 당도한 곳은 일곱 색깔 기둥이 둘러져 있는 광장이었다. 잘 다듬어진 대리석 석판은 절반이나 파괴된 채 사위에 널려 있었다.

석판더미를 밟고 있는 노인은 온통 푸른색 일색이었다. 푸른 장포를 걸쳤는데 머리카락과 얼굴색까지 푸르렀다. 그가 바로 칠대마상 중 한 명인 잔상(殘相)이었다.

그는 애꾸에 외팔이, 외다리라는 지독한 삼불구의 몸이었다.

그가 그런 몸으로 칠대마상에 올랐다는 것은 지극히 냉엄한 성격과 가공할 마공 덕분이었다. 그의 무공 수위는 총상을 제외하면 혈상과 버금갈 만큼 막강했다.

잔상은 심하게 베어진 자신의 장포를 내려다보고 있었다.

"젠장, 어떻게 이럴 수 있단 말인가?"

귀상이 다가서며 위로를 보냈다.

"상대는 쾌검의 전설이라는 무검파천황을 터득한 놈일세. 게다가 천맹무선의 절기까지 수련했지. 비록 내공이 완벽하게 회복되지는 않았어도 백도제일의 고수로서 손색이 없는 자일세."

위로라기보다는 조롱에 가까웠다.

잔상의 독목은 인간의 눈빛이라기보다 야수의 흉포한 눈빛에 가까웠다.

"왜 이제야 오는 건가? 대마환진인가 마법진인가 하는 것은 자네 소관이 아닌가? 진작 당도해 놈의 퇴로를 막았어야지?"

"궁한 쥐는 고양이를 무는 법일세. 만일 그의 퇴로를 차단했다면 자네는 지금 이 자리에 서 있지 못했을 것이네."

“흥, 어서 진세를 해소하게. 내 놈을 추적해 마저 숨통을 끊겠네.”

귀상은 일곱 색깔 기둥을 쓸어보며 말을 받았다.

“자네는 이미 스스로 규칙으로 정한 삼 합을 모두 겨뤘지 않은가?”

“내 규칙은 일견삼전(一見三戰)일세. 놈이 달아났으니 다시 만나면 삼 합을 겨룰 수 있어.”

“그전에 내상부터 치유하게. 무검파천황에 의한 검상에 경락을 다칠 수도 있어.”

잔상은 오기 때문에 애써 부상을 무시했다.

“그따위 검기로 어찌 내 천잔마강(天殘魔罡)을 파훼할 수 있겠는 가?”

“혈상도 치유하기 위해 자신의 전각으로 돌아갔네.”

“혈상이?”

잔상은 혈상과 묘한 경쟁 관계로 대립하는 중이었다. 혈상이 상처를 치유하기 위해 물러섰다면 자신이 굳이 고집을 부릴 이유가 없었다. 내상으로 인한 피해는 오히려 그의 무공을 저하시킬 뿐이기 때문이다.

우수수!

잔상의 모습이 모래알처럼 부서지며 사라졌다. 비록 다리가 하나뿐 이지만 기괴한 신법은 타의 추종을 불허할 정도였다.

교교는 잔상의 신기한 절기에 눈을 동그랗게 떴다.

‘맙소사, 세상에 저런 신법이 다 있었단 말인가?’

귀상은 일곱 개의 기둥을 향해 천천히 다가섰다.

“잔상이 비록 늙고 추하지만 아직 계집을 밝히는 편이다. 네 미색이 라면 잔상의 신법절기인 풍사잔영표(風沙殘影飄) 한 가지는 배울 수 있 을 것이다.”

대번에 속내를 들킨 교교의 양 볼이 붉게 달아올랐다. 자신이 매춘부로 전락한 것만 같아 부끄러웠지만 가슴 한편으로는 절기에 대한 욕심이 무럭무럭 피어올랐다.

'어차피 귀하게 여길 몸뚱이도 아니다. 절기를 수련할 수 있다면 영혼이라도 팔겠다.'

일곱 색깔의 기둥 중 금색 기둥이 크게 기울어져 있었다. 바닥으로 일곱 색깔의 돌들이 흩어져 있는데 그중 금색 돌이 가장 많았다.

귀상은 기둥을 하나씩 매만지며 진세를 점검했다.

"내가 설치한 천지묘현대환마진은 과거 귀곡선인(鬼谷仙人)에 의해 창안된 마법진이다. 역팔괘와 반구궁이 혼합된 진법이기에 진법의 원리를 알기 전에는 누구도 파훼할 수 없다."

"하지만… 사도진성은 태상전으로 침투하지 않았습니까?"

"아마 자신의 목숨을 걸었을 것이다. 천지묘현대환마진을 강제로 돌파하려 공격을 펼치면 그 공세는 고스란히 자신에게 돌아온다. 사도진성은 자신이 펼친 무검파천황에 적중되었을 것이다. 그 순간에 진세에 변화가 일어났고, 생문을 찾아 나온 것이다."

교교는 일곱 개의 기둥을 두루 살펴보았지만 자신의 안목으로는 어떤 변화도 읽을 수 없었다.

귀상은 금색 기둥을 바로 세우고 흩어진 돌을 각 기둥의 하단과 연결시켜 놓았다.

"교교, 네 생각에는 왜 사도진성이 목숨을 걸면서까지 갑영과 을화를 구출해서 데려갔다고 생각하느냐? 자신이 앞서 제압한 자객을 말이다. 조금은 이해가 되지 않아."

교교는 또다시 어려운 시험을 받게 되자 머리가 지끈지끈 아파왔다.

잠시 고민하던 그녀는 자신이 귀상각에서 언급했던 추론을 계속 이어
갔다.

"총상과 사도진성의 비밀스런 합의가 깨진 것 같습니다. 대신 사도
진성은 일검향과 모종의 타협을 본 듯합니다. 사도진성은 그 조건으로
갑영과 을화를 구출해 준 것이지요."

귀상은 교교를 돌아보며 눈을 가늘게 떴다.

"그렇다면 사도진성이 목숨까지 바쳐서 얻을 게 있어야 하지 않겠느
냐?"

"물론 있습니다."

"그게 뭐냐?"

"감소채의 목숨입니다."

"감소채? 의천맹의 군사 말이냐?"

"그렇습니다. 사도진성은 사매인 감소채의 안전한 탈출을 위해 자신
의 목숨을 걸었습니다. 일검향이라면 그녀를 무사히 탈출시켜 줄 수
있으리라 믿었겠지요."

귀상은 그녀의 추리에 찬사를 보냈다.

"훌륭하구나. 이번에는 거의 정확하게 맞추었다."

교교는 기쁘기도 하고 황망한 마음에 얼른 한쪽 무릎을 꿇었다.

"송구하옵니다, 사부님."

"내 예측은 틀리지 않았다. 난 이런 상황이 전개될 가능성을 예상해
널 순찰총감으로 임명해 수라계로 내려보낸 것이다."

"예에?"

"일검향이 감소채 때문에 네 목을 베지 못했다면 그 계집에 대한 애
착이 얼마나 대단한지 짐작할 수 있다. 그 계집의 이름만으로 일검향

을 옭아맬 수 있다는 것은 상당한 소득이라 할 수 있지."

귀상은 옥홀을 어루만지며 말을 이었다.

"이제 널 금마원으로 보낼 테니 다시 일검향을 만나거라."

교교의 표정이 고통스럽게 일그러졌다.

"사, 사부님?"

"이번에도 일검향은 너를 죽이지 못할 것이다."

"소, 솔직히 두렵습니다."

"죽을 일도 없는데 뭐가 두렵다는 거냐? 이번 계책은 아주 중요하며, 이 계책을 성사시키려면 반드시 네가 사자로 가야 한다."

교교는 감히 거부할 수 없는 상황이기에 고통스런 심정으로 고개를 떨구었다.

"명을 받들겠습니다."

2

갑영과 을화는 강시처럼 굳어 있었지만 아직 살아 있었다. 문제는 그들이 아니라 피투성이가 되어 있는 사도진성이었다.

"사도 맹주!"

일검향은 그의 뇌정혈을 통해 여의진기를 주입시켜 주면서 맥문을 짚어보았다.

'이럴 수가?'

경악에 젖은 그는 사도진성의 경락과 경혈로 여의진기를 이동시켰다. 그러나 일곱 개의 경혈이 폐쇄되었고, 다섯 개의 경락이 심하게 훼손된 상태였다. 더군다나 심맥까지 끊어지기 직전이라 대라신선이 내려온다 해도 회생이 불가능했다.

일검향은 비통한 심정이 되어 피로 물든 사도진성의 얼굴을 닦아주었다.

그는 사도진성이 단신으로 대마환진을 뚫고 태상전에 뛰어들어 갑영과 을화를 구출해 왔음을 직감할 수 있었다. 그것이 얼마나 무모한 행동인지 잘 알고 있었다. 더군다나 오성 공력에 불과한 몸으로 태상전 마상들과 격돌해야 했기에 그의 무모함은 장작을 지고 불속으로 뛰어드는 격이었다.

"흑, 맹주님."

추가영은 그의 옆에 꿇어앉으며 서러운 눈물을 뿌렸다. 잠시 동안이지만 사도진성의 지도를 받으면서 그녀는 그의 인품과 세심한 배려에 깊은 감동을 받았다.

여의진기가 스며들면서 사도진성은 스르르 눈을 떴다. 암공에 별처럼 박힌 야명주를 응시하는 그의 눈빛이 공허하게만 느껴졌다.

그는 잠시 태상전으로 뛰어든 상황을 되새겼다.

천지묘현대환마진을 돌파하고 태상전 뇌옥에 이르느라 그의 몸은 만신창이가 되었다. 생문을 찾기 위해 천강신공과 무검파천황을 펼친 것이 오히려 되돌아와 그에게 극심한 부상을 입힌 것이다.

뇌옥을 지키는 금마장들은 그의 일초지적도 될 수 없었다.

간단히 뇌옥을 파괴한 그는 갑영과 을화를 구출할 수 있었다. 한데 어떤 사악한 대법에 당했는지 두 자객은 강시처럼 굳어 있어 깨울 수가 없었다.

그는 수레를 구해 갑영과 을화를 싣고 뇌옥을 벗어났다.

혈마공과 금마장들이 그를 저지하려 했지만 무검파천황이 펼쳐질 때마다 그들은 영문도 모른 채 쓰러져야 했다. 그러나 혈상이 등장하면서 그는 치열한 혈전을 벌여야 했다.

혈상의 좌도우검은 세상에 드문 절기였기에 부상을 당한 그로서는 힘겨운 승부였다. 그러다 양패구상의 수법으로 혈상의 방어를 뚫을 수 있었다. 혈상이 그를 추격하지 않은 이유는 잔상이 개입했기 때문이다.

진세의 출입 광장에서 그는 잔상과 또 한 번의 사투를 벌여야 했다.

잔상은 일견삼전이라는 독특한 규칙을 내세우는 괴인이다. 어떤 상대라도 오직 삼 합만 겨룬다.

절세고수로는 드문 각법, 태산이라도 찢을 듯한 조공(爪功), 그리고 독목에서 뿜어지는 투살마광이 잔상의 세 가지 절기였다. 단지 삼 합의 승부이지만 무지막지한 패력에 사도진성은 이 합을 겨루기도 힘겨웠다.

특히 마지막으로 펼쳐진 투살마광은 무검파천황으로 막아낼 수 없는 공격이었기에 심맥을 다치는 치명상을 입게 되었다.

그러나 그는 진세를 열고 다시 금마원으로 돌아올 수 있었다.

자신의 책임을 다했다는 생각에서인지 그는 소리없는 웃음을 띠며 일검향을 올려다보았다.

"자네를 속일 생각은 없었네. 자네의 동문 선배를 구출하는 데는 나 혼자면 충분하다 판단한 것일세."

일검향은 자신을 동행하지 않은 그가 원망스러웠다.

"사도 맹주, 꼭… 이러셔야 했소?"

"난 약조를 지켰네. 이제… 자네가 지켜야 할 순서일세."

"싫소."

"검향……?"

"난 맹주를 모셔 갈 것이오."

사도진성은 그의 심정을 헤아리고는 감격에 젖었다.

"자네를 이제야 만났다는 것이… 너무 아쉽네. 자네의 마음만은 간직하겠네."

"내게도 알려주시오. 태상전으로 들어갈 수 있는 길을 말씀해 주시오. 그 마귀들을… 내 손으로 죽여야겠소."

일검향은 비통한 심정으로 그의 손을 꼭 쥐었다.

사도진성은 어둠 저편의 동산으로 시선을 돌렸다.

"글자는… 새겼는가?"

"새겼소."

"오, 그래? 과연 자네는 하늘이 내린 기재일세. 그 짧은 시간에 무검파천황의 요결을 터득하다니."

"확실치는 않소. 마음으로 새겼을 뿐 아직 눈으로 확인해 보지 않았소."

"가보세. 나도… 같이 확인해 보고 싶네."

"그럽시다."

일검향은 사도진성을 안고 일어섰다. 그는 따라나서려는 추가영을 제지했다.

"갑영 형님과 을화 누님을 보살펴 드려. 마국 놈들이 추격해 올 수도 있으니까."

"아, 그렇군요."

추가영은 갑영과 을화를 옆구리에 끼고 마당으로 날아갔다.

동산 중턱에 형성된 작은 벼랑은 열두 자 병풍을 펼쳐 놓은 것 같았다. 벼랑 한쪽에는 오래전에 새긴 듯한 두 개의 글자가 새겨져 있었다.

무검(無劍)!

그 옆으로 방금 새긴 듯한 세 개의 글자가 보였다.

파천황(破天荒)!

사도진성은 손을 뻗어 파천황 글자를 더듬었다.

"필체를 보니 아주 빠르군. 하지만… 무검파천황은 단순히 극쾌를 추구하는… 쾌검이 아닐세. 심검의 입문 과정이니… 정신을 수련하는 데 주력하게나."

"명심하겠소."

"이제 날 묻어주게나."

"……."

사도진성의 안색이 점점 잿빛으로 변해갔다.

"사실 벼랑에 글자를 새겨둔 것은… 내 묘비명일세. 죽게 된다면 이곳에 묻히기를 바랐지. 사실… 진작 자결해야 했지만 의천맹의 총수로서 너무 무책임했기에… 죽지 못했던 것일세."

일검향은 비통한 심정으로 묵묵히 듣기만 했다. 위로하기에는 그의 죽음이 너무 비장했고, 원망하기에는 그의 죽음이 너무 의연했기에 입술이 떨어지지 않았다.

사도진성은 가슴을 억누르며 가쁜 숨을 몰아쉬었다.

"약속대로 사매를… 지켜주게."

"감 소저에게 달리 전할 말이라도 있으시오?"

"마지막으로 한 번 보고 싶었는데… 미안하다고 전해주게. 영봉(靈峰)의 약속을 지키지 못해… 미안하다고."

“영봉의 약속⋯ 알겠소.”

“검향, 부탁일세. 한 번만⋯ 한 번만 천하를 삼키려는 마귀들을⋯ 베는 자객이 되어주게.”

일검향은 그의 간절한 부탁을 차마 거절할 수가 없었다.

“노력해 보겠소.”

“그리고⋯ 소채를 부탁하네. 소채를⋯⋯.”

“맹주⋯⋯.”

“고맙네, 검향⋯ 내게 죽을 자리를 마련해 주어서⋯⋯.”

사도진성은 긴 한숨을 내쉬고는 조용히 숨을 거두었다.

끝내 은천마국을 탈출하지 못하고 생을 마감했지만 회한은 남기지 않았다.

그에게 가장 소중한 여인을 위해 죽을 수 있었으니 정인으로서 책임을 다한 것이며, 일검향에게 무검파천황을 전수했으니 천하를 구하기 위한 책무를 다한 셈이다.

그의 몸에는 이미 강력한 마기가 침투해 있었으며, 사악한 대법이 정신까지 오염시키고 있었다. 여태까지는 강인한 정신력으로 맑은 신지를 유지했지만 그의 의지가 언제 무너질지 모르는 일이었다.

필연적인 죽음.

위대한 영웅이 태양이 되지 못하고 혜성처럼 사라져 버렸다.

그러나 죽은 자는 편안할지 몰라도 그를 지켜보는 일검향의 심정은 무겁기만 했다. 사도진성의 중대한 사명까지 자신이 책임져야 할 입장이 되었기 때문이다.

세상을 위한 자객!

일검향은 무검파천황이란 묘비명 아래 사도진성을 묻고 깊은 애도를 표했다. 비록 짧은 만남이었지만 마치 천예사원의 동문을 잃은 듯 가슴이 쓰라렸다.

그가 마당으로 내려서자 강시처럼 굳어 있는 갑영과 을화를 돌보던 추가영이 주르륵 눈물을 뿌렸다.

"결국… 타계하셨군요?"

일검향은 묵묵히 고개를 끄덕이는 것으로 대답을 대신했다.

이 순간 그는 접근해 오는 인기척을 감지하며 급히 추가영을 막아섰다.

"조심해."

추가영 역시 다가오는 자를 감지하고는 손목의 팔찌를 감싸 쥐었다.

날렵한 파공성과 함께 한 명의 여인이 마당 한쪽으로 내려섰다. 뜻밖에도 천예사원의 배신자 교교였다.

第60章

충격의 연속

일검향은 교교를 직시하며 한 걸음 한 걸음 다가섰다.

어떤 타협이나 제안도 듣고 싶지 않았다. 지금의 그는 누구라도 가차없이 죽이고 싶은 심정이었다. 그러던 참에 사문의 배신자이며 원수인 교교가 나타났으니 피가 절로 끓어올랐다.

'죽이겠다! 어떤 제안도 듣지 않겠다!'

그는 자청검을 어깨에 걸쳤다.

전설의 쾌검인 무검파천황의 기수식. 이제 교교의 죽음은 피할 수 없는 운명이었다. 보이지도 않고 들리지도 않는 무형무음의 쾌검이 펼쳐지는 순간 영문도 모른 채 죽게 될 것이다.

형체도 없고 소리도 없는 절대쾌검!

교교가 본 것은 단지 일검향이 어깨에 걸친 자청검을 똑바로 세운 정도였다. 그 순간 착각인지 몰라도 세상이 쪼개지는 것 같았다.

‘허억?’

교교는 절로 숨이 막혔다.

무검파천황을 한 번도 견식한 적이 없었지만 그녀는 직감적으로 전설의 쾌검이 펼쳐졌음을 감지했다. 자객 수련을 받은 그녀였기에 남다른 감각을 지니고 있었던 것이다. 하지만 그녀의 예민한 감각이 오히려 불행일 수 있었다.

그녀는 차라리 아무것도 감지하지 못했어야 했다.

그랬다면 본능적인 공포도, 두려움도, 슬픔도, 참담함도 느끼지 못했을 것이다. 그저 일검향과 대면하는 순간 육신이 베어지면서 고통없는 최후를 맞이할 수 있었을 것이다.

그녀는 피하고 싶었지만 발이 떨어지지 않았다. 보이지 않는 쾌검이기에 어디로 피해야 할지를 몰랐다.

‘아, 이럴 줄 알았으면 잔상의 풍사잔영표를 먼저 배웠어야 했어.’

그녀는 모래처럼 흩어지는 잔상의 신기한 절기를 미리 배워두지 못한 것을 통한으로 생각했다. 그런 한편 자신이 입 한 번 벙긋하기도 전에 절대쾌검을 날린 일검향의 냉혹함에 치를 떨어야 했다.

일검향은 절대쾌검의 첫 번째 희생자가 교교라는 사실에 만감이 교차되었다.

사문의 반도인 그녀를 죽여야 한다는 사실에는 변함이 없지만 막상 자신의 손으로 그녀를 죽이게 되자 마음 한구석이 아팠다. 그녀와 함께 지내온 칠 년의 수련생 시절이 주마등처럼 스쳐 지나갔다.

‘내세에는… 부디 착하게 태어나라.’

그는 지그시 눈을 감으며 도의적인 애도를 표했다.

한데 이때였다.

눈부신 섬광과 함께 찬란한 수십 개의 금색 고리가 교교의 몸 주변으로 내려앉았다. 교교는 찰나지간 금색 고리로 형성된 강기의 보호를 받게 되었다.

퍼퍼퍼펑!

잇단 폭음과 함께 절대쾌검에 의해 잘게 쪼개진 강기의 파편이 사위로 비산되었다. 흩뿌려진 강기의 파편은 흡사 황금 폭죽이 터진 듯 화려했다.

"아악!"

교교는 고통스런 비명을 토하며 바닥을 데굴데굴 굴렀다.

비록 신비로운 금색 고리에 의한 호신강기 덕분에 목숨을 부지할 수 있었지만 절대쾌검의 위력은 실로 강력했다. 금색 고리를 베어버리고 그녀의 몸 전체에 깊은 자상을 입힌 것이다. 불행히도 얼굴마저 훼손되었기에 예전의 용모를 회복하기는 어려울 듯 보였다.

일검향은 어느새 검을 회수했지만 손잡이를 쥔 손아귀가 터질 것만 같았다. 금색 고리로 형성된 강기의 반탄력은 상상을 초월할 정도였다.

"검랑?"

추가영이 미끄러지듯 그 옆으로 다가섰다.

"괜찮으세요?"

일검향은 초극 고수의 출현을 직감하며 급히 그녀를 막아섰다.

"어서 형님과 누님 옆으로 가 있어."

"아, 알았어요."

추가영은 그의 심각한 표정에 움찔하여 뒤로 물러섰다.

두 줄기의 빛이 장내로 날아들고 있었다. 하나는 금빛이었고, 다른 하나는 인광처럼 짙은 녹광이었다. 유령과 같은 신법 하나만으로도 그들의 절세적 무공을 짐작케 해주었다.

금색 장포에 자색 용을 수놓은 용포를 걸친 인물은 단아한 용모의 귀공자였다. 굽어보는 눈빛이 도도했고, 입가에는 세상을 오시하는 듯한 미소가 새겨져 있었다.

그는 금빛 섭선을 활짝 펼치며 낭랑한 웃음을 터뜨렸다.

"하하하! 다시 만났군, 일검향."

"……!"

일검향으로서는 다소 충격적인 만남이었다. 용포를 걸친 청년은 놀랍게도 풍류제일공자 화운악이었던 것이다.

'화운악! 이자가 은천마국 소속이었단 말인가?'

일검향은 믿을 수 없는 눈빛으로 화운악을 직시했다.

자객으로 임명된 이후 그가 만난 최강의 고수가 바로 화운악이었다. 공력과 절기에서 그를 압도했기에 도저히 상대가 되지 않았다. 그런 그가 이번에는 무검파천황마저 막아내며 교교를 구한 것이다.

그는 문득 갑영을 통해 들은 화운악의 신분을 떠올렸다.

'형님은 화운악이 영천왕부의 금룡왕자일 가능성이 높다고 말씀하셨다. 영천왕부의 금룡왕자… 한데 그런 존귀한 신분이 왜 마국 내에 있단 말인가?'

잠시 화운악을 응시하던 일검향이 먼저 예를 올렸다.

"귀하가 정녕 영천왕부의 금룡왕자이시오?"

화운악은 다소 놀란 듯 어깨를 으쓱해 보였다.

"뜻밖이군. 내 신분까지 알고 있는 줄은 몰랐네."

"귀하가… 왜 이곳에 있는 곳이오?"

그러자 그의 뒤에 시립해 있던 중년인이 한 걸음 앞으로 나섰다.

"무엄하구나! 대공자의 신분을 알고 있다면 예의를 갖추어라."

녹색 장포를 걸친 중년인의 용모는 평범했지만 전신에서 풍기는 기도가 일문의 대종사로서 손색이 없었다. 비록 기품에 있어 화운악과 비교할 수는 없었지만 오만한 기운은 오히려 더했다.

일검향은 일견에도 그가 태상전 칠대마상 중 한 명임을 직감할 수 있었다. 강렬한 녹색 기운을 감안해 패상(覇相)일 가능성이 높다고 추측되었다.

겨우 정신을 차린 교교는 두 사람을 보는 순간 사색이 되어 오체복지했다.

"총상님과 패상님을 뵈옵니다!"

일검향의 두 눈이 번쩍 떠졌다.

"초, 총상?"

실로 세상이 뒤집혀질 충격과 경악이 아닐 수 없었다.

금룡왕자가 은천마국의 총상이었다!

일검향은 눈을 부릅뜬 채 금룡왕자를 직시했다.

도저히 믿기 힘든 일이지만 자신의 눈과 귀로 확인했기에 부정하려 해도 부정할 도리가 없었다. 그리고 충격의 여파가 채 가시기도 전에 분노와 원한이 치솟아올랐다.

그가 알기로 은천마국의 국주는 상징적인 존재이기에 총상인 금룡왕자와 귀상이 실질적인 지배자였다. 온갖 사악한 계략은 귀상의 머리에서 나오지만 중요한 결정은 총상에 의해 이루어진다고 들었다. 그렇다면 천예사원의 침공을 결정했을 금룡왕자가 진정한 원수일 수도 있었다.

일검향은 분노와 복수심을 애써 자제하며 어깨에 걸친 자청검을 불끈 쥐었다. 무검파천황을 펼치기 위한 발검 자세였다.

순간 패상이 미끄러지듯 이동하며 금룡왕자를 가로막았다.

"네놈이 정녕 죽고 싶은 게냐? 감히 총상의 존체에 흉기를 들이대려는 것이냐?"

일검향은 칠대마상 모두를 원수로 생각했기에 패상 역시 죽여야 할 대상으로 꼽았다.

"네가 패상이냐? 그럼 너부터 죽여주겠다."

패상은 가소롭다는 표정을 지으며 장포 자락을 슬쩍 걷었다. 화려한 보석으로 장식된 칼집이 모습을 드러냈다.

"후훗, 오너라. 네놈이 사도진성에게 전수받은 무검파천황의 위력을 평가해 주겠다. 겨우 흉내를 내는 데 불과하다면 네놈은 목숨을 내놓아야 할 것이다."

초극 고수의 대치 상태가 유지되자 바람 한 점 없던 금마원에 갑작스럽게 돌풍이 형성되었다.

상황이 급박해지자 금룡왕자가 정색을 지으며 지시를 내렸다.

"패상은 물러서시오."

차분한 음성이지만 감히 항거할 수 없는 위엄이 깃들어져 있었다. 그의 지시는 절대적이기에 패상은 즉시 옆으로 이동했다.

금룡왕자는 섭선을 말아 쥐며 아무런 경계심 없이 다가섰다.

"일검향, 날 죽이면 사도진성이 목숨을 걸고 구출한 자네의 동문 선배들 역시 죽게 될 것이네. 그들은 내가 전개한 사령강시대법(死靈殭屍大法)으로 인해 절반은 시체와 다름없지."

일검향은 여전히 발검의 자세를 풀지 않았다.

"어차피 우리는 누구도 살아서 돌아갈 생각을 하지 않았소. 원수들을 죽여 사부님과 동문들의 원한을 갚을 수 있다면 그것으로 충분하오."

금룡왕자는 마당 한쪽 구석에 서 있는 추가영을 힐끗 보았다.

"자객이야 당연히 죽음에 대한 두려움이 없겠지. 하지만 저 여인까지 죽어도 상관없단 말인가? 또한 내 아버님과의 알현을 위해 자네가 목숨을 걸고 잠입시켰던 감소채라는 여인도 죽게 될 것이네."

"……."

"뿐만 아니라 천예사원의 분원에 남겨진 불쌍한 맹인 동문과 두 명의 금살자객도 살 수 없어."

일검향은 어차피 모든 희생을 각오했기에 마음을 독하게 먹었다.

"구천에서 그들을 만나도 난 떳떳할 수 있소."

"일검향, 그들만이 아닐세. 물론 자네와는 무관하겠지만 더 많은 사람들이 죽게 될 것이네. 자네가 거쳐 온 유명십팔옥의 모든 죄수들, 수라계 백대문파 분원의 제자들 역시 나와 함께 순장(殉葬)을 당하게 될 것일세."

너무도 어마어마한 위협이 아닐 수 없었다. 그리고 그 위협은 결코 과장이나 허언이 아니었다.

검을 쥔 일검향의 손이 가늘게 떨렸다.

가슴속에서 솟구치는 분노와 더불어 유명옥에서 형벌을 받으며 신음하는 죄수들, 수라계에서 만났던 분원 제자들의 형상이 피어오르며 눈앞을 뒤덮었다.

자신을 바라보는 그들의 눈빛이 너무도 가련해 보였다. 혹독한 형벌을 받는 죄수들도 죽음보다는 삶을 원했고, 분원의 제자들은 잔뜩 원망

어린 눈빛을 짓고 있었다.

일검향은 너무도 거대한 적 앞에 한계를 절감했다. 분명 죽여야 할 원수이건만 죽일 수가 없었다.

그는 창비를 자신의 손으로 떠나보내면서 어떠한 타협이나 협박도 무시할 것임을 맹세했었다. 그러나 금룡왕자를 죽이기에는 그에 따른 희생이 너무도 엄청났다. 자신에게 소중한 모든 사람들을 물론이고 막연하게나마 구원의 희망을 기다리는 수천의 목숨까지 사라지게 되는 것이다.

원통했다. 너무도 분했다. 원수를 눈앞에 두고 죽일 수 없는 비통함과 분노에 가슴이 터질 것만 같았다.

이 순간 그는 그토록 존경했던 사부 천사명왕을 원망했다.

왜 제자들에게 인간적인 감성과 의지를 강조했단 말인가? 차라리 냉혹한 살인병기로 키웠어야 했다. 그래서 어떠한 위협도 무시하고 죽여야 할 자를 죽이는 냉혹한 자객으로 키웠어야 옳았다. 그랬다면 그가 원수를 목전에 두고 이렇듯 갈등과 번민 속에 괴로워하지는 않았을 것이다.

결국 그는 어깨에 걸친 자청검을 내려야 했다.

그의 원한이 아무리 깊어도 한 사람의 목숨과 수천 명의 목숨을 바꿀 수는 없었다. 피눈물이 나도록 억울하지만 검을 거둘 수밖에 없었다. 어떠한 타협과 위협에도 응하지 않겠다고 맹세했지만 그 맹세를 지킬 수 없게 되었다.

그의 처절한 갈등과 고뇌를 지켜보던 금룡왕자는 자객에 대한 인식을 달리하게 되었다.

'이자는 결코 냉혹한 자객이 아니다. 누구보다 인간적이고 누구보다 감성적이다. 분노와 원한 때문에 이렇듯 괴로워하면서 감정을 억누를 수 있는 정신력이 놀랍다. 존엄하신 아버님께서 왜 한갓 자객을 곁에 두고 싶어 하셨는지 조금은 이해가 되는군.'

금룡왕자는 잠시 그를 응시하다가 부복해 있는 교교에게 시선을 돌렸다.

"귀상은 왜 너를 일검향에게 보냈느냐?"

"저… 저는……."

"명심해라. 내게 거짓을 고해서는 안 된다. 귀상은 널 지켜줄 수 없지만 난 너를 지켜줄 수 있다. 또한 난 너를 죽일 수도 있고, 유명옥으로 보낼 수도 있다. 한 치의 숨김도 없이 고해야 한다."

금룡왕자의 준엄한 어조에 교교는 바들바들 떨면서 고개를 조아렸다.

"마, 말씀 올리겠습니다. 사부님께서는 검향이 금라마관으로 침투할 것을 예상해 두 가지 대비책을 세워두셨습니다. 하나는 금라원이며, 다른 하나는 사심마관입니다. 저는 사부님의 지시를 받아 검향과 타협을 보러 온 것입니다."

"어떤 타협이냐?"

"갑영과 을화, 그리고 추가영을 무사히 마국 밖으로 보내주는 대신 검향이 사심마관에 도전하는 것입니다."

"일검향을 사심마관으로 들여보내겠다고?"

"예, 총상님. 태상전은 마국의 성역이기에 외부의 침입은 절대 허락할 수 없다 하셨습니다. 대신 사심마관에서 승부를 겨룰 수 있음을 분명히 말씀하셨습니다."

"알겠다."

금룡왕자는 그녀를 향해 섭선을 겨누었다.

휘리링!

섭선에서 뻗어나간 금색 고리가 종잇장처럼 얇게 쪼개지면서 교교의 전신을 옭아맸다. 강기는 통상 한 번 발출되면 흩어지는데, 금룡왕자가 전개한 환주금천강은 신기하게도 황금고리의 형상을 그대로 유지했다.

"총상님?"

교교는 두려움에 물든 얼굴로 금룡왕자를 올려보았다.

금룡왕자는 신중한 표정으로 일검향을 향해 다가섰다.

"일검향, 난 자네와 겨루고 싶은 생각이 없네. 만일 자네가 내 제안을 수용한다면 내 목숨 값에 준하는 대가를 얻게 될 것이네."

"난 아직 결정을 내리지 않았소."

"자네는 결코 내 제안을 거부할 수 없을 것이네. 무검파천황을 해소하는 순간, 사실 자네는 나에 대한 척살을 포기한 것이니까."

금룡왕자는 천천히 섭선을 저으며 말을 이었다.

"먼저 수라계 내에 세워진 천예사원 분원을 폐쇄하겠네. 다훼와 두 금살자객은 당연히 마국 밖으로 보내지겠지. 또한 요지선궁 분원도 폐쇄하고 요지선자를 비롯한 요지선궁의 제자들을 석방시켜 주겠네."

상상도 못할 제안에 일검향은 추가영을 돌아보았다.

추가영은 요지선자와 요지선궁의 제자들이 석방될 수 있다는 말에 한껏 고무되었다. 비록 애틋한 정은 없어도 요지선자는 그녀의 사부였다. 제자 된 도리로 사부를 구할 수 있다면 만사를 불문하고 받아들여야 마땅한 일이었다.

금룡왕자는 여유있는 미소를 지으며 엄청난 보상을 계속 늘어놓았다.

"그뿐이 아닐세. 강시처럼 굳어진 자네 동문 선배들의 사령강시대법을 해소한 후 역시 마국 밖으로 내보내 주겠네. 자네가 원한다면 사도진성의 시신도 보내주지. 어떤가? 이 정도면 나에 대한 척살을 유보하는 대가로 충분하지 않겠나?"

"……."

"하하, 아직도 부족한 게 있나 보군. 이런, 사문을 배신한 반도가 이 자리에 있군."

금룡왕자는 환주금천강기에 옥죄어진 교교에게 시선을 던졌다.

"이 계집도 넘겨주지. 살을 저미든 내장을 가르든 마음대로 하게."

그가 섭선을 젓자 교교는 경풍에 밀려 일검향 앞까지 미끄러졌다.

교교는 사색이 되어 황급히 외쳤다.

"초, 총상님! 저는 귀상각의 사자로 검향을 만나러 온 것입니다. 또한 총상님께 숨김없이 보고를 올렸지 않습니까?"

금룡왕자는 그녀의 애원을 귓전으로 흘려들었다.

"일검향, 자네는 배신한 자에게 주어지는 가장 가혹한 복수가 어떤 것인지 아는가?"

"모르겠소."

"배신의 참담함을 느끼게 해주는 것일세."

금룡왕자는 뒷짐을 진 채 교교의 옆을 지나쳤다.

"교교, 너는 마국의 배신자다. 너같이 추악한 계집은 더 이상 마국의 제자일 수 없다. 따라서 일검향이 네년을 죽인다 해도 난 전혀 관여하지 않을 것이다."

교교가 피를 뿜듯이 외쳤다.

"총상님! 제가 무슨 잘못을 했단 말입니까? 전 마국에 충성을 맹세한 이후 목숨을 바쳐 마국을 섬겼습니다."

"마국 내에서 내 말은 곧 법이다. 내가 널 배신자로 지목한 이상 넌 마국의 배신자일 수밖에 없다."

"이럴 수는 없습니다, 흑흑! 너무 억울합니다, 총상님!"

교교는 참담한 모습으로 눈물을 쏟았다.

금룡왕자의 말대로 배신당하는 심정은 너무도 참담했다. 귀상의 깊은 신임을 받아 수행제자로까지 승급한 상태였기에 그 모든 것을 잃는다는 것이 억울하고도 분했다.

금룡왕자는 일검향을 향해 턱짓을 지어 보였다.

"어서 배신자에 대한 징계를 내리게. 자객 단체의 율법은 아주 가혹하다 들었네. 자네가 과연 어떻게 배신자를 응징하는지 보고 싶군."

교교는 새하얗게 질리고 말았다. 갖은 방어막으로 몸을 보호한 상태에서도 일검향과의 대면을 두려워하던 그녀였다.

한데 지금은 방어막이 아니라 꼼짝달싹 못하게 제압된 포로의 신세였다. 더군다나 총상의 말 한마디로 마국의 배신자가 되었으니 그녀를 비호해 줄 사람은 아무도 없었다.

자청검을 어깨에 얹은 일검향이 서서히 다가섰다.

교교에게 있어 그의 한 걸음 한 걸음은 지옥 사자의 접근이었다. 할 수만 있다면 넋이라도 뽑아 달아나고 싶은 심정이었다. 모든 상황이 절망이었다.

그녀는 서러운 눈물을 줄줄 쏟으며 간곡하게 애원했다.

"검향, 제발… 제발 일검에 죽여줘. 그래도 우리는 동문이었잖아? 내가 널 얼마나 좋아했었는데……."

“…….”

“흑흑, 난 정말 천예사원을 배신하고 싶지 않았어. 이제 생각하면 너무 후회가 돼. 그때 죽었어야 했어. 그랬으면… 명예로운 죽음이 되었을 텐데…….”

그녀는 미모와 몸매를 잃었을 뿐 아니라 마음까지 참혹하게 찢기는 상처를 입고 말았다. 여태까지는 어떻게든 살겠다는 의지가 강렬했지만 지금은 죽고 싶은 심정이었다. 자신이 살아야 할 이유가 없었고, 그럴 의욕도 없었다.

일검향이 선뜻 검을 내려치지 않자 추가영이 옆으로 다가섰다.

“왜 안 죽이는 거예요? 검랑에게 너무도 깊은 상처를 입힌 더러운 배신자이잖아요?”

“맞아. 도저히 용서할 수 없는 배신자이지.”

일검향은 어깨에 얹은 검집을 바로 세웠다. 바로 사도진성에 전수받은 전설의 쾌검 무검파천황이었다.

파파팟!

가벼운 검풍 한 점 일어나지 않은 와중에 교교를 옥죄고 있던 금색 고리가 산산이 부서졌다.

“……?”

교교는 경악의 눈빛으로 일검향을 올려보았다.

일검향은 세웠던 검집을 다시 옆으로 눕혔다. 그는 무검파천황을 전개해 교교의 털끝 하나 다치지 않고 단지 환주금천강기만 베어버린 것이다.

“꺼져라. 그게 네가 받아야 할 형벌이다.”

“검향?”

교교는 믿을 수 없다는 듯 눈을 번쩍 떴다.

누구보다 자신을 죽이고 싶어했던 일검향이기에 이렇듯 자신을 살려줄 줄은 꿈에도 생각지 못했다. 금색 고리가 깨지면서 금제가 풀린 그녀는 덜덜 떨면서 몸을 일으켰다.

"저, 정말이야, 검향? 날 살려주는 거야?"

"어서 꺼져!"

일검향은 그녀와 눈길을 마주치기도 싫기에 냉담하게 몸을 돌렸다.

추가영은 어처구니가 없는 듯 입을 딱 벌렸다.

'맙소사!'

교교를 향한 그의 복수심과 분노가 얼마나 깊은지 누구보다 잘 알고 있는 그녀였다. 동문이었던 옛정을 감안해 참혹한 죽음은 내리지 않을지라도 반드시 목을 벨 것으로 확신했다. 한데 뜻밖에도 그가 교교를 용서한 것이다.

의아함에 젖기는 패상도 마찬가지였다. 사문을 배신한 반도는 찢어 죽여도 시원치 않게 생각하는 그였다. 만일 그가 배반한 제자를 응징했다면 살을 가르고 힘줄을 모두 뽑아버렸을 것이다.

금룡왕자는 의미심장한 미소를 지으며 섭선으로 손바닥을 탁탁, 쳤다. 일검향이 보여준 관대함이 결코 용서가 아님을 어느 정도 헤아린 것이다.

교교는 자신이 죽지 않았다는 사실에 새삼 놀라워했고, 살았다는 생각에 갑자기 강렬한 삶의 의지를 불태웠다.

'검향의 심경이 변하기 전에 달아나야 한다!'

그녀가 훌쩍 몸을 날리자 패상이 유령처럼 이동해 그녀의 앞을 가로막았다.

"어디를 달아나려는 것이냐, 더러운 계집! 넌 마국의 반도이기도 하니 내 손으로 찢어 죽일 것이다."

"패, 패상님?"

교교는 하얗게 질려 주춤주춤 물러섰다.

일검향이 다가서려 하자 금룡왕자가 먼저 사태를 진정시켰다.

"뇌두시오, 패상. 그 계집을 죽일지 말지는 일검향의 판단에 달려 있소. 일검향이 살려준 이상 마국에서 추방하는 정도로 끝내야 하오."

"허어, 그것참!"

패상이 비켜서자 교교는 뒤로 돌아보지 않고 달아났다.

추가영은 다소 원망스런 눈빛으로 일검향의 유약함을 질책했다.

"차라리 제게 맡기지 그랬어요? 제 천지쌍검으로 요절을 냈을 겁니다."

일검향은 별처럼 반짝이는 야명주를 올려보았다.

"가영, 난 교교를 용서한 게 아니야. 심약해서 그녀를 죽이지 못한 것도 아니고. 교교는 오히려 자신이 죽지 않은 것을 고통스럽게 생각하게 될 거다. 천예사원의 배신자이며, 마국의 반도이니 교교는 평생토록 불안과 초조함 속에 살아야 할 거야. 얼굴이 훼손되었으니 더 이상 아름답지 않고, 경락을 다쳐 무공조차 제대로 구사할 수도 없어. 과연 무슨 낙으로 세상을 살아갈 수 있을까?"

"아……!"

"이것이 내가 교교에게 내릴 수 있는 가장 혹독한 형벌이야."

추가영은 감격에 젖어 그의 손을 감싸 쥐었다.

"검랑, 당신은 정말 초인적인 정신력의 소유자입니다. 검랑의 말대로 교교는 가장 혹독한 형벌을 받았습니다. 하지만 어느 누가 이런 상황에서 그녀를 죽이지 않을 수 있겠어요? 분노와 원한을 억누르고 교교를 살려 보낸 검랑의 의지에 정말 경의를 표합니다."

금룡왕자 역시 찬사를 아끼지 않았다.

"하하, 진정 무서운 복수로군. 반도를 일검에 베지 않고 평생토록 고통과 두려움에 시달리게 만들었으니 세상에서 가장 가혹한 복수라 할 수 있네. 자네는 진정 위대한 자객일세."

그는 마당 한쪽에 눕혀져 있는 갑영과 을화를 향해 손가락을 튕겼다.

화려한 금색 불꽃이 피어오르며 두 자객의 경혈 속으로 스며들었다. 이어 그는 작은 옥병을 추가영에게 건넸다.

"공청석유(孔靑石乳)가 들어 있다. 두 방울씩 복용시키면 한나절 후 사령강시대법에서 회복될 수 있을 것이다. 공력도 조금은 증진되겠지."

추가영 역시 공청석유가 천고의 영약임을 잘 알고 있었다. 그런 영약을 선뜻 내주는 금룡왕자의 배포에 조금은 감정을 풀었다.

"배려에 감사드립니다."

그녀는 옥병의 마개를 열어 하얀 액체를 갑영과 을화의 입에 흘려넣어주었다. 만일 그들이 사악한 대법을 해소하고 깨어난다면 적어도 반 갑자 이상의 내공이 증진된 복연에 깜짝 놀랄 것이다.

금룡왕자는 패상에게 지시를 내렸다.

"패상은 내 절영마차(絶影馬車)를 이용해 일검향의 모든 친인들을 외부로 데려다 주시오."

"알겠소."

패상은 이내 녹색 빛으로 화해 사라졌다.

일검향은 동산의 벼랑으로 날아가 사도진성의 시신을 흙 속에서 꺼내 들었다.

그는 소매로 사도진성의 얼굴에 묻은 흙을 털어주었다.

"사도 맹주, 비록 살아서는 감 소저와 재회의 감격을 나누지 못했지만 당신의 혼백이 남아 있다면 감 소저를 만날 수 있게 되었소. 부디 그녀의 손에 의해 편히 쉬기를 바라겠소."

그는 사도진성을 안아 들고 마당으로 돌아왔다.

추가영은 갑영과 을화의 몸을 열심히 주물러 주고 있었다. 공청석유의 약효를 돕기 위한 세심한 배려였다.

잠시 후 녹색 빛이 번득이며 패상이 모습을 드러냈다.

"총상, 절영마차가 준비되었소."

"그럼 수고스럽지만 패상이 직접 이들 모두를 마국 밖으로 안내해 주시오."

"명을 받겠소."

패상은 갑영을 등에 업고는 사도진성의 시신을 안아 들었다. 추가영은 무슨 생각인지 전혀 반발하지 않고 을화를 가슴에 안고는 패상의 뒤를 따랐다.

일검향은 추가영이 순순히 금마원을 떠나자 크게 안도했다.

'잘 생각했어, 가영. 떠나주어서 정말 고맙다.'

거대한 마국 내에 이제 혼자만 남게 되었지만 그는 오히려 홀가분한 심정이 되었다. 마상들과 후회없는 싸움을 벌이게 되었다는 생각에 가벼운 흥분마저 느꼈다.

금룡왕자는 일검향과 나란히 완만한 비탈을 내려갔다.

"일검향, 만일 자네 덕분에 모든 일이 원만하게 해결되면 날 척살할 수 있는 한 번의 기회를 더 주겠네."

"……."

"물론 자네에게 그럴 기회가 주어지기는 거의 불가능하겠지만."

"먼저 한 가지 부탁드릴 일이 있소."

"하하, 너무 지나친 요구가 아닌가? 난 자네가 원하는 요구를 모두 들어준 셈일세."

"총상은 존귀한 왕자의 신분이시오. 내 요구가 지나친 것은 그만큼 총상의 가치를 높게 평가하기 때문이오."

금룡왕자는 시원스런 웃음을 터뜨렸다.

"하하하, 좋아, 좋아. 어디 말해보게."

"총상의 어떠한 요구에도 응하겠소. 대신 한 놈만은 꼭 죽여야 하니 우선적으로 싸우게 해주시오."

"누구를 말인가?"

일검향은 똑똑 끊어 내뱉었다.

"일. 도. 살!"

금룡왕자의 얼굴에 다소 난감한 기색이 스쳐 지나갔다.

그는 냇물을 따라 걸으며 깊은 고민에 젖었다. 어떠한 문제도 즉시 해결하는 그의 성격으로 미루어 이런 고민은 극히 드문 경우였다.

그는 나직이 한숨을 쉬었다.

"흐음, 일도살에 대한 자네의 원한과 증오는 충분히 이해하네. 하지만 일도살에 대한 문제는 나도 선뜻 결정을 내리기가 힘들군."

"그자가 마상들보다 더 소중한 존재란 말이오?"

"공적으로는 아니지만 사적으로는 그러하네."

"사적으로……?"

“일도살은 내 이복동생이니까.”

일검향은 잠시 할 말을 잃었다. 마국에 침투한 이래 예상치 못한 충격을 여러 번 겪었지만 이번의 충격은 남달랐다. 전신의 피가 싸늘하게 식는 심정이었다.

일도살의 금룡왕자의 이복동생이라면 그 역시 영천왕부의 왕자인 신분이다. 그의 기억으로 영천왕부에는 두 명의 왕자만 있다.

그렇다면 일도살이 바로 은룡왕자(銀龍王子)였다.

금룡왕자는 소매로 바위를 툭툭 털고는 엉덩이를 걸쳤다.

“일검향, 자네에게 마국 창건에 대한 모든 비밀을 말해주겠네. 일도살에 대한 자네의 복수는 얘기를 모두 들은 후 다시 논의하기로 하세.”

일검향은 그와 약간의 거리를 두고 냇가에 앉았다.

“은천마국의 국주가 영천왕 전하가 아니기를 진심으로 바라겠소. 만일 그런 청천벽력 같은 일이 벌어진다면, 난 모든 약조를 저버리고 총상과 사생결단을 벌일 것이오.”

“자네는 내 아버님을 알현한 적이 있지 않은가?”

“물론 있소.”

“한데 자네의 안목으로 간파하지 못했단 말인가?”

“전하의 무공은 확실히 뛰어났지만 사악한 기운은 전혀 감지되지 않았소. 물론 나도 전하께서 은천마국의 국주가 아님을 거의 확신하고 있소. 하지만 두 분 왕자가 마국의 총상과 척살단주이기에 나는 의심하지 않을 수 없소.”

금룡왕자는 담담히 미소를 지으며 고개를 끄덕였다.

“당연히 아닐세. 내 아버님은 황제 폐하조차도 함부로 대할 수 없는 이 나라 최고의 군왕이시네. 그런 분께서 한갓 마도 단체의 총수일 수 있겠는가?"

일검향은 내심 소리없는 안도감에 젖었다. 적어도 자신이 우려했던 최악의 상황은 지나간 셈이다.

금룡왕자는 천천히 섭선을 저으며 은천마국 창건의 엄청난 비사를 털어놓기 시작했다.

"은천마국의 창건은 이십여 년 전부터 계획되었네. 아버님께서 왕부를 안휘성으로 옮긴 후 얼마 되지 않았을 때였지……."

『검향도살』 7권에서…

무한 상상 · 공상 세계, 청어람 신무협&판타지

설봉 新무협 판타지 소설!
절대로 놓칠 수 없는 2006년 최고의 걸작!!

마야(魔爺) / 설봉 지음

강렬하다……!
절대적 무협 지존!

『마야』
(魔爺)

소사(小事)로 시작되어 천하대란(天下大亂)으로 이어지는 끝없는 피의 역사…

북검문(北劍門)과 남도문(南刀門)의 탄생이었다.

두 세력은 장강을 경계 삼아 전쟁을 방불케 하는 싸움을 벌이고 있다.
삼십 년…… 삼십 년 동안이나…….

그리고 절대 죽을 것 같지 않던 그가 죽었다.

**"나를 죽인 건…… 큰 실수야.
나보다 훨씬 무서운… 곧… 곧 너희를…….”**

무한 상상 · 공상 세계, 청어람 신무협&판타지

「표사」,「소환전기」를 뛰어넘는
참신한 재미와 쾌감을 선사한다!

청바지와 박스티 같은 무협 소설!
쉽고 재미있는, 편한 무협을 즐겨라!

『잠룡전설』
(潛龍傳說)

잠룡전설(潛龍傳說) / 황규영 지음

"주유성?
영웅이지. 하늘이 내린 사람이야.
그 사람 게으르다고?
에이, 난 그런 소문 안 믿어.
게으름뱅이가 어떻게 그런 엄청난 일들을 해?"

강호에 내린 희대의 겁난.
하늘은 엄청 센 놈을 영웅이랍시고 내린다.
하지만…….
젠장! 엄청난 게으름뱅이다!!